# 文学の旅

## ときどき人生

交友私誌

磯貝治良

Jiro Isogai

風媒社

# 文学の旅　ときどき人生　交友私誌　目次

序　章　記憶の遠近景―漁港の町の少年篇　7
始まりの場景　7／戦争のあとさき　9／戯れる少年たち　22
野球少年の季節　32／父英宗のこと　39／野球少年の季節（続）　46
小さな漁港のある町　47／幼ないアウトロー　56

第一章　文学交友誌―一九五七年～八〇年　64
同人雑誌『追舟』の発行　64／丸山静の周辺から　76
現代参加の会と『現代参加』『叢書』　91
赤猫社のあと新日本文学名古屋読書会、野間宏『青年の環』を読む会へ　101
同人雑誌を歩いて二十年――『北斗』『小説家』『東海文学』『夜の太鼓』　121

第二章　文学運動と創造へ―新日本文学会の四十年　155
―文学交友誌Ⅱ―

初めての大会　156／運動と創作の両輪へ　162
出会った文友あれこれ　164／「改革」運動から閉幕へ　183

## 第三章　〈在日文学〉と同時代を並走して　199
### ―「読む会」と『架橋』一九七七年～　文学交友誌Ⅲ―

「読む会」の草創期と『架橋』発行　200／『架橋』一～四号目次　206
点鬼簿　207／にぎわいと充実の一九八〇年代～九〇年代　223
「最盛期」の交友図を描く　224／新しい世代のなかまたち　235
講師を招き、友情出演に支えられて、数々のイベントを
あちらこちら交流を愉しんだ　240
二〇〇〇年以降の停滞、活況、低迷　243／会誌『架橋』五号から二〇号までの目次総覧　245
新しき人たち現わる　249／分厚い時間とことばの堆積　250
生活派リアリズムの人びと　257／知的領域の人びと　259
『架橋』二一号以後の目次総覧　271／イベント形式例会　277
278

## 終章　後衛を歩きつづけて――社会運動六十年の素描　293

未成年は変身する　294／愛知大学生の頃　295
東洋プライウッド闘争の片隅で　298／愛知人権連合とベ平連名古屋　301
狭山事件と部落解放運動　305／日韓民衆連帯と韓青同・韓民統の知友たち　308
指紋拒否闘争と外登法改正運動に協働する　311
済州島　沖縄　一九八〇年～九〇年代その他の活動　321
二〇〇〇年代「市民運動」とともに歩いて――裁判の原告になって　323
植民地支配の記憶の回復に向けて　326／「一〇〇年行動」から表現の自由へ　330
壮大な「夢」を追って　NPO法人三千里鐵道の挑戦　336

あとがき　355

# 序章　記憶の遠近景—漁港の町の少年篇

記憶は時間の遠近法である。
虚実のはざまにあって、事実は虚構となり、
虚構は事実となり、紡がれて記憶そのものになる。

## 始まりの場景

人の記憶はどれほどまでさかのぼれるのだろうか。

「母親の胎内にいた記憶がある」「産湯を使ったことを覚えている」などというのは、フィクションか大言壮語かもしれないが、始まりの記憶は人それぞれのようだ。友人、知人と（だいたい酒を飲みながら）話していると、それがわかる。なかで痛感するのが、ぼくの記憶の始まりがおくてということ。小学校に上がる前の大人びた記憶の記述をモノの本で読んだり話に聞

いたりすると、ちょっと劣等感を覚える。

学齢前の記憶は四つ五つしか、ぼくにはない。それも実際の出来事なのか、親きょうだいから聞かされた話なのか、はたまた夢の場面（シーン）なのか、記憶の正体は混然としている。小説を書くときにはそれで不都合はないが、事実を伝えようとすると、気持ちが落ち着かない。

愛知県知多半島の根っこに近いあたりに半田市はある。市の東はずれ、つまり衣浦湾の向こうに三河を望む町が、亀崎（かめざき）である。ぼくの小説にときどき登場する「小さな漁港のある町」だ。「漁港のある町」はこのエッセイのなかでしばしば描かれることになるだろうから、話を先にすすめる。

田舎家の居間には夏冬かまわず大きな火鉢が置いてあって、冬にはそこでやかんのお茶を沸かした（春秋にも冷たい日には炭が入った）。四、五歳くらいだろうか、母親に言いつけられたのだろう、幼児は熱湯のやかんを奥の台所に運ぼうとして転ぶ。そばで寝そべっていた三歳上の次兄が足をかけたようだ（長じて次兄に聞いても、そんな憶えはない、という）。場面はそれきりで、幼児ぼくが泣く場面は記憶にない。あれは出来事の記憶だろうか、出来事のあと夢だろうか。それとも空夢だろうか。

家では鶏を飼っていて、五、六羽いた。卵を割れにくくするために粉に砕いて餌に混ぜる蛎殻が地面に散らばっていた。やはり四、五歳だろう、幼児が乳母車に入っている。きょうだいの遊びの一つだったにちがいない。乳母車がひっくり返って転落したそこが、蛎殻の残骸だった。頭から血が出ていて、このときは精一杯、泣き声を上げたはずだ。あれは出来事の記憶だろうか、そのあと夢だろうか、それとも空夢だろうか。

実は私にも羊水のなかで丸まっている胎児の姿を見たことがある。胎児は自分であるという意識はあったが、これはまぎれもない夢。見たというより長じて中学校の保健体育の授業が反映して浮かんだ、夢のかけら。

ぼくがセミになったことがある。六歳年上の長兄に追われて電柱にしがみついて、えーん、えーん、と泣いてセミになったのだ、一度ならず。こちらは夢ではなく事実の記憶だが、なぜ学齢前のぼくを長兄が追っかけたのか？　二〇二二年、八五歳のいまも不明のままである。

**戦争のあとさき**

小学校（当時国民学校）に入ってからの記憶はいくらかマシかといえば、そうではない。一九四三（昭和一八）年入学の一年生で習ったのが、「ススメ ススメ 兵隊さん」だったのか「サクラ サクラ」だったのか、自信を持って言えない。担任の教員は持ち上がりもあって六年間で四人ほどだったが、二人の先生の姓とおぼろな風姿が浮かぶくらいで、勉強や教室での出来事で憶い出すことはない。ただし、三年生になっていただろうか、新任の「吉沢先生」が朝礼台の上で挨拶をしながら泣いていたのを憶えている。「吉沢先生」は将校ふう佇(たたず)まいの復員兵だった。

夏休みの宿題ドリルなども憶えていないので、素足にゴム草履を引っかけて通学する子どもが少なくない田舎の学校ゆえ、宿題などなかったと思うことにしている。

一九四五年、日本帝国が敗戦。小学校二年生だった八月一五日。その前後の記憶はぼくの人生の原風景になった。

アジア太平洋（十五年）戦争の記憶は、その末期にかさなる。最初は夜、北の空が遠く淡い朱色に染まるのを眺めて「名古屋が焼けとるなん」とおとなたちが言った。東の空が同じように染まるのを見て「岡崎が燃えとるなん」とおとなたちは言った。空襲が知多半島の田舎町に襲来するとは誰も思いつかなかったので、火事見物でもするふうに。

中島飛行機半田製作所は、ぼくの家から南西に一キロ少し離れた乙川(おっかわ)にあった。軍事工場なので早晩、名古屋、岡崎、豊橋についで標的になるのは必定だったが、亀崎の人はのんきであった。そして日本帝国が音(ね)を上げる三週間ほど前に中島飛行機とその広い社宅、そして鉄道が空爆された。

国鉄（現ＪＲ）の鉄道は東海道線大府駅から知多半島の東側を走って武豊駅に至る。鉄路はぼくの家から西側二〇〇メートルほどを通りすぎる。その向こうに三〇〇戸ほどの集落を作っていたのが、中島飛行機半田製作所の社宅であった。

武豊線は単線ながら一九世紀末頃に敷設されて半島の人流と物流の動脈だった。中島飛行機もそこを輸送の要にしていた。鉄道は一八八六年に中山道鉄道の建設資材を武豊（衣浦）港から陸揚げして運ぶために施設された、と資料にある。

空爆は昼間であったように記憶するが、夕暮れ時であったかもしれない。

庭（そこは野菜畑になっていた）の一角に掘られた防空壕でぼくら子どもは不安に怯え、ふるえていた記憶が鮮明だ。当時名古屋の学校に通っていた長兄は空襲馴れしていたのだろう、防空壕の入口に立って爆撃機が通り過ぎる西の空を睨んでいた。五年生の次兄がその後ろから長兄を真似て西の空を見ていた。

父は空襲警報発令のあとすぐに町の消防団に動員されていた。ときどき家の様子を確かめに戻って、防空壕の外で西の空を眺めていた。小柄な父の姿が大きく見えた記憶の像が脳裡に焼き付いている。あれは六人（当時）の家族を守ろうとする人の表象であったのだろう。

空爆はどれほどの時間、続いたろうか。爆弾は鉄道を挟んだ向こう側、中島飛行機とその社宅から鉄道に沿って北へ三キロほどの地点に落とされた。鉄道線路が分界線になって、ぼくの町は被害を免れたが、海に出ていた漁師が機銃掃射を受けて犠牲になった。

半田空襲を記録する会編『半田にもあった戦争』によると、半田大空襲は一九四五年七月一五日と二四日である。一五日は硫黄島を飛び立った米軍戦闘機一〇機が飛来し、超低空飛行で機銃掃射を行ない八名が死亡。漁師が亀崎沖海上で亡くなったのはそのときの三名。二四日が空襲の本番だった。七八機のB29爆撃機が来襲、二五〇キロ爆弾二二〇〇発、一トン爆弾七発を投弾。その後に小型戦闘機が機銃掃射。わずか一八分の空襲だったが、別資料によれば死者は計二六四人と記録されている。徴用、女子挺身隊、学徒など動員されていた人の犠牲も少なくなかった。

長じて知ったことであるが、半田空襲で四八人の朝鮮人が死んだ。「人的資源」の払底によって朝鮮半島南部からの強制連行が困難になった戦争末期、中島飛行機半田製作所では、北辺の地から強制連行されてきた人と「内地徴用」された人と、合わせて千人を超える朝鮮人が、強制労働につかされていた。飛行機製作工場や滑走路だけでなく、朝鮮人労働者が収容されたバラック宿舎が爆撃されたのだ。

防空壕のなかで震えていたのはB29来襲の時だけではない。敗戦の年八月一五日を前後して、二つの大きな地震がぼくらの町を襲った。四四年一二月七日の東南海地震と四五年一月一三日の三河地震である。日付はあと知恵で知ったことであって、寒い冬に立てつづけに起こって余震が続いたことは憶えている。それで何日かの夜を防空壕で過ごした。二つの地震とも「箝口令」が布かれて報道されなかったことを知ったのも長じてからだ。

いま防空壕の形状を明確に思い浮かべることはできないが、なぜあのとき防空壕だったのか？　地面に掘った壕のなかが地震に強いとは思えない。むしろ、天井の土の崩落する危険が大きいのではなかろうか、とは今にして思うことである。

東南海地震であったか、三河地震であったか、登校の途中、屋根瓦はそのまま残して家がぺしゃんこになっているのを見た。

空爆と地震のこの時期に、記憶の寸景ながら忘れられない出来事があった。

敗戦の前年であったろうか、あるいはその年であったろうか、小学校（左右の門柱には「國民学校」とあった）の校庭に軍隊が駐屯していたことがある。「兵隊さん」が何のために、何人ほどいたか、は知らない。夏休み中だったのだろう。ぼくはときどき、馬に乗った「軍人さん」が校舎をぐるぐる走らせているのを見に行った。馬のたてがみがなびき、蹄の音をひびかせ土を蹴たてて走る姿が、ぼくのこころを昂揚させた。美しい、と思った。

その時も馬の姿を見ようと小学校に向かっていた。相生座（映画館になっていた元芝居小屋）の三叉路に差しかかったとき、馬のたづなを引いた「兵隊さん」が駅のほうから下って来た。えらい人をどこかに送った帰りだろうか。馬の散歩をすませて帰るところのようにも見えた。

「坊、馬に乗るか」

「兵隊さん」が言った。

亀崎の漁師たちにもよく見られる、日焼け顔の朴訥そうな「兵隊さん」だった。ぼくは「兵隊さん」に抱え上げられて「馬上の少年」になった。三〇〇メートルくらいだったろうか、馬と「兵隊さん」とぼくは、小学校の校門近くまで友だちみたいに一緒だった。校門が見えたとき「兵隊さん」はうむも言わずに、ぼくを馬から下ろした。それっきり何も言わずに馬を引いて校門を入っていった。「兵隊さん」の顔が不意に変化したのが、小学生のぼくにもわかった。

あのとき「兵隊さん」は、内務班の軍規に反して一般人の行動をとったことに気づき、上官からの制裁を恐れたのだろう、と今なら解る。

幼年の記憶には、変哲もない行きずりの寸景なのに、長じてのち折々、脈絡もなく頭に浮かぶものがある。

二つの地震が起った頃だと思う。ぼくが瓦屋根に坐っている。家では天気のよい日、屋根によく布団が干されていた。そこは子どもたちの日向ぼっこと展望台がわりの場でもあった。ぼくは三〇メートルほど向こうの四辻の方を見ている。踏切の方から四、五人の少女の列が歩いて来て、四辻で華やいだ声を挙げ合って、三方に散って行った。そのなかに七歳年上のぼくの長姉がいた。

何の意味もなさそうな、それだけの光景なのに、記憶の場面にふと訪れる。軍需工場への「学徒動員」の日の帰路だった、と知るのは長じて後のことである。

ぼくの家の庭地を隔てた向かいに「よっちゃん」の家があった。「よっちゃん」はぼくより一〇歳以上年上で二十歳くらいだったろうか。兄弟のいない「よっちゃん」はぼくを可愛がってくれた。自転車の荷台に乗せてどこかに連れて行ってくれた折、車輪の針金に足を挟んだぼくが泣いたことを憶えている。

ぼくが写真館で撮った希少な写真が一枚ある。帽子と洋服は幼年にはこの上ない正装で椅子に掛け、姿勢を正してこちらを見つめている。七五三か小学校（国民学校）の入学記念であったろう。この写真も「よっちゃん」が写真館に連れて行って撮ったものだという。

戦争も末期のある日、その「よっちゃん」の家でゲーゲーと嘔吐する人をぼくは見た。何人かの若い衆が酒盛りをして、軍歌を歌っていた。やけくそみたいに騒いでいるようにも見えた。そのうち一人の若い衆が家の裏に出て吐き始めたのだ。その体の大きい人は、駅の貨物場で仲仕をしている人だった。

あの光景が「赤紙」（徴兵令状）の来た友人の送別会だった、と後に知った。ぼくは「漁港の町」で出征兵士を送る情景を目にしたことはないが、あのゲーゲーもまた、戦争の寸景だったのだろう。

日本帝国がアジアの国の人びととアメリカに負けて、戦争が終わった。玉音放送というのがあって、裕仁天皇が聞き取りにくいラジオの声でそのことを日本国民に告げた、らしい。小学二年生のぼくにその日の記憶はない。いや、そうと言い切れない。

海辺から駅へと向かって広い道路が家の横を通っていた。もちろん当時は舗装されていなくて、通る車もないのに砂ぼこりが絶えなかった。坂道を隔てて線香を造る工場があった。その「せんこ屋さん」に四、五人のおとなが集まって、花札をしていた。何かの合図があったように車座の真ん中にラジオが置かれ、おとなたちが聞いている。道路に面した部屋の窓は開いていて、格子の間に顔をくっつけた少年がその様子をのぞいていた。

あれがぼくの見た「八月一五日」の場景ではなかっただろうか。

それを「流民伝」(『東海文学』一九七〇年三月・四〇号)『夢のゆくえ』(影書房・二〇〇七年一〇月所収)と「漁港の町にて」(『架橋』一九九六年夏・一六号・七月)に書いた。ただし、あの場景をほんとうにぼくは見たのだろうか。「せんこ屋さん」の家の中を格子の間からのぞいていた記憶は事実である。しかしそのほかの仔細が、放物線を描く時の遠近にかすんで、定かではない。変形と仮構を加えられた小説ごとなのか、夢の記憶の断片なのか……。

戦争が終わって、米軍機B29がぼくらの町にみやげ物を置いていった。投下された二五〇キロ爆弾があちらこちらに大きな穴を穿った。穴には降雨が溜まって、一年ほどもすると食用蛙（牛蛙）が生息した。その食用蛙を獲って食べて、八歳ぼくの戦後は始まった。

食用蛙の捕獲は少年の楽しみであった。「タンパク源」などということばは知らなかったけれど。蛙用の針と糸を付けた手製の釣竿をかついで、ぼくは同じ出立の次兄のあとに付いていく。造り酒家「あまのさん」の大きな庭の池や、町の北はずれにある里山「一ノ谷」の溜め池が、釣り場だった。牛のような鳴き声で獲物の居場所はすぐわかる。餌は囮の葉っぱであったが、こつさえ覚えれば難なく釣れた。でっかいのが捕れると体が熱くなって、次兄もぼくも歓声を上げた。

中学生になったばかりの次兄は蛙を料るのが上手だった。まな板の上で大の字になった蛙の四肢をぼくが両手で抑えている。次兄は蛙の腹に包丁でタテ一文字を入れ、外套を脱がすように皮を左右に剥がす。皮を剥がれた蛙はピンクがかって美しい。それから四肢が解体され、炭のよく熾った七輪の網に乗せられる。醤油をかけて、ぼくらは肉を頬ばり、骨をしゃぶる。

あるとき、こんなことがあった。皮を脱がされた蛙がいきなり跳びはねて走り出した。はだかのまま一〇メートルほどさきの排水溝に飛び込むと、泳いで消えた。

排水溝に消えたのは、はだかの蛙だけではない。家鴨(あひる)も消えたことがある。

あれは敗戦の年の秋であったか、翌年であったか。家の脇の道路に一台の軍用トラックが止まった。毛布などと一緒に四、五羽の家鴨が家に運び込まれた。幼い家鴨たちだった。叔父(父の次弟)が名古屋の陸軍連隊から軍事物資を持ち込んだのだ。叔父は戦地には行かず曹長だかになった人だ。「学校の成績はともかく、要領のよさには長(た)けていた」というのが父の叔父評。

家鴨は水たまりになった防空壕跡に入れられたのだが、そのときぼくの落とした一羽が穴底で腰を抜かしてしまった。数日後、家鴨たちは内の庭と隣家の庭の間を流れる排水溝に移された。化学洗剤がまだ生活に侵入しない当時、きれいな溝にはメダカもいた。

あれは放し飼いにするつもりだったのか、家鴨たちは一夜のうちに消えた。野良の犬か猫に襲われたのか、道路端の水路へ旅立ったのか、それは分からない。腰抜けの家鴨が旅立ちの前に死んだのだったか、きょうだいたちに同行したのだったか、記憶にない。

ともあれ、ぼくの戦後はこうして始まった。(次兄をモデルあるいはモチーフにした小説には「八箇孕石にて」『東海文学』三五号 一九六八年九月、「遁走のすえ」同五八号 一九七五年一〇月がある。)

敗戦後間もなくのぼくの家の食事情について少し書いておこう。

戦中の記憶はないが、世間で言われる「ひもじさ」はそれほど感じなかった。田舎の家であるのが幸いしたこともあるが、母すゑの存在が大きかった。米の配給制下にあっても、農家の実家から融通されていたのだろう。それに祖母とくがなにがしかの田んぼを持っていて、母も米作りを手伝った。祖母とくの名義であったろうが三か所ほどに畑地があって、芋と麦を採っていた。そちらは母すゑが一手に引き受けていた。

ぼくもときどき母の野良仕事に連れられて行った。小学生のときの記憶は「麦踏み」くらいだが、中学生になってからは芋掘りや畝(うね)づくりを手伝った。「畝づくり」は鍬をふるって一列も進まないうちに腰が痛くなる。ところが母は、軽妙に鍬を振って次から次へと畝を耕していく。ぼくが作った不良品の畝は母が手直しする。

圧巻は、長い柄の柄杓で肥溜めからすくった肥料を畑に撒く彼女の姿であった。四肢を躍らせて遠くまでまんべんなく肥料（小便）を飛ばすあの姿は、何かの運動競技であるかのように躍動的であった。

母が収穫した芋は芋穴（保存する壕）に貯蔵され、町の飴屋で芋飴と交換され、煎餅状に切って干し芋にもされた。遊びなかまに振る舞えば、干し芋は上人気だった。ワルの上級生から命じられて親に内緒で渡したこともある。

麦は町の小さな製菓工場であられ菓子にも交換したが、いうまでもなく主食の「麦ごはん」として家族の食生活の主役であった。母は子どもの弁当には、炊き上がった御飯の上面（うわっつら）の麦を除けて銀シャリを詰てくれた。

御飯のおかずは魚が主役だった。漁港の町だから鰯や秋刀魚が魚屋の店先に豊富だった。鰯は煮たり焼いたりしたが、母が一匹なりを人差し指と中指を巧みに使って二枚の刺身におろし、生姜たまりで食べた。また、擂鉢（すり）と擂りこぎで身を擂りつぶせば、添加物のない特製半片（はんぺん）になった。擂鉢と擂りこぎと言えば、やまかけを作るのに山芋（自然薯）を擂るのは、子どもの役割だった。これらの食べ物はぼくの胃袋に記憶されていて、七〇年以上を経た今も捨てがたい嗜好になっている。

親子一〇人家族が台所で座卓を囲んで食事する光景はちょっとした見物（みもの）であったが、潮干祭りの日の食卓は壮観であった。母すゑが前夜から仕込んだ稲荷寿司、海苔巻き寿司、箱押し寿司とともに串あさりの炙り焼きと天ぷらなどが所狭しと並び、親戚の者、家族の友達らが入れ替わり立ち替わりやってきて、宴席は家族ともども夕方まで続く。それは漁港の町の家の祝祭空間であった。ぼくが初めて酒を口にしたのは中学一年生、その祝祭の時であった。

祝祭といえば、正月には門付けの尾張万歳、三河万歳が来た。家の玄関を入った土間で鼓を拍（う）ちながら「あー、めでたや、めでたやー」と謡い終えると、ぼくが祝儀の紙包みを二人のおじさんに渡す。その時のなぜか晴れやかな気分は、幼いながら祝祭のそれであったのだろう。

やがて世の中は移り変わり、畑地は消えて、住宅が建った。母すゑは、残されたわずかな畑で野菜や果物を作って、八〇歳過ぎまで「野良仕事」を愉しんだ。

母すゑは一九〇八（明治四一）年の生まれである。明治生まれの農民や漁民の子孫にしばしば見られたように、すゑは文字の読み書きが不自由な人であった。だから、文字と出合いそうな場面を恐れた。役所と学校を敬遠したのである。ぼくの記憶にある頃は、授業参観など学校ごとは長女和子が代行した。

そのすゑが、夫英宗の留守を見計らって秘かに文字書きの稽古を始めたのは、六〇歳過ぎの時であった。子ども七人はすでに実家を去っていた。最後に残っていた、四〇歳で産んだ末娘るり子が大学に進んで下宿した。すゑは末娘に手紙を出したい一心から文字の稽古を始めたのだ。これは伝説ではない。ぼくも実家を訪ねたとき、その場面に出合った。慌ててメモ用紙を仕舞う彼女の羞じらう表情は、なぜか美しかった。

あれも六〇歳を過ぎてからだったろうか、すゑは外出のたび乳母車を押して出るようになった。荷物を運ぶためではない。腰の曲がるのを恥じらってのことだ。そんな母すゑを息子ぼくは愛する。彼女は終生、背筋のシャンとした人だった。

封建制と家父長制をまるごと体現した「三従」（親に従い、夫に従い、子に従う）の人生であった。そのうえ勝ち気な姑・徳にも忍従しなければならなかった。とくの葬儀の折にぼくが見た、心なし明るい母の風情は、かすかながら解放の証だったのだろう。

四人きょうだいの女一人末娘ということもあったろうか、子どもを叱ったり、他人を悪く言ったりすることを知らない、無欲の人であったが、変なところもあった。田舎の農家で育ちながら蛇が苦手だった。家の納戸に青大将がとぐろを巻いていたときなど二、三日、蒼ざめた顔をしていた。そのくせ鼠は平気で、素知らぬ顔で死骸を手づかみにした。（母すゑの一生は小説「すゑの話」『架橋』二〇号・二〇〇〇年七月一日に書いた。）

## 戯れる少年たち

戦後、三年生になったときの教科書に黒塗りした憶えがない。そのくせ二、三年生頃から気になった女の子のフルネームと顔は今も覚えている。記憶の問題というよりは、勉強とか学校生活に興味がなかったのだろう。

勉強とは無縁の記憶は豊富だ。

教科書を開くのは苦手であったが、本を読むのは嫌いでなかったらしい。放課後（あるいは授業のあいま）に図書室で『アラビアンナイト』『巌窟王』『ああ、ミゼラブル』の児童版に熱中した。なぜその種の読物だったのかはわからないが、夜には決まって不可解な、こわい夢にうなされた。

いくらか「知的興味」なのはそれくらいで、ひたすら「身体表現」に明け暮れる小学生だった。世に珍しくない野球少年である。ただし、熱中するのは高学年になってからである。低学年時代はメンコ、ビー玉、独楽まわし、棒投げ、チャンバラが五点セットであった。小さな漁港のある町ではなぜか、メンコをサンシャン、ビー玉をナゴヤンと言った。

ここでついでに亀崎の方言をいくつか掲げておこう。少年たちにとっては「標準語」などというものは存在せず、亀崎弁が生活言語であった（以下、解釈はぼくの類推であって、方言研究によるものとは関係ない）。

【じゅん】相手を指す二人称。「きみ」「あんた」「おまえ」のこと。「じぶん」がなまったらしい。だから「じゅん」とは自己と他者の関係が相互に合一したことばである。

【わし】一人称。男女ともに用いる。相手によって「わたし」「ぼく」「おれ」などと併用する。中学校卒業までは「わし」が多数で教員に対しても用いる。

【おっつあん】実父に用いることはなく、町の年寄りや中年男子に対して用いる。こんなエピソードがある。戦後間もない頃、皇族のナントカ宮さまが亀崎を訪ねて、江戸時代からのしにせ料理旅館「望州楼」に泊まったことがある。ナントカ宮さまが散歩に出ると、埠頭では子どもたちが真っ黒の上半身はだかでハゼ釣りをしていた。宮さまが声をかける、「坊や、釣れるかね」。「坊や」が応える、「おっつあんも釣ってみりや」。それだけの話だが、お付きは慌て、ナントカ宮さまは「おっつあん」が解らず、キョトンとしていたそうだ。

**【家族の呼称】**町の素封家や職業軍人、勤め人などの家のことは預かり知らないが、漁師や職人など「庶民」の家では共通していただろう。父は「とうちゃん」、母は「かあちゃん」であり、ぼくの家でもそうであった。男子が「おやじ」「おふくろ」と呼ぶのは社会に出てからが多い。ぼくの家でそう呼び始めたのは長兄と次兄のみであった。ぼくと妹弟たちは家族内では長じてからも「とうちゃん」「かあちゃん」である。ぼくを基点にきょうだいの呼称は、長女が「ねえちゃん」、長兄が「大きい兄（にい）」、次兄が「小（ちい）せー兄」であり、ぼくは「じー君」（あるいはじろ君）、妹は順に「美智やん」「香芽やん」「るーやん（るり子）」で、弟が「直さん」（あるいは「直材」）となる。父母きょうだいみなが、親とか年上とか年下とかの関係なく終生、これで呼び合っている。

**【やん】【はん】**人の呼称。人名の下に付ける。たとえば「順やん」「時やん」「公造はん」「お玉はん」。この呼称は幼年期から成人して老年になるまで使われる。九〇歳で亡くなった人の葬儀においても、「○○やん」「△△はん」と死者を呼んでなつかしむ。「君」「さん」と呼ぶのは少数派である。ちなみにぼくは少数派の「じー君」だった。また「おばさん」は「おばはん」、「おじさん」はそのままである。

【――なん】「その話は前にも聞いたがなん」「それは難儀だったなん」などと語尾に付く。「△△さんが亡くなったそうだなん」などと伝聞にも付ける。

【――んな】「嘘をついたらあかんな」「学校に遅れたらあかんな」などとやわらかい指示・命令の語尾に付ける。

【――や】「――なん」に似た用法の語尾。「仲ようあそびや」「気ぃつけて帰りや」などと言う。

【――がや】「○○やんは秀才だがや」「それは無茶な話だがや」などと感嘆と批判のどちらにも使う。

【あかん】亀崎弁だけに独自ではないが、「だめ」の意。「その計画は、あかん」「まっと（もっと）よく考えなあかん」のように使う。

【とろい】「ばかな」「へた」「役に立たない」などの意味。野球で三振、エラーなどすると「とろいなん」と言われる。「そんなとろい話はないがん」とも。

【おぼくさん】「おぶくさん」とも。これも亀崎弁固有ではなさそうだが、母（かあちゃん）

が毎朝、竈で炊き上げたごはんを小さな足高の器に入れて、まず一番に神棚に供えた。そのごはんを言う。ぼくの家には（たぶん、どこの家にも）神棚と仏壇が併存していた。わが家の宗派は浄土真宗。

【まる】「――する」の意。「小便をする」は「小便をまる」となる。排尿に限って使う動詞。便器「おまる」が語源かとも思われるが、排便の場合は使わない。「うんこする」と言う。

【おべんちょ】女性器および性行為の名詞形。

【へぐ】性行為の動詞形。「性暴力」の意味で男子が女子に対して使う。ただし少年期のそれには実行は伴わない。女先生に叱られた時とか女子にやり込められた時などに「へぐぞ」「へいだるか」などと、悔しまぎれの悪態として言う。

ぼくらの遊び場は路地と道路であった。

海辺から駅へと向かう広い道路は当時、自動車の姿はなくときどき牛車か荷馬車が通るだけだったので、そこが主に棒投げ、チャンバラ、野球の遊び場になった。

サンシャンとナゴヤン、独楽まわしは路地で遊ぶことが多かった。町一番の素封家であり地主である醸造家「いとう合資」の職人が住む長屋、井戸掘り人、石油工場の労働者など典型的な庶民の家々が並ぶ路地である。サンシャンやナゴヤンを売る家は路地の一角にあった。ふつうの家の入口ひと坪ほどの店で寡婦のおばさんが子どもの相手をしていた。路地はぼくの家の裏口から通じていた。

棒投げというのは、道具は長さ二、三〇センチ、直径二センチくらいの棒。神社の森とか浜辺とかで入手してくる。地面に置かれた相手の棒に自分の棒を投げつけて飛ばす「競技」である。それを繰り返して一回ごとの飛距離で勝ち負けを決め、一〇ランドほど競って勝ち点の多い方が勝利する。飛距離の差が微妙なときは上級生がレフェリーあるいは行司を務めた。

棒投げがどこの土地でも行なわれたフヘン的な子どものあそびだったのかは知らないが、ぼくらの間では人気が高く、サンシャンやナゴヤンをしのいで熱中した時期がある。テキの棒を弾き飛ばすのに相応しい、堅く強い棒をいかに手に入れるか、競う前のその探索と目利きが求められる。競技の闘争性が子どもなりに意気を高揚させる。なにより元手（小遣い）が要らないのが公正。家庭の貧富は勝負に関係しない。

元手は要らず探索力と目利きが求められるのはチャンバラも同様。カタナの役をする竹の堅固さと強靱さ、そのうえ見栄えがカッコよくなければいけない。そういう素材の入手が求められる。上級生が格上なのはしかたないとして、下級生もそれなりに奮戦した。

子どもたちの間でカタナの王道は〝朝鮮竹〟と呼ばれた、孟宗竹であった。これは半身を浦と湾に囲まれた町の北がわにある、里山の林から調達した。

凧揚げは年長者が手作りするところや揚げるところ、電線に引っかかってゆらゆらしている場面が記憶にあるばかりで、自分で遊んだ記憶は薄い。

町のこどもたちには、体を使わない怠けものの愉しみもあった。どれもおなじみであるが、まずはブロマイド集め。

大相撲は照国と羽黒山の両横綱時代。精悍な赤銅色の羽黒山が強く、秋田県出身で肌白、典型的なアンコ型の照国は成績で一歩をゆずったが、ぼくはなぜか照国贔屓であった。照国の得意は当然、寄り切りである。勝った場面の写真では肥満体ゆえにいつもまわしが伸びきって股間のものが見えそうになっていた。照国は伊勢ヶ浜部屋なのでいまだに同部屋が気になる。あれから七〇年余のち、伊勢ヶ浜部屋の照ノ富士が怪我と病で序二段まで転落のすえ、奇跡の復活を遂げて横綱になった。

当時はプロ野球よりも甲子園の高校野球が人気で、浪商や松商学園（旧松本商業学校）のエースの写真を憶えている。平古場と宮沢だったと思う。

小学生ぼくは長兄と次兄に連れられて数度、高校野球とプロ野球の試合を観たことがある。球場の一つは武豊線の亀崎駅から二つめ（現在は三つめ）の「おがわ」で降りて三〇分ほども歩いたろうか、刈谷球場。もう一つは亀崎駅から四つめ（現在は八つめ）の東海道線の「おおだか」から歩いて、これも三〇分ほどの鳴海球場。鳴海球場は名古屋市になるので、野球観戦のとき初めて名古屋の土を踏んだことになる。

鳴海球場には次兄とその友だち「六ちゃん」に連れられて行った。松本商業の試合だった。相手はエース長谷川良平を擁する地元の半田商高だったはずだが、なぜか記憶があいまいだ。サウスポー宮沢の颯爽たる姿を見て、同じサウスポーの野球少年ぼくに「六ちゃん」が言った、「じー君も、あーなりやなん」。スタンドでの一言が今も鮮明である。

刈谷球場では長兄と次兄それぞれに町の誰彼が連れ立ってプロ野球を観た。オープン戦だったにちがいない。中日ドラゴンズの相手がどこだったか思い出せないが、その試合で「真田」とか「大沢」とか「清水」とかの名前を覚えている。「西沢」とか「野口」とか「杉浦」を知るのは中学生になってナゴヤ球場に行くようになってからである。ナゴヤ球場ではドラゴンズの一、二番、背中をまるめてホームベースにかぶさるように構える坪内と職人肌の原田（徳さん）がよかった。坪内のレフト線二塁打、徳さんのライト線ぎりぎりに測ったような二塁打は、絶品だった。

野球に関しては、ぼく独自の遊びがあった。次兄手製の野球盤ゲームである。野球盤は次兄のお下がりだった。四方に高さ三センチほどの囲いが付いている（ビー玉が場外に飛び出さないようにするため）、五〇センチ四方ほどの板盤である。板盤にはパチンコ台の要領で釘を打った、「アウト」「ヒット」「二塁打」「三塁打」「ホームラン」「三振」「四球」などのゾーンがあった。ボールは小さいビー玉、バットは直径一センチ、長さ一五センチほどの棒である。

ノートは貴重品なので紙切れにスコア表を書いて、中日ドラゴンズ対南海ホークスなどとチーム名を付ける。ビー玉のボールを打つのはぼく一人だが、どちらかに贔屓することはない。ひたすら熱中して、毎イニングの結果をスコアーに付けるのである。

「大きくなったら何になりたいか」などという作文は当時、存在しなかった。都会の学校ではどうだったか？　児童に「将来の夢」とか「希望」とかはなかった時代であったことは、間違いない。それでもぼくには野球放送のアナウンサーになりたいと、陽炎ほどの「夢」があって、部屋で一人、空想の試合を作ってアナウンスにふけっていた。

二階の子ども部屋に二時間も三時間も閉じこもるので、親は心配して覗きに来た、と言う。長じてから父に聞いた。

ぼくらをとりこにした愉しみに紙芝居があった。演者は、クラス一の勉強のできる同級生「安西くん」の父ちゃん、「あーぼーちゃん」である。子どもの頃「あーぼー」と呼ばれていたのがおとなになっても続いていて、子どもはそれに「ちゃん」を付けた。ぼくらの町ではそれが紙芝居の代名詞になっていて、拍子木の音が聞こえると、「あーぼーちゃんが来たぞ」と所定の空き地に集まった。「大きい子」が拍子木を打って触れまわることもあった。「あーぼーちゃん」の紙芝居は、とにかく抜群だった。当時、男女混合で遊ぶことはなかったが、「あーぼーちゃん」の口演だけは女子も混ざって、魅了された。「嗚呼、黄金バットの運命や如何に」を聞くたびにぼくらは、後ろ髪引かれながら明日のこの時間が来るのを心待ちした。

その「あーぼーちゃん」が突如、来なくなった。ぼくらの落胆は計り知れなかった。「あーぼーちゃん」は家で傘の修繕、鍋釜の鋳掛け仕事も兼業していたが、紙芝居廃業の理由は知らない。

隣の町「おっかわ」の人が拍子木をならして現われたのは、旬日を経ずであった。「あーぼーちゃん」から道具一式とショバを譲り受けたのだろう。年格好は似ていたが風采に難あり、その技量は子どもたちからもひんしゅくを買うほどだった。「客」は減り、飴や塩昆布も売れず、一か月ほどで姿が消えた。

芝居と言えば、村芝居を一度見たことがある。ぼくの母すゑは一九〇八（明治四一）年、亀崎から西北西へ六キロほど行った、阿久比（あぐい）板山の農家の末娘に生まれた。彼女の生まれた集落はぼくが知るかぎり神社と精米所と雑貨の店があるだけの、あとは水田と潅木林と里山と小川の村である。

犬のいない村であった。土葬の風習が一九五〇年代まで残っていたので、死者の墓を犬が荒らさないためである。ぼくも中学のとき一度、叔父（母の三兄）の野辺送りに参列したことがある。座棺であった。山所の目印の樹木の傍らに座棺のまま死者は埋葬される。一年ほどして本葬のために掘り出される。そのとき死者の養分を吸った樹木が棺の周りに根を張り詰めている、と父に聞いたが、ぼくは見ていない。

板山村の祭りの日に、ぼくは神社の境内で村芝居を見た。ドサ回り一座だったのか、村の衆の素人芝居だったのかはわからない。演し物も、いずれ「国定忠治」か「瞼の母」の類だったろうが、小学生のぼくにはわからなかった。舞台が提灯の明かり（照明）でうすぐらく照らされていて、白粉を塗った役者の顔が異形に見えた記憶だけがある。

それからぼくは何度か芝居の夢を見た。「アラビアンナイト」や「巌窟王」を読んだときの夢に似た、なぜか面妖な夢だった。

「漁港の町」では野外の芝居が演じられることはなかった。「三社さん」の境内で一度、映画が上映されたことはあった。「酔いどれ天使」である。荒ぶる三船敏郎と朴訥な志村喬のイメージだけが残っている。（板山村の土葬については、小説「根の棺」『新日本文学』一九八九年一月号、『イルボネ　チャンビョク』一九九四年・風琳堂所収に書いた。）

## 野球少年の季節

野球少年の話である。熱中したのは三年生頃からだろう。グラウンドは神社の境内。ご多分にもれず三角ベース形式である。神社は二つあって、一つは国鉄線路の踏切を渡った隣地区にある「平地のお宮さん」。

祭礼には近在から五、六頭の馬（いつもは荷馬車を引いているのだろう）が集まって馬駆けがある。境内にはふとい木でぐるりと柵が組まれていて、内がわを柵に沿って駆け巡る。外がわには観衆が柵から身を乗り出して群がっている。造花で着飾った馬たちが鈴を鳴らしながら、首に捕まった法被姿の若い衆を振り落とし、転倒させせながら駆ける。首尾よく一周し終えた若者には観客から盛大な拍手が送られる。

二周も三周も駆け続ける剛の馬もいるが、一周まわって林の中（馬たちの控え場所）に消える馬もいる。なぜ消えるのか？　馬が目の前を駆けぬけるとき観客の男たちは老いも若きも歓声を挙げながら馬の尻（ときには胴や首）を竹棒で叩く。ぼくら子どもも同じ振舞いをする。それが馬駆け祭りの観客の目当てであって、それを楽しみに集まっているのだ。愛馬を不憫に思った馬主は早々に馬の轡を引いて控え場所に消えていく。

あんなことが許されていた時代である。今なら動物愛護法違反の廉で町の駐在に連行されるにちがいない。

　とはいえ、神社の境内はぼくらの大事なグランドであった。打球がしばしば外野の間を抜けて、あるいは頭をこえて藪のなかに消えたとしても。消えたボールを敵味方、総出で探しても見つけ出すのがいかに困難であったとしても。しばしば木々の枝から山がらが落下して首にまつわりついたとしても。バックネット代わりの社務所の板塀にファウルボールあるいはワイルドピッチの球がおそって、ついには損壊、神主さんに一喝されたとしても（それでも「境内での野球を禁ず」の達しはなく、いつの間にか壊れた箇所が真新しい板で補修されていた）。

「平地のお宮さん」の野球にはときどき付録が付いた。悪ガキの上級生が、ぼくら下級生に隣地区の子どもと一騎打ちのケンカをさせた。同じ学年同士という〝ルール〟はあったが、たがいに恨みがあるわけではない。「理由なき決闘」であった。それでもなぜか一所懸命、闘った。


　いまひとつのぼくらのグラウンドは、神社「三社さん」の境内である。ここはボールが林にも藪にも消えることはなかったが、左翼の後方には観客席（スタンド）ならぬ塀がそびえていて、たまのことながら六年生の打つ打球がその向こうに消えた。その場合は即座にチェンジ、ボールは打者が弁償する。

横にながいその塀は、町一番の素封家であり地主であり納税者である「いとう合資」の敷地うちである。子どもなりに畏れ多く思ったかどうかはっきりしないが、「球(たま)が入りました。探させてください」と申し出ることはできなかった。ところが、なぜかボールは戻った。塀の向こうで働いている杜氏のおじさんが届けてくれるのだ。その時のおじさんはどんな顔をしていたか、仏頂面をしていたかニコニコ笑顔だったか、記憶にないのが残念だ。

打球は、塀の向こうとは違って、しばしば海に飛び込んだ。「三社さん」の境内の南がわは一塁側スタンドならぬ、高さ一メートルほどの汐留堤をへだててすぐ海だった。

こちらはみんなの海なので塀の向こうとは違って忖度は要らず、ボールの回収は容易だった。夏ならどのみちモッコ（海水浴用のふんどし）一丁なので、満ち潮どきでも海に飛び込んでプカプカ浮かぶボールを取ってくればいい。ただし潮の満ち干きに関係なく、打者は即座にアウト、チェンジであった。

夏には町の子どもたちの海水浴場、おとなもいたろうが、その姿がいま記憶の風景に浮かばない。浮かぶのは、ぼくらが泳ぐ水域に鱶の死体が流れ着いたことくらいだ。鱶は白く長くひらひらするものを警戒するから越中ふんどしで泳ぐと襲われない、という言い習わしがあったが真偽は知らない。亀崎の町から知多半島を三〇キロほど南下した、太平洋に面する篠島周辺では、海水浴客が脚の肉を鱶に食いかじられた、という噂は子どもたちにも届いた。

この頃のぼくに忘れられない出来事が二つあった。

一つは夏休み、「三社さん」の境内で野球に興じている最中だった。突然、大きな音がしてカンカン照りの青空が真っ暗になった。雷だー。すげぇ雨が来るぞ。階段を駆け上って全員、社(やしろ)の軒下に避難した。ところが、空はいよいよ黒々と夜みたいになるが、雨は来ない。そのうち神社脇の道を男の人が「火事だ」「火事だ」と叫びながら、「朝日製油」の方向から走って来て東の方へ去って行った。男の人は素っ裸だった。体じゅうの皮膚がピンク色に剥がれてぴらぴらしていた。

ぼくらは何が何だか分からず、それでも社の軒下から境内へ駆け戻った。海に人がおるんな、誰かが叫ぶ。海に飛び込んだ人が湾の石垣にのぼってぐったりと座り込むところだった。それから神社脇の道を一人、二人と男の人が素っ裸で皮膚をひらひらさせて歩いてきて、坂道を駅の方へ向かう。「シノハラさん」に向かうのだなん、ぼくらはそう思って付いていった。篠原病院は道を四〇〇メートルほど登った駅近くにある。ぼくの家は「三社さん」と「シノハラさん」との中間あたりにある。家の前に父と母、姉がいて、素っ裸の人ふたりを毛布で包みリヤカーに乗せて「シノハラさん」へ運んで行く。ぼくらもそのあとに付いていく。

全身火傷を負って「シノハラさん」に運ばれたり、自力で辿り着いた人は七人にもなったそうだが、「シノハラさん」では治療ができず、さらにトラックで半田の市民病院に運ばれたけれど、全員亡くなった、とあとで聞いた。一九四八年の「朝日精油爆発事故」である（この出来事はのちに短編「素っぱだかのランナー」『新日本文学』一九八〇年九月号『夢のゆくえ』影書房二〇〇七年所収）に書いた。

もう一つは「のぼ君」の負傷事件である。「のぼ君」は「大間鉄工」の息子間瀬昇君。ぼくと同じ当時六年生で野球ではいつもぼくがピッチャー、「のぼ君」がキャッチャーのバッテリーを組んでいた。

ぼくらが六年生になると、「平地の神社」も「三社さん」もぼくらのグラウンドではなくなった。三角ベースを卒業して、小学校の校庭が活躍の舞台になったのである。

校庭といっても、半田市内の会社やクラブチームが集まって、おとなたちの軟式野球大会が行なわれるほど広いグラウンドである。娯楽の乏しい当時の世相もあってか、田舎町なのに野球が盛んであった。草野球とはいえ戦前、名古屋の東邦高校が春の甲子園で優勝したときのセンター・キャプテンのおじさん、元中日ドラゴンズ控え選手、ノンプロチームの現役選手がいた（ぼくものちに東邦高校に入学して、「諸般の事情」により軟式野球部で一年間ほど投手を務め、そのとき次兄の作ったクラブチームで投げたりした）。

長谷川良平といえば、広島カープが球団結成時の初代エース。一メートル七〇センチ足らずなのにシュートボールを武器に年間三〇勝以上を挙げたこともある。この「小さな大投手」が亀崎町の出身なのだ。雑貨店「いずみやさん」の息子で半田商高時代は享栄高校の金田正一と県下高校球界のエースを二分した。卒業後、社会人野球（その会社は福井地震の被害に遭って倒産した）を経て広島カープに入団したのだが、「いずみやの良平ちゃんは肋膜炎を患ったことがある」と聞いた。地元ドラゴンズの入団テストを受けたが金田正一と一緒に落ちた、とも聞いた。その「小さな大投手」が「ぼくらのグラウンド」で投げた試合を一度、ぼくは見た。「良ちゃん」が野球浪人中のことだ。軟式ボールは勝手が違ったのだろう、ヒットを打たれて大げさに照れ笑いしていた場面をよく憶えている。

そのグラウンドで亀崎町内の地区対抗少年野球大会が開かれたのが、ぼくらが六年生の夏休み。町には一区から六区まで六つの地域（自治会・旧町内会）があって、それぞれの区に結成された小学生チームが勝ち抜きトーナメントで試合する。その大会でぼくらの六区が優勝した。形ばかりの野球ズボンにストッキングは無し、野球帽も無し、ユニフォームの上着は白いメリヤスのランニングシャツ——という恰好で、ぼくが優勝旗を持つ小さなセピア色の写真が一枚、残っている。

ところが、その大会で一番忘れられない記憶は、投げたり打ったりの場面ではなく、試合中に「父ちゃん」がアイスキャンデーを一本、差し入れてくれたことだ。午前の試合で勝ち進んだぼくら六区は、午後の決勝に臨んだ。ぼくは昼食のために家に帰っても落ち着かず、食事もせずに「母ちゃん」がくれた生卵一個を呑んで小学校に戻った。「三つ児の魂百までも」というのは俗諺（ぞくげん）であるが、何か事をする前に緊張する性癖は、八五歳になった今もいくらか残っている。

炎天下と空きっ腹でよほど哀れな顔をしていたのだろう、観戦に来ていた「父ちゃん」がチェンジの合間にアイスキャンデーを買ってくれたのだ。アイスキャンデー屋が自転車で町をまわっていた時代だ。長じてその一コマが話題になったとき、「あんまり辛そうな顔してたで」と父は言った。

### 父英宗のこと

ここで、ぼくが小学校頃までの父磯貝英宗（ひでむね）のプロフィールを素描していこう。

一九〇四（明治三七）年に由太郎、徳の長男として知多郡亀崎村（当時）で生まれる。由太郎は衣浦湾の対岸、西三河碧南の出身。とくは知多郡奥田の出である。由太郎が知多郡内海（うつみ）のある家で修業中、同家の「女中」（子守奉公）であったとくとねんごろになる。修業を終えて由太郎が亀崎に居を構えると、年長で勝ち気なとくが追ってきて夫婦になった（徳は身ごもっていた、という説もある)。

英宗は一五歳で由太郎の職業「印菰商(しるしこも)」を継いだ。屋号は「印由」。町の人はぼくの家を「しるし由(よ)っさ」と呼んだ。「印菰商」と言っても商人ではなく職人である。

「漁港の町」は江戸時代から酒の蔵元(醸造)で栄え、酒は船で江戸(東京)へ運ばれた。酒の鮮度を保つために酒樽を包んだのが、「こもかぶり」である。「こもかぶり」に酒の銘柄(「敷島」「大勲」「国盛」「鷹の夢」「神杉」などの名称)と絵柄を描く人が「印書き」であり、公称「印菰商」である。菰一枚一枚にではなく原版に描くのだが、書と絵、それにレイアウトの着想に職人の手腕がかかった。現代で言えばデザイナーあるいはイラストレーターである。

祖父由太郎は腕のいい「印書き」であったが、仏さまみたいなお人よしの酒好きであった。昼間っから料亭「望州楼」で芸者を上げたりした。すると、とくが酒宴に乗り込んで「芸者の股ぐらから引きずり出して」(これは町びとたちの表現であって比喩である)家に連れ戻す。そんな場景を見た英宗は、由太郎のほうに同情した。「親父が気の毒だったなん」と、父英宗はぼくに述懐した。

由太郎は父英宗が二十歳前(一九二二年頃か)、酒に酔って小便甕に落ちて死んだ、と聞いた……のは、正耳であったのか、後に小説のなかで描いた脚色であったか、記憶はあいまいになっている。

父英宗と祖母とくのウマが合わなかった理由には、尋常高等小学校を卒業すると家業を継がされたこともあったようだ。少年英宗は町で評判の「勉強のできる子」であった（これは父自身が話したことではなく、ぼくが子どもの頃、父の同級生のおじさんたちから耳にしたこと。その話題に父は謙虚に応じていた）。小学校時代、英宗と成績トップを競ったのが天埜酒造の息子良吉であり、「身分」不相応の旦那衆の息子と職人の倅とは仲よしで屋敷を遊び場にしたという。天埜良吉は帝国大学を卒業して港湾関係（現国土交通省）の官僚になり、ぼくの高校の頃の記憶では自民党から出馬して国会議員になった。

父は「上の学校」に進む希望を絶たれた無念もあってか、子どもの進学に熱心であったが、長兄と次兄は期待を裏切った。

祖母とくは文字の読み書きができなかった。子どもたちの通知表（成績表）を見ても、文字の形状から「甲」を「蝿たたき」、「丙」を「兵隊さん」と自己流に表現した人だ。教育は苦手だったのだろう。一九六〇年頃、とくは田んぼの野良仕事から帰宅した日に脳溢血で倒れた。一週間、昏睡状態のまま亡くなった。病気知らずの人生だったという。

ところで父は、戦中から戦後にかけて「印書き」の仕事を失った。経済統制によって酒類が配給制になり、「こもかぶり」などは奢侈を理由に制限（あるいは禁止）されたからだ。

外国（中国）航路の貨物船に乗っていたとき海坊主のような巨大な蛸を見た、という話を父から聞いた。それはとくとの折り合いが悪く一時、船員（甲板夫見習いあたりだったのだろう）になっていた結婚前のことか、戦中に糊口を糊するためだったたか、わからない。小学生ぼくの記憶にある戦後は、八人の子どもを育てるために山師をしたり、法に触れそうな仕事をした。山師と言っても山を一つまるごと買うのではなく、山の伐採権だけを請け負っていたのだと思う。切り出した枝木を大八車に載せて運ぶのを手伝ったことがある。乙川（おっかわ）の山で伐採したのだったろう、亀崎へ向かう坂道で大八車を押していると、自転車の女の人が「えらいわね」と声をかけて颯爽と坂を下っていった。担任ではない「土平先生」だった。

法に触れる仕事とは、繊維（晒し）の闇ブローカーだった。

家の玄関先に四、五台の自転車が並ぶ日があった。子どもたちが二階に上がることを禁じられる日でもあった。闇ブローカーなかまが家々持ち回りで親睦を図るためだったのだろう、二階の部屋ではおとなたちの花札とばくが行なわれていた。ぼくがそのことを知ったのは、何年か後に畳の間から一枚の花札が出てきたからであったが。

父英宗は職人らしい遊びもせず、謹直でいくらか小心な人だった。ぼくが高校生になってからの話だが、中学の同級生からラブレターが届いたことがある。ぼくには内緒で父は手紙の主の家に行き、「息子はまだ勉学中なので」と告げたという。ぼくはその挿話をのちに同窓会で友人から聞くことになる。「知らぬは本人ばかりなり」と知ったときの気分は実に奇妙なものであった。

長兄と次兄が青春期に世に言う、ぐれたのは、父の性格に関係したのだろう。

そのような父のことだ。世渡りのための賭け麻雀ほどの手慰みであったとは言え、子どもにも見せられない秘密ごとは辛かったであろう。

ある日のこと、父が深刻な顔をしていて、納戸に積んであった晒し生地が消えた。手入れの情報が入ったのだろう、闇の商品は阿久比板山の母の実家に避難したのである。そのときは「鼻ぐすり」が効いたようだ。闇屋なかまはたびたび半田警察署の経済犯係を町の料亭に招いて酒宴を催していた。

ところが、「鼻ぐすり」が切れたのか、父らが逮捕されて名古屋拘置所に一週間ほど拘留されたことがある。列車に酔う母に代わって長女が着替えなど持って面会に通った。係官が若い彼女をからかうのに、長女和子が気丈にやり返した、という伝説がある。小説にはぼくが一度、姉に付いて行き、面会が終わるまで拘置所のグランドで収監者が野球するのを見ている、という場面がある。時の経過とともに虚実あいまいになりつつあるが、たぶんフィクションであるのだろう。

中学校に進んでからのことであるが、家庭調査みたいなものだったか、書類を提出させられることがあった。そこに「父の職業」という欄があって、ぼくは「印菰商」と書く。その頃の「父の職業」は繊維の闇ブローカーである。「印菰商」と書くときの、後ろめたいような、先生か学校かに挑むような、あの独特の感情は今も忘れがたい。

一九六〇年代、高度経済成長のさざ波に乗って「菰かぶり」と「印書き」の仕事が復活した。七〇年代にはディスカバー・ジャパンの影響もあったろうか、ささやかながら持てはやされる職業になった。

正月が近づくと、家にはテレビや新聞といったメディアが取材に来た。地元のFMテレビが三〇分ほどのドキュメントを放映したこともある。

今もぼくのスクラップブックには幾つかの新聞記事が残っている。「毎日新聞」の記事は一面全面を使って写真と文にした。記事には酒造元番頭の父についてのコメントがあって、「茶道の宗匠のような人」。ぼくはといえば、民俗学者柳田国男の写真を見るたび、父の写真とダブる。

「菰かぶり」は大相撲興行の会場入口に飾られたり、熱田神宮の拝殿脇に五〇ほどの銘柄が飾られた。奉納される「菰かぶり」の銘柄は変わらないが、年ごとに新刷りに取り替えられる。取り替え作業は「印書き」自身が請け負ったので、中学生ぼくが先手役(さきて)で付いて行った。昼メシどきに熱田神宮のそばの食堂で生まれて初めて食べたカツ丼が、めちゃめちゃ旨かった。

六〇年代後半から「印書き」職人は全国でも稀少種になっていた。七〇年代には上方の灘、伏見には数人いたらしいが、中部以東では父英宗が一人になっていた。そのことも「脚光」を浴びる理由（もと）だったのだろう。東北地方の蔵元からもオファーがあった。秋田からの新規の注文先がたまたま女性経営者。うーんと派手なデザインで、という要望だった。そのつもりで描いた書体と絵柄に女性社長の注文は「もっと派手に」であった。時代は変わった、というのが父の一言。

話題に乗って、半田市が父英宗を伝統文化財に指定したい、と打診してきたことがあった。「何をいまさら」と職人父はにべもなく断った。父の拒絶には、経済統制で仕事を失くし、山林伐採と闇商売をして八人の子どもを育てた、あの時は何の援助もせずに、今さら何を役所（行政）が、という遺恨が含意されている。

復活劇は長く続かなかった。一九七〇年代末になると父の仕事は急減した。大手印刷メーカーが商社とタイアップして「菰かぶり」の大量プリントを始めたのだ。職人の伝統技は資本と商品社会の風潮にひと吹きで払われた。

それでも、売価が印刷物の二倍以上はする「手書き」の「菰かぶり」を求める小口注文は絶えず、父英宗は八〇歳を過ぎるまで仕事を続けた。安っぽいプリント物より伝統の品格を、との蔵元の嗜好は一九八〇年代まで命脈を保っていた。

父は祖父由太郎が酒飲に過ぎた人だったので、長く酒を飲まなかった。三〇歳代末頃、精神性の強度の不眠に悩まされて飲酒を始めた。仕事を終えると、入浴を済まし、夏とその前後はそのまま越中褌ひとつの姿で玄関前に立って東南の空に向かって柏手を打つ。そして二合ほどの晩酌を愉しむ。

ぼくは今も父英宗のそんな人生の晩年様式を回想する。（父英宗の一生および磯貝一族の来歴については『新日本文学』一九九八年九月号／五九五号掲載の小説「父」と『架橋』三〇号／二〇一一年二月春号の小説「家の譜」に書いた。）

## 野球少年の季節（続）

「野球少年の季節」に戻る。

地区対抗少年野球大会で優勝した、あのときのバッテリーもぼくと「のぼ君」であった。

野球に明け暮れる夏休みのある日、ぼくと「のぼ君」は一緒に「三社さん」の海で泳いでいた。一緒に泳いだ記憶はほかにない。

「三社さん」の海には小さな湾があって、干潮のときには黒っぽい泥のなかでトビハゼやゲンゴロウがはねていた。湾の入口は幅四メートルほどの潮入になっていて、満潮の時こちらの石垣堤からあちらのそれに往ったり来たり泳いで楽しむ。何度目かに「のぼ君」が飛び込んだ。浮き上がった「のぼ君」の顔が真っ蒼だ。蛎殻かなにかで頭を切ったらしい。血を出している。「のぼ君」は怯えた顔をして家へ急いだ。

ぼくはすぐに海から上がった。「のぼ君」のあとは追わなかった。それから「三社さん」の境内や大きな鳥居のまわりをモッコひとつ着けただけの恰好でうろついた。社の階段に坐った。そんなことを繰り返すうちにどれほど時間が過ぎたのだろう。やがて夕日の色が変わった。あたりが薄暗くなりはじめた。それでもぼくは、夕暮れていく海を眺めていた。

あのときぼくは、なぜ家に帰りそびれていたのだろうか。帰れば家人に叱られると思ったのだろうか。長兄に殴られるとでも思ったのだろうか。どれも違うようで、おとなになってもほんとうの理由が分からないままだ。

あの日の夜、あとでも何度か、夢を見た。湾の潮入口を向こうの石垣堤に渡ったまま、こちらに戻って来られない夢を。

## 小さな漁港のある町

戦争は終わって、子どもたちに何を残したのだろうか。戦後はいなかの少年ぼくにとって、いくらか残酷でいくらか滑稽な日々から始まった。

ここで、ぼくらの「小さな漁港のある町」を素描しておこう。

人口はどれほどだったろうか。小学校の児童数は各学年五〇人学級で四組だったと記憶する。町の地形は馬蹄型をしていて、ぐるり周縁五キロほど。海に沿って北東から南西へ、太陽と一緒に移動すると馬蹄の形になる。北西の側が蹄のかかとの部分にあたり、北に里山、西に畑地や集落が点在する。

海辺に沿って家々の小さな密集を挟むかたちで町一番の広い道路がある。西から東に向かうと道路の途中が下り坂になっており、坂の脇の高いところに町で一番大きい医院「岡田さん」があった。「岡田さん」には入院ベッドもあったそうだ。「岡田さん」の坂を下りきると、そこから東へ「小さな漁港のある町」のメインストリートとなる。「本通り」あるいは「ほんまち」と呼ばれた。

「本通り」の中頃に四叉路があって北へのぼっていくと映画館「相生座」のところで二つに分かれる。右は小学校へ、左は駅に通じる。「本通り」の四叉路を南に四〇メートルも行けば、そこが「小さな漁港」である。水揚げ場の埠頭と漁協の小屋（事務所）がある。

「本通り」には本屋の栄進堂、判子屋、広瀬酒店、魚屋、呉服屋、高原眼鏡店、飲食店互楽などがあった。消防署や共同井戸もあった。「本通り」を四〇〇メートルほど行くと神社「けんしゃさん」の広場に出て、メインストリートは終わる。

「県社さん」の本名は「神崎神社」と言って、格が県社ということらしい。広場から三〇段ほどある石段を上ると、「県社さん」の境内と社と社務所がある。境内には等身大の馬の銅像が、おとなの背丈ほどの台座に乗っている。ぼくらは広場を「けんしゃさんの境内」と呼んでいたが、そこは砂ぼこりの絶えない大きな「空き地」だったのだろう。父が子どもの頃、「サンカ」と呼ばれる人の一団がそこにテントを張って逗留したことがあるそうだ。

亀崎潮干祭りは「県社さん」の広場と「本通り」を主な舞台に行なわれる。「本通り」には祭りになじみの露店がびっしりと並んで（脇道や公園にもはみ出して）、道路は人で埋まる。そして山車は広場近くから海浜に引き下ろされる。江戸時代から続く祭りである。五台の山車は飛騨の匠によって彫られたと言い伝えのある彫り物と豪奢な幕で飾られている。

一九五九年の伊勢湾台風後、海浜の干拓と護岸建設のために山車の勇壮な引き下ろしは途絶えたが、一九八〇年代に砂浜を再現して復活した。二〇〇〇年代には旧に倍する観客が訪れている。

亀崎潮干祭は現在、ユネスコ（国際連合教育科学文化機関）の山車鉾群遺産に登録されている。

ぼくの家は町の西はずれにあり、「県社さん」の広場は東の外れになるので、そこで野球をしたことはない。遊び場には子どもたちなりにテリトリーがあった。

東西に通り抜けるその道路とは別に、町には南北に通じる道路が五本ほどあった。そのなかで最も大きな（道幅一二メートルほど）道路がぼくの家の脇を通る、「三社さん」と亀崎駅を結ぶ道である。この空間はぼくら子どもにとってとても重要な道路である。遊び場でもあるが、それ以上に重要なのが牛車（ぎゅうしゃ）の通る道だったからである。

牛車は駅の倉庫で南京袋の荷物を一杯に積んで、海辺の方へ向かう。南京袋のなかみは大豆である。朝日製油に運ぶのだ。ぼくら（と言っても目立たないように二人まで）は釘とずだ袋を両手にそれぞれ持って牛車の後ろに付いていく。釘を南京袋に突きさす。穴が大きすぎないよう注意が必要だ。大豆が流れ出す。ずだ袋（ポケットがその役目をすることもある）にそれを受ける。適当な量がたまったところで南京袋をずり上げて大豆の流出を止める。

急いで家に帰り、コンロの火とフライパンを用意する。煎（い）られた豆は、食用蛙、蝗（いなご）とともにぼくらの大切な「おやつ」になった。牛車の通る道は大切な道だった。

牛車引きのおじさんたち（女の人が一人いた）は、ぼくら子どもの所業に気づいていたはずだ。被害というほどのこともなく、悪ガキどもが！　と悪態の一つもついて、荷下ろしをしたにちがいない。「口に入るものこそ天である」と、牛車引きのおじさんはよく知っていたにちがいない。

牛車引きのおじさんに「牛さ」と呼ばれる人がいた。線路の踏切を渡った向こうの「平地」の人である。温和な「牛さ」は、荷下ろしを終えてふたたび駅の倉庫に向かう途中で牛車に乗せてくれた。

ぼくがあちらこちらの窓ガラスにクレヨンで牛の絵を描くことに熱中したのは、その頃である。馬も好きだったが、牛には叶わなかった。自分が丑年とは知るよしもなかったが、牛の顔、角、あの体形を描いていると夢中になった。

それなのに、牛に追われる夢を見たのはなぜだろう。家に逃げ込むと、誰か人に似た牛の顔が窓からぬーっと入ってきた。

ぼくの家の横を通る道に次いで南北を結ぶ大きい道路は、漁港と駅をつないでいる。三輪トラックが二台ほどある運送屋、子どもの玩具と塩、砂糖も売るよろず雑貨屋、テント・シート屋、仏壇屋などがあった。「鶴城寺（かくじょうじ）」というお寺さんもあった。

相生座のところで二手に分かれた道を右手に行くと、町家の外れに「藤井猛勝ボクシングジム」はあった。と言っても古い空き家の家財を取っ払って三メートル四方ほどのリング、サンドバッグ、パンチングボール、縄跳びなど、形ばかりの道具を備えたジムである。「藤井猛勝」というのは、たぶんリングネームだろう。戦前戦中にピストン堀口と同時期のボクサーだった。壁に貼られた現役時代のポスターには、バンタム級だったかの日本ランキング三位とあった。

小学生ぼくは、ときどきそのジムをのぞき見に行った。漁師のおにいさんたちが練習していた。町ではちょっと崩れた若い衆という評判の「たかはん」が、やけに一所懸命、汗を流しているのが興味深かった。

ぼくは一度、ピストン堀口を見たことがある。拳聖と謳われたボクサーが全国を巡回する引退興行だった。試合が行なわれたのは、映画館と劇場をかねた半田の住吉劇場。五キロほどの道のりを長兄、次兄、町の若者ら十数名の一団にくっついて歩いて行った。

舞台にリングが張られ、登場した剣聖は顔が紅潮し、体に少し脂肪がついているように見えた。相手はフェザー級の日本ランカーだったと記憶する、地元で売り出し中の長野章だった。試合の結果はどうであったか、もしかするとエキジビションマッチだったかもしれない。ピストンの由来である連打のラッシュがストレートではなく左右のスイングだったのが、子どもなりに意外だった。

半世紀余の後に日本ボクシングコミッション認定のセコンドライセンスを取得してリングに上がるとは、そのとき夢想さえしなかった。

ぼくらの時代（一九四五年〜五〇年代）には町や村に異形の人がいた。ドストエフスキーの小説ではユロージヴィー（宗教的畸人）や井伏鱒二の「遙拝隊長」が想起される人物である。ぼくの町では奇人を「きちげ」と呼んで、忌避される人であり畏怖される人でもあった。

その人は、漁港の町にはおよそ似つかわしくない出立（いでたち）で現われた。山高帽（ハット）、礼服みたいな型の背広、少し丈の短いズボン、革靴である。ステッキを手にしていた。頭から足元まで黒色づくしであるが、全体に汚れてくたびれたふうだった（ぼくのなかでその人とハリウッドの喜劇王とが結びついたのは、長じてからのことである）。町に現われたといっても他所の人ではなく、その人は町の高台にある、長い塀のなかの屋敷の家に住んでいた。

町の者はその人を「コジマはん」と呼んでいた。小島姓の人だったのだろう。「コジマはん」が町に現われた理由は定かでない。町の子どもを引き連れて散歩する、それが「コジマはん」の用向きだったのかもしれない。

「コジマはん」は高台の篠原病院のほうから海辺のほうに下ってくる。いつの間にか子どもたちが「コジマはん」の後ろに集まって、囃したてることはなく後をついて行く。「コジマはん」は子どもたちを無視するふうだが、ステッキを振って歌をうたいはじめる。オペラみたいな歌いっぷりだが、上手か下手か、どんな歌詞なのかは、子どもたちに解からない。聞いたことのないことばだった。「あれはドイツ語だそうだなん」と、おとなたちは言った。

「コジマはん」は道を下りきると「三社さん」の前から海辺に沿って東に向かい、漁港の埠頭に着く。そこで歌うのを一服して、海を眺めた。海は青い波間に光りの粒子を散りばめたみたいにかがやいている。何かを瞑想してたのかもしれないが、少年たちは「コジマはん」がふたたび歌い始めるのだけを待っていた。ひとしきり海を眺めると、来た道とは別の道を上って「コジマはん」は高台の家に帰って行った。

ぼくらの小学校で運動会とか何かの式典があると、テントの中に設えられた来賓席には、いつも「コジマはん」の姿があった。

「コジマはんは帝国大学で勉強しすぎて、ああなったげな」と、町の人たちは言った。

「おまさ」という女の人がいた。子どもたちも、そう呼び捨てにした。「コジマはん」も年齢不詳であったが、「おまさ」もそうであった。子どもの目におとなの歳は老けて見えるものだ。「コジマはん」も「おまさ」も見かけよりは若かったのだろう。

「おまさ」は漁港のほうの漁師の家の人らしい。「らしい」というのは、大きくもない町なのに西外れのぼくの地区と東のほうの地区とは人の行き来と情報が途切れていたからだ。

「おまさ」はいつも赤い襦袢のような丈の短いきものを着て、裸足で歩いていた。「コジマはん」の場合と違って、ぼくらは「おまさ」の後を付けたりしなかった。「おまさが歩いとる」

と、遠くから眺めていた。「おまさをからかうと罰が当たる」、誰かが親に聞いたというそんな噂が子どもたちの間にあった。

ぼくの家から駅に向かって坂道を四、五〇メートルほど行くと、四つ辻に「お地蔵さん」の家があった。辻の角っこによだれかけを掛けた小さい石地蔵があって、「お釈迦さんの日」には家が花で飾られ、甘茶が振る舞われた。ぼくらは毎年、その日を心待ちした。甘茶の甘味は当時のぼくには他に類を見ないものだった。その味覚は何かの拍子に口腔に蘇ったけれど、時とともに薄れて想像の甘みになった。

「お地蔵さん」の家に中学生くらいの男の子がいた。田んぼの向こうを汽車が通る時間には決まって家から飛び出してきて、あんちゃん、ぽっぽ、あんちゃん、ぽっぽ、と声を挙げて四肢を踊らせた。それで少年は「あんちゃんぽっぽ」と呼ばれた。

「あんちゃんぽっぽ」は「お地蔵さん」の家に預けられていた少年かもしれない。いつの間にか居なくなり、やがて「お地蔵さん」の家も空き家になった。(「コジマはん」の話は「きちげあそび」『新日本文学』一九七七年二月号、「おまさ」の話は「赤い渦」同一九八〇年三月号、「あんちゃんぽっぽ」の話は同名の題で同一九八〇年二月号に発表した。随所に虚構化したのは言うまでもない。いずれも小説集『夢のゆくえ』二〇〇七年、影書房に収録。)

その人は名前を知らない人だった。漁港の町の人ではなく、ずっと西のほうの、煉瓦工場の高い煙突のある集落から馬に乗ってやってきた。といっても、騎手でも鞍馬天狗でもなかった。鞍を着けない裸馬の背に姿勢よく乗っていたが、身は越中ふんどし一つの姿だった。パカパカと蹄の音を鳴らして駅のほうから海辺へと道を下ってくる。「三社さん」の境内で拝殿に向かって敬礼する。号令をかけるとかの儀式はなく馬の頭をめぐらせて、海沿いの道を東に向かう。パカパカと蹄の音を立てて。漁港の町を一周して、赤い煙突のある集落へ帰るのだろう。戦争に行って帰ってから「ああなったげな」というその人を、ぼくらはおとなに倣って「敬礼さん」と呼んだ。「敬礼さん」はぼくらにも敬礼した。

## 幼ないアウトロー

一九四〇年代後半のぼくの記憶の風景は、いくぶん翳った色調に彩られている。あれは遊びだったのだろうか、子どもなりに罪を意識した悪戯だったのだろうか。貨物列車が煙を上げながら乙川のほうから現われた。「ふなはし」とぼくは線路に石を積み上げはじめた。「ふなはし」は路地の「井戸かいさ」の息子で、ぼくより二歳年長であったから、彼が誘い、ぼくが従ったのだろう。

機関車は激しく警笛を鳴らし、ぼくらの五〇メートルほど手前で停まった。顎ひものついた帽子の運転士が線路に飛び降り、こちらに駆けてきた。「ふなはし」とぼくは走って、漁港の町とは反対側の「平地住宅」へ逃げ込んだ。とっさの判断があったのだろう。碁盤目に入り組んだ住宅のなかを二人の少年は別々の方角に逃げた。

列車が脱線するということがどんなことか、ぼくらには解っていなかった。それっきり事は済んだのだったか、逃走の成り行きと後日の記憶がすっかり欠落している。

夢は何度か見た。夢のなかでも機関士に捕まることはなかったが、逃げても逃げてもキリがないような、怖い感覚の夢だった。蒼ざめて緊張した機関士の顔が、線路に飛び降りてぼくらのほうに駆けてきたときのそれだったのか、夢のなかで追いかけられて見たそれだったのか、時の遠近に隔てられて、今のぼくには区別がつかない。

石積み事件の前だったか後だったか、家から西へ五〇メートルほど先の踏切で、女の人が列車に轢かれて死んだ。その時ぼくが何をしていたかは記憶にないが、事故現場に行ったときには、列車がまだ停まっていた。駐在所の巡査はまだ来ていなかったのだろう、ぼくはおとなに混じって線路に入った。枕木や砂利に肉片が散っていた。白っぽい肉塊を見たとき、ぼくは、人間の脳みそは豆腐みたいだなん、と思った。それが「脳みそ」であったかどうかは、いま確証がない。

女の人の死体がまだ片付けられずに、どこかにあったはずだが、なぜか記憶の風景から消えている。「脳みそ」の夢は見たが、死体は出てこなかった。

午前の出来事だったのだろう、昼のごはんを食べられなかったことを憶えている。変なものを見てきたのがいけない、と母に叱られた記憶はない。母は子どもを叱らない人だった。

女の人の死は自殺だったと、のちに聞いたことがある。「乙川の人だ」とも。

漁港の町と隣の乙川町とは、踏切を渡ればすぐそこの間であったが、一本の線路によって隔てられた異界であった。学校が違うというだけで子どもたちの間には、なぜか敵対する風習があった。


一〇歳ほどになると、学年ごとに「お山の大将」が登場していた。中学生になると「番長」と呼ばれたが、小学校のそれには名はなかった。格闘とか選挙によって選ばれるわけではない。暗黙の了解である。

ぼくらの学年には「お山の大将」が二人いた。子どもの勢力圏が東と西に分かれていたからだ。東の方は漁師の息子の「清(きよ)ちゃん」、西のほうはぼく「じー君」であった。「清ちゃん」は体が大きくケンカも強そうだった。「じー君」は野球がうまく運動に秀でていると見なされたのだろう。

「お山の大将」のはずのぼくが一時、失脚したことがある。原因はシラミ事件であった。

ぼくの家には風呂があった。あの時は修理かなにかだったろうか、銭湯に通ったことがある。漁港の町には三軒の銭湯があった。盥に水を張って一家一〇人が行水をしたのもあの頃だったのだろう。

シラミ事件は運動会の時のことだ。ぼくのシャツにシラミがくっついているのを誰かが発見して、噂はたちまち広がった。子どもなりの見せしめであったのか、ぼくは教室の机の上に乗せられた。複雑な表情で見つめる級友たちの前で、卑屈な笑い顔をしたあの場面は、いまも思い出せば羞恥の感情がともなう。記憶では見世物を煽動したのは「清ちゃん」ということになっているが、歳月とともにそのように変容したかもしれない。あの場に「清ちゃん」が居たのはたしかな記憶であるが。

あれは幼い権力争いであったのかもしれない。「噂」というものの威力をぼくが初めて知った経験でもあった。敗戦後間もない時期、人間と蚤（シラミ）とは共存していた。噂はいつの間にか威力を失って、ぼくは名無しの大将の座に復権した。

ぼくと仲間が佐渡島に流されそうになった話をしよう。

「相生座」は漁港の町のおとなたちにとって、唯一の娯楽の場であった。江戸時代から先の戦争前までは芝居小屋として。戦中・戦後は映画館として。

一階は椅子席になっていたが、二階には畳の桟敷席が残っていた。舞台も花道も芝居小屋の頃そのままに残っていた。便所の入口付近に小さな売店があり、いか焼きの臭いが館内にただよっていた。

町の漁船は夕方に出港、衣浦湾を知多半島に沿って南へ。半島の外れ、太平洋に面した篠島の近辺で漁をする。漁場の縄張りをめぐって篠島と亀崎の漁師の間では争いが絶えなかった。土を相手の実直な農民に比べ、船底一枚下は地獄の男たちは気も荒く暇さえあれば花札賭博に興じる、と評された漁師たち。血を見る悶着もあったらしい。昼下がりになれば、「相生座」はひと眠りした漁師の若い衆たちのたまり場になった。

その「相生座」も小学生のぼくには無縁の聖域であった。小学生のうちから親に連れられて映画を見た同級生もいたようだが、ぼくの家にはそういう習慣がなかったのだ。課外授業の映画鑑賞は中学校に進んでからだ。

ところが、小学生のぼくにも「映画鑑賞」のチャンスがめぐってきた。

「前岡くん」は駐在所の息子であった。警察官には映画館の入場券を入手する役得があったらしい。町の興行家とヤクザ一家との親密な関係は一般的だから、浪曲でおなじみの清水次郎長の時代から存在すると伝えられる「だるま一家」と「相生座」の間にも類縁があったとして不思議はない。後に知ったことであるが、「だるま一家」の若い衆がそれらしき風情で出入りしていた。

親密な間柄といえば、町の「治安」に関して持ちつ持たれつの関係にあったのが、警察と博徒一家であった。そんなわけで「相生座」の入場券が「前岡くん」の父の手に継続的に渡っていたと思われる。

「前岡くん」は蓄膿症を患っていて、子どもたちからその臭気を嫌われていた（今でいう「いじめられっ子」だった）。彼がぼくらの仲間にいたのは、幼いアウトローながら差別を嫌うグループだったからである。

ぼくらは「前岡くん」から支給されるチケットを手に手に、「映画鑑賞」を大いに愉しんだ。嵐寛寿郎の「鞍馬天狗」、市川右太衛門の「むっつり右門」、片岡知恵蔵の「多羅尾伴内」、大河内伝次郎の「丹下左膳」など観たたあとは、あれこれの場面を語り合って時間を忘れた。阪東妻三郎、大友柳太郎、月形龍之介も観た。

「青い山脈」や「二十四の瞳」も観たが、それは中学に進んでからだったかもしれない。

なぜか忘れない場面がひとつある。どんなタイトルの作品だったたか、女性の歌手が客席に背中を見せて歌をうたっていた。曲が終りに近づく頃、歌手がこちらに向き直った。客席にどっと笑い声が上がった。曲調や歌いっぷりと歌手の容貌とがあまりにも非対称なので笑ったのだ、と少年ぼくにも分かった。その歌手は淡谷のり子であった。

ともあれ、ぼくたちは「映画鑑賞」に熱中しすぎて、しばしば授業を抜け出すようになった。

そんなある日、ぼくたちは校長室に呼び出された。呼び出された仲間を明瞭に憶えていないが、「井戸かいさ」の息子「岩川くん」、「とうちゃん」が元大相撲の行司の「公造はん」、もちろん「前岡くん」も居たと思う。六年生のときなので担任は「上西先生」だったはず。女教師には手に負えないと判断、校長先生に助けを求めたのだろう。校長室に呼ばれる前、「上西先生」に注意をされて、ぼくらが口答えする場面がおぼろに記憶に残っている。校長はたしか「青木」と言った。

ぼくたちは校長先生の大きな机の前に並んで頭を垂れた。そのときの校長の風姿も説教のなかみも憶えていない。ただし、次の一場面は忘れがたく記憶に残っている。

校長先生はおもむろに大きな日本地図を机の上いっぱいに広げ、その一点を指先で示した。そして言った。

「ここが、佐渡島である。佐渡島には、悪いことをした子どもを入れる牢屋がある。海の向こうだから、一度行ったらもう戻って来られない。君たちをここへ送るつもりだから、家の人に相談してきなさい」

ぼくはその日、暗くなってから家にもどった。ぼくたちは家に帰りそびれて、放課後も学校の裏手にある池の端で相談し続けたからだ。

「校長の言ったことはほんとうかもしれん。帰って父ちゃんに話すべきか、黙っとるべきか。佐渡島に流されるよりは、叱られるのがマシかなん？」

幼いアウトローたちは、不安そうに顔を見交わすばかりで、どんな結論に至ったのだったか、記憶にはない。その後の経緯についても記憶にない。ぼくは長じてからも失敗、難問、心配事に直面し、それをやり過ごしてきて、「時間とともに何とかなるものだ」との人生観に至っている。「佐渡島・流刑未完事件」はそんな体験のはしりだったのかもしれない。

ぼくは小学校の修学旅行に行っていない。それが何かの事情で学年全員がそうであったのか、ぼくたち四人に科せられた罰であったのか、今も不明のままの記憶を引きずっている。

こうしてぼくは、うぶ皮のような小学生時代を経て、青い時代の中学生になって行く。

これは一九三七年生、八五歳の私の記憶をめぐる「物語」の序章である。

# 第一章　文学交友誌——一九五七年〜八〇年

文学（らしきこと）を続けて、六五年ほどが経った。八五歳（一九三七年生）を迎えて、その来し方を辿ってみようという気になった。懐旧とか郷愁とかの気分はまるでない。晩年の戯れかといえば目下、そもそも晩年意識が心身のどこにも見当たらない。

というわけで、これは私的な文学遍歴と出会いの記録である。資料で確かめられない場合は、記憶に頼って記述する。

**同人雑誌『追舟』の発行**

わたしの手もとには「執筆・発表・読書帳」（以下・「ノート」）と表題の付いた大学ノートが

ある。小説・評論・書評・エッセイから雑文まで八つのカテゴリーに分類した執筆の欄、それの発表（掲載）の欄、読んだ本の欄——を並列して、その都度記入したものである。

二〇一二年に名古屋大学教授の浮葉正親が、文科省の社会科学研究助成（社研）の審査に通って「社会参加としての在日朝鮮人文学——磯貝治良とその文学サークルの活動を通して」という研究を行なった。その一環として「磯貝治良の著作目録」を作った。その折、几帳面に記された「ノート」が大いに役立ったが、浮葉正親は「まるでいつか誰かが著作目録を作成するのを予測していたいみたい」と半ば呆れていた。たしかに几帳面なのは子どもの頃から母親にも指摘された性格に違いないが、なにより記録を大事にする質なのだ。文学活動と並行して続けてきた社会運動方面の文章、資料なども几帳面に保存している。

「ノート」は現在、四冊目の④になっているが、その①の冒頭、高校三年生の一九五五年から五七年にかけて執筆の欄に雑文、小説のタイトルが並んでいる。「あほだら随想」一八枚、「阿呆のざれ歌」一枚、「問答歌」二枚、「懺悔」四枚、「思い出」七〇枚、「瓢箪」四八枚、「如来菩薩」七二枚、「星男」三三枚、「猫背の旅人」二五枚、「芥川治」七二枚、「破綻」四〇枚、「怯儒者」四七枚、「壁の中・第一章」一〇八枚、「痩せ犬を殺した男」五五枚、「殺人」八三枚である。執筆順にタイトルを並べてみると、二年ほどのあいだに雑文から小説へ、枚数も増え内容も小説らしきものになっていく痕跡が分かる。

ちなみに「ノート」の読書欄を見ると、五五年から五六年にかけて太宰治、石川淳、坂口安吾、梶井基次郎、四迷、漱石、直哉、藤村、啄木など近代文学が続く。これは高校三年の夏休み後、大学受験には目もくれず、日本文学の文庫本「一日一冊読了」を目論んで読書に没頭したことの痕跡である。この時期の読書欄にプラトンとかヘーゲルとかが紛れ込んでいるのはご愛敬。戦後文学を読み始めたのは井上光晴の『地の群れ』を読んだのがきっかけで六〇年代に入ってからである。

ロシア文学、フランス文学、ドイツ文学など外国の古典が現われるのは大学に入って以降、五六年からである。サルトルやカミュ、マルロー、サン・テグジュペリなど実存主義に熱中したのも大学に入ってからで、ドストエフスキーやカフカが並行していた。講義と講義の間に空き時限があると無人の教室を探して『存在と無』とか『シジフォスの神話』とか（歯が立たないなりに）読んでいた。戯れに「ノート」を眺めて、読書欄の冒頭（一九五五年一〇月）は『人間失格』『斜陽』ほか太宰治の短編一〇篇余。最初に登場する外国の小説はヘルマン・ヘッセの『春の嵐』（長い間、アーデルベルト・シャミッソーの『影を売った男』と思いこんでいたが、それは一九五六年三月の項にある）。

先に執筆欄の題名と枚数（四〇〇字詰）をやたら書き写したが、それらの原稿はとっくに紛失して、内容もほとんど憶い出せない。たぶん、はしかみたいに感染していた誰かの文章と小説を真似ていたのだろう。あとのほうの二、三篇を除けば「習作」にも値しない、羞恥のタネでしかないだろう。むかしの作品を読み返して、おやっと目を止める細部に出合うことはあるとしても。

通過儀礼の亜種であったのだろう。

『追舟（ついしゅう）』の創刊は一九五七年一二月、はたち歳の時である。愛知県知多半島の亀崎にいる時に出した。発行所は田舎作りのぼくの家。その二階の部屋が会合場所だった。造りはB５版、タイプライターによる印字の謄写印刷。表紙と挿絵は間瀬真澄と山口征三。二人とも愛知教育（当時学芸）大学の学生だったと思う。

犬塚謄写堂はぼくの家から二〇〇メートルほどに自宅があって、半田の街通りで狭い平屋に看板を掲げ、おやじと女性タイピストの二人でやっていた。ぼくは原稿を届けたり校正のために四キロほどを自転車で走った。

亀崎は「小さな漁港のある町」としてしばしば小説で描いた。古くから醸造業と漁で栄えた伝統のある町だが、現在、国連教育科学文化機関（ユネスコ）の山車鉾群世界遺産に登録されている潮干祭を除けば、民俗文化とはあまり縁のない土地柄である。ましてや文学をや、のその町に名もない文学少年、文学青年がいたのである。

高校の級友二人と町の文学青年三人、ぼくの六名が同人に集った。次兄の同級生でぼくより三歳年長の、間瀬圭氏と伊東四郎。高校の同級生は不破敬訓と新美皓哉。いまひとり一号から三号までにそれぞれ小説「人の作者」、詩「幸福な子供」、戯曲「スフィンクス」を発表した「秋村進」がいる。工業高校に通う少年であったはずだが、どうしても本名を憶い出せない。

間瀬圭氏は家が製氷所だったので「氷屋のKちゃん」と呼ばれた。ぼくの次兄とは終生の友人であったが、いささか羽目外れの若者コンビで、高校も中退した。

「氷屋のKちゃん」の家の二階には天井裏部屋みたいな畳敷きがあって、本に囲まれた部屋の窓際には小さい座卓が置かれていた。座卓の脇にビールの空き瓶が二、三本転がっていることがあった。「Kちゃん」は座卓に向かって、椎名麟三とか梅崎春生とかの小説をせっせと原稿用紙に書き写していた。「G君（ぼくの呼び名）も好きな作家の小説を写してみや。文章が巧くなるで」と言った。ぼくの文章が下手なのは「Kちゃん」の進言を守らなかったせいだろうか。

『追舟』の誌名は「Kちゃん」の命名である。それが決まるには少々のいきさつがあって、実存主義に嵌まりかけていたぼくが提案したのは「実存文学」。いま思えば野暮ったい発想だけれど一応、主宰者の提案だから採られるだろうと思いきや、採決の結果は「実存文学」一票、あと全員の賛成で『追舟』に決まった。「追舟」ということばは『万葉集』だかにあって、

「舟」は女性を暗喩する語、と「Kちゃん」は説明した。ぼくのうろ憶えかもしれない。真偽のほどは調べていない。

「Kちゃん」のペンネームは火野公平。作品発表は創刊号の小説「小さな加害者」一篇だった。

伊東四郎は「四郎(しろ)さ」と呼ばれていた。「氷屋のKちゃん」とは対照的に、名古屋大学教育学部に通って高校教員になった。石川淳を好んでいて、一、二号に小説「新三と喜之助」「二人三脚」を載せた。いずれも江戸の庶民に材を採った作品であったが、心理学を応用した手法が現代風だった。本名で発表した。

「四郎さ」が同人費に困ったとき、ぼくが「昭和文学全集」一揃いを買って長く本棚にあったが、二〇〇〇年の東海豪雨の折に床上一三〇センチ浸水して水害ゴミになった。

高校（名古屋の私立東邦高校）の友人二人について書く。

東邦高校の前身は商業学校で二〇人一クラスほどの普通科が校舎の隅っこにあったけれど、当時は高校野球で名を馳せてはいたが商業科中心の「滑り止め学校」であった。ちなみにぼくは半田市にある進学校の受験に予測通り落ちて東邦高校に入ったのだが、一年生の最初の成績発表の際、学年二五〇人中で一桁の順位に名前があって正直、驚いた。校舎の破れた窓の何か所かを紙で塞いであったことも記憶する。

不破敬訓はそんな学校で珍しく、いつも小脇に本を抱えて廊下を歩いている生徒だった。授業成績は目立たなかったので、真正文学少年だったのだろう。

不破敬訓のペンネームは猪部淳二。創刊号に小品「瑞夢」一篇を書いて「書けないので」と退会した。彼が話す挿話を横取りして小説にしたり、「あとがき」で退会を容赦なく批判したり、ぼくがいろいろ勝手をしたが、交友はその後も途絶えることなく一九七〇年頃まで親密に続いた。一九五九年九月二六日に知多半島を襲った伊勢湾台風の翌日、不通になった鉄道一〇キロほどを歩いて見舞ってくれた記憶が鮮明だ。

彼が就職浪人の三年間ほど国鉄（現JR）駅近くにあった、彼と母二人の二階下宿部屋に泊まったり、映画を観たり、男同士のカップルみたいに過ごした。下宿屋近くに円頓寺（えんどうじ）商店街があって、開慶座はその通りにあった。開慶座はストリップ劇場に変身していたが、芝居小屋の名残の二階桟敷があった。そこにはお客の姿はなく不破敬訓とぼくは大の字になって時間をつぶしたり、一階席の客の動きに見とれたりしていた。ダンサーが舞台の先端に近づき、しゃがみ、股間のものを開いてみせるたびに、連なる男たちの頭がどどーっ、どどーっと舞台に押し寄せるのである。

不破敬訓は郵便局の名古屋基幹局に職を得た。夜勤が多く肉体労働のため夏は上半身裸で働くことのある小包部門に配置され、「小包飯場」ということばを彼に教えられた。職場に一升瓶が置いてある、とも言った。やがて郵政合理化の波が打ち寄せて、反マル生闘争が熾烈になる。全逓労働組合に対する当局の組織崩し（全郵政労働組合への転向工作）が職場の日常になって、彼も矢面に立つ。局舎の屋上に連れて行かれて、「おれのこの目を見よ。差しで話そう」などと東宝のヤクザ映画まがいのセリフで、課長が迫る。そんな体験談を焼き鳥とかホルモン焼きの店で彼が語り、二人は笑って呑む。

数年が経った。彼は主任に昇任し基幹郵便局の窓口に坐った。その頃だった、不破敬訓とぼくの交友がぷつりと切れて、これという訳も定かでないまま二人は疎遠になった。

後年、彼はどこか地方郵便局の局長になったはずだ。

もう一人の高校同級生・新美皓哉は、際立って無口な若者であった。「無口」の心理学的知見あるいは「沈黙」の意義について、ぼくも後に学ぶことになるが、当時は負のキャラクターと思っていた。彼も学校の勉強は得手ではなかったようだが、国語担当の「河馬さん」こと村山先生の影響を受けて戯曲やシナリオを書き始めていた。「河馬さん」は教師になる前、どこかの映画会社でシナリオ作家をしていたとのことだ。

東邦高校にはいつも和服姿で立派な髭をたくわえた「もん太」先生もいた。「もん太」と綽名された先生とは、江戸軟文学の権威・尾崎久弥のことである。綽名の由来を定かには知らないが、高校生の分際で「もん太」先生の授業を受けられたことは幸せであった。「たわけ」の語源を聞いたこと、教科書を朗読の際、なぜかぼくを指名して、「読むのが早すぎる」と指摘(指導)されたことなど憶い出す。いまひとつ忘れられないのが、「もん太」先生が現われるなり教室中に「もん太」「もん太」の合唱が起ったときのことだ。授業をボイコットしようとの学力不憫な生徒たちの稚気であったが、「もん太」先生は怒った。言い放ったのは、わしはNHKのラジオ放送で講義をしている人間だぞ、という意味のことばだった。高等学校などで出来ん坊主らを相手に国語の教師をしている、その無聊があったのだろう、と今にしてぼくは思う。

話が逸れた。

新美皓哉は亀崎の隣町乙川(おっかわ)の薬店の長男だった。当時すでに父はなく、弟がいて母子家庭だった。家業の薬店を継がず、鰻の稚魚を中国に輸出したり、保守政治家の提灯を持ったり、史跡を訪ねて中国漫遊記を書いたり、右翼の総帥とつながってみたり、得体の知れない生活をしていたが、やがて不動産業を興し、折からの開発ブームに乗った。

彼には義理堅く面倒見のよいところがあったので、事業に役立ったにちがいない。漁船でハゼ釣り遊山を催した際には新婚のぼくと妻、ぼくの親父を招いてくれた。歳暮の時期には数の子の折箱を贈り続けてくれた。無口な若者にも剽軽な振る舞いはあって、わが家での祭日の宴席のこと、酩酊した彼が裸足のまま飛び出し、道路向こうの菜種畑の中を走り回り、それをぼくの妹たちが追っかけて連れ戻す。そんなあれこれが憶い出される。

新美皓哉は『追舟』創刊号にシナリオ「縮図」、二号に戯曲「蝿の群」を載せた。いずれも才質を感じさせる作品だった。

三号に日比裕の小説「三人卍」と服部清の評論「空白の子」が載った。日比裕は「四郎さ」の名古屋大学の友人で、後に教育学者となった。ぼくより五、六歳年長の服部清は頭部のかたちから「軍艦」と綽名されていて、同世代の文学好きの間では知られた人だったらしい。二人とぼくに交友関係はなかった。

では、『追舟』における磯貝治良はどうであったか。簡単に触れておかなくてはならない。「G君」こと磯貝治良が『追舟』に載せたのは一号に「甲蟲と奇妙な女」、二号に「繋がれた足」、三号に「埋没」、四号に「いたずら」である。三五枚の「埋没」を除いて百枚前後の小説。

文芸評論家の清水信が同人誌『北斗』で「同人雑誌主役論」を連載していて『追舟』と磯貝治良を取り上げた。「主宰者が一九歳、同人がすべて二十歳前後(はたち)」ということに着目したうえで、磯貝の「甲虫と奇妙な女」について「巧さと未熟が混在する切ない小説」「安部公房を想起させる世界」などと評した。

「繋がれた足」について次のような評があった。

磯貝治良「繋がれた足」（追舟・二号・愛知）はヒロポン中毒者の孤独と他人への依存関係を通して、お互いに無関心であることがすくいであるような状況にもかかわらず、なお他人との繋がりのなかでしか生きていけないという、現代の不条理な人間関係を書こうとしているようだ。テーマは面白いのだけれども、作者は自分の思想を述べるのにあまりに性急で、殆どなまのままの観念を語るところとなった。小説を書こうとするなら、もっとじっくりかたちずくっていく必要がある。

（益村太郎『世代』一九五八年八月号）

スクラップブック①の最初のページに貼ってある、活字も薄れた一文であるが、説明を要しないほどピッタリの評である。「書きすぎる」「文章が生硬でバタ臭い」「比喩がくどく、多すぎる」「もっとじっくりと構成を練って書くべきだ」という同類の評はその後、三、四作続く。埋め草の小文も書いた。創刊号の「猫背の旅人」と題する一文。

当時ぼくは町の防波堤に行って、石垣に掛けて海を眺めたり寝そべって本を読んだりした（きらめく陽差しの下で読む『異邦人』の作中場面にピッタリの気分だった）。そのときのささいな出来事を文章にした。

夕暮れの疲憊、灰色の海があって、堤防の向こうを年老いた夫婦が堆肥を満載した大八車を押して行く。ユルユルとした畸形の移動だ。古びた生が、彼らの影を励ましている。

運河には白っぽい夕靄が一面のヴェールを流していた。夕闇の香りが、疲れ切ったぼくの肌に疼いた。ぼくの肉体は、忠実に虚無を分泌していた。堤防の向こうでは、堆肥車が故障でも起こしたのか、二つの物体が寄り添うように蹲っていた。彼らには休息が必要だったのかもしれない。

漁船が湾に入ってきた。漁師たちは、みな赤黒い鋼鉄のように疲れ切っていた。粘っこい櫓の軋みだけが、異端者のように活きていた。ぼくは呆けたように次に来るスッパイ虚脱を待っていた。老婆が死人の微笑を待つように。

ハゼ釣り帰りの四人の子供たち、グッバイを言って駈けて行った。

その時、被害者はぼくであり、彼らは未来の被害者であった。再びやって来た虚脱感に、ぼくは微笑んで応えてやった。

子どもたちは、モグラモチのように夕闇の中に消えて行った。

夜明けには邂逅があり、夕暮には別離があった。すべての物体は、クラゲのように流れ、非人間的な老夫婦も動き出した。

ぼくだけが、動かずに石の上に坐っていた。蒼白くなった猫背の旅人は、神のように動かなかった。（原文のまま）

なんとも変てこりんな、自我肥大の文章である。散文詩とか小品とかジャンルの意識もなかった。身体が感知したコトバ表現だった。だから、当時のぼくのうちにあった文学のエキスみたいなものだったのだろう。

『追舟』は四号であえなく廃刊した。号を追うごとに書き手が減って、四号の誌面はぼく一人の小説一篇と編集後記のみ。一九五七年一二月の創刊から一年の寿命であった。

「異端」と「正統」「観念派」と「現実派」の分裂と括ってしまえばカッコよすぎて大げさだが、誌名論議以来の主宰者と他同人のあいだの文学嗜好の違いは大きく、溝は埋まらなかった。それと同時に、主宰者の高慢な姿勢の一方、同人の創作意欲の曖昧が相俟っての結果であった、と思う。

ともあれ、廃刊は自滅であった。

**丸山静の周辺から**

『追舟』の廃刊から半年も経たずに『北斗』の同人になった。そのいきさつと交友、活動はあとにして、もう一つの文学活動の流れを先に書く。

『北斗』の同人になって三作目に発表した小説が「かくて驢馬ら天に昇る」（一九六〇年一〇月・六一号）。前年の伊勢湾台風と六〇年安保闘争をダブルイメージに時代状況を寓意した、一七七枚の中編だった。

この作品を文学思想家の丸山静が中部日本新聞（現中日新聞）の「同人雑誌評」で「既成文学への批判力」と題して評価した。それがきっかけで丸山静を囲む会（「鈍行の会」だったか「はじまりの会」だったか）に顔を出す。「はじまりの会会報」1には「沙漠について」を書いている。そこで出会ったメンバーに交友はないが唯一、朴秀鴻氏と「在日朝鮮人作家を読む会」を始めてのちに二〇年ぶりに再会した。

朴秀鴻（筆名朴秀男）は野間宏に評価されて『文芸』新人賞の初期に候補になった。著書に関東大震災時の朝鮮人虐殺が題材の戯曲『自警団』（一九八二年・南北社）、長編『島家の人びと』（二〇〇一年・河出書房）などがある。再会したのは在日朝鮮人の知識人が数人、集ってダべったり飲んだりする「名友会」という会だった。会名は参加者たちが戦後間もなく名古屋大学卒業の同期であったことに由来する。朴秀鴻は仏文専攻で私立大学の教師をしていて、ぼくが著作を上梓すると、個人的に酒で祝ってくれた。

丸山静の演出でベルトルト・ブレヒトの『肝っ玉おっ母と子どもたち』が上演されたのもそ

の頃。ぼくは一度、まだ本読みも始まっていなくて翻訳台本の論議をしているときに、名古屋城の敷地にあった名古屋大学文学部に顔を出した。地元のプロ・アマ俳優の混成劇団と聞いたので、あわよくばチョイ役ででも出たいと思ったからだ。それっきり公演の日まで関わらなかった理由ははっきりしないが、当時のぼくは「人見知り」なうえ小説を書くことにかまけていたのだろう。

同じ頃、丸山静の思考と言語論の推移にともなって持たれた、サルトルからメルロ・ポンティ、ジャック・デリダ、ソシュールへと読みついだ会に顔を出したり、花田清輝、関根弘を招いた講演会「文学が呼び起こすもの」の準備に関わったり、「東海文学教室」の企画・開催にスタッフ・チューターとして参加した。

六〇年代の一時期、ぼくは小説が出来上がるたびにあの書物の重みで床が抜けそうな丸山静の書斎にせっせと通った。あるとき丸山静は言った「ぼくも小説を書いてみるか」。そして次に訪ねたとき言った。「君ぃ、一行書いたら終わってしまったよ」。そのときは短歌をやってた人らしい言だと考えたが、あれはぼくの小説の冗漫さに対する痛烈な批評であった、と一〇年ほど後に気づいた。それでも丸山さんは我流を貫いてきたぼくの唯一の「文学の師」と思うことにしている。

　この時期に出会って七〇年代へと活動をともにするのが岡田孝一、岩田光弘、吉田欽一、宮乃宇良夫（石原一郎）、金子史朗らの先輩文学仲間である。

　岡田孝一は中野重治の信奉者だった。出会ったのは朝日新聞をレッドパージされてパートナーの魯迅研究者藤森節子と「岡田印刷」を起業して間もなくだった。藤森は後に彼女らしい文学の仕事をするが、当時は印刷業に専念しているらしかったので、周囲には「惜しいな」「節子さんが文学に専念すべきだ」との声が多かった。ぼくの私家版小説集『今日 零に向かって起つ』（一九六三年・実存社）は「岡田印刷」製作単行本の先鞭だったのではないだろうか。本が出来上がったとき、女性のドライバーは珍しい当時、節子さんが車で自宅に届けてくれた。

　岡田孝一の文学資質は生活リアリズムにも見えたが、左翼文学の領域で評論活動をしていた。印刷業の利を活かして小冊子『パルチザン通信』『雑談』、文芸同人誌『象』を発行した。ぼくは『パルチザン通信』四号に「「みんなのためのみんなの文学」考」、七号に「鼠と猫と人間の寓話」、一二号に「文学運動の起点を探る」、一四号に「「流れ」の美学」を載せた。

　岡田の著書に『文学・可能性への展望』（オリジン出版センター）、『中野重治その革命と風土』（武蔵野書房）、『中野重治自由散策』（同前）、『詩人秋山清の孤独』（土曜美術社）、『中部の戦後文学点描』（中日新聞社）がある。『中部の戦後文学点描』は東西冷戦が終わって間もなく書かれたせいか、イデオロギーの束縛から放たれて軽妙な筆致だった。

藤森節子はのちに周囲の評判通りの仕事をした。著作を挙げておく。『女優原泉子――中野重治と生きて』（一九九四年・新潮社）、『秋瑾嘯風』（二〇〇〇年・武蔵野書房）、『少女たちの植民地―関東州の記憶から』（二〇一三年・平凡社ライブラリー）、『そこにいる魯迅――一九三一年～一九三六年』（二〇一四年・積文堂出版）である。すべて手もとにあるはずだ。

岩田光弘はおとなの背丈ほどある本棚が何列も並ぶ書庫を自宅に備えて、蔵書に相応しい読書家であった。その分、ペンの運びは鈍かった。

交友が始まった頃、岩田光弘は愛知県教育委員会の中学生指紋採取を撤廃させる運動に専念していた。当時「事故に遭ったときに身元が分かるように」と唱って卒業する中学生から教委が指紋を採っていた（ぼくも三年生の時に出張してきた白衣の警察鑑識係から教室で採取された）。長女が学校から渡された知らせのチラシを見るや、彼は直ちに学校に抗議した。個人のプライバシーとか人権とかが現在のように認識されていない時代であった。彼は文学仲間やフランス文学者新村猛、愛知人権連合などに働きかけて「中学生の指紋採取に反対する会」を立ち上げ、愛知県教委との数年にわたる交渉の末、指紋採取制度を廃止させたのである。子どもが〝人質〟に取られている学校に対して抗議行動を起こすというのは一種の勇気が要ることであり、長女は危うい立場によく耐えた。岩田光弘は良くも悪くも一直線の人である。

岩田さんとの交友は文学上のそれという前に一時期、押しかけ家族の一員であった。彼は名古屋の古い商店街円頓寺で父親の代を継ぐ呉服店「井筒屋」の、主人らしからぬ主人であった。店は連れ合い「すみこさん」が切り盛りし、徹底的に資本主義を嫌悪する彼は、高価な晴れ着を求める客に安価なそれを勧めることもあって商売に差し障った。店の二階が会合の場になることも多かった。それやこれやで「井筒屋」は店じまいとなった。

彼一家が愛知県東郷町の和合が丘という新興住宅街に居を構える（先に書いた書庫はそこの風景）、ぼくはそこにもひんぱんに訪れた。名古屋から地下鉄で赤池駅まで行くと、彼が車で迎えに来る。名古屋での活動を終えると二人は和合が丘へ。岩田家に着くと、それが目的であるかのように、酒を飲む。文学と読書談義に興じる一方、「すみこさん」を交えて家庭事情や世間ばなしの雑談を愉しむ。そして一宿一飯の恩義に預かるわけだが、酒をこよなく愛する岩田さんの良き酒友役を務めるのだから、一概にお邪魔虫とのみは言えない。

勿論、活動なかまの酒友に終始したわけではない。「『青年の環』を読む会」を立ち上げて七六年から一年間『青年の環』を、さらに一年間ほかの著作を、都合一八回にわたって野間宏を読み込んで、冊子『環』（一九七八年）を刊行した。会には岩田光弘以外は同人雑誌などでぼくが知己を得た文学なかまが集まった。「『青年の環』を読む会」については後述する。

ところが七〇年代中頃だったか、厄介なことが起こった。

呉服店を仕舞って岩田光弘は手もと不如意になった。再就職のための条件はすこぶる悪い。仲間内で何とかと思案しても、事業者は印刷の岡田孝一と菓子卸の石原一郎だけである。一徹な岩田の性格を懸念したかどうかは分からないが、岡田は手を挙げない。そこで石原の友情が勝って岩田を雇った。

実情は詳らかでないが、筆者が石原から聞いた範囲では岩田の勤務ぶりにしばしば瑕疵があった。前夜の酒の臭いをさせながら配達に出かける、電柱に車のホイールをぶっつけてそのまま走って行く。岩田から反論を聞いたことはないので真偽は不明。それやこれやに個人事業ゆえの経営困難もあったのだろうか、石原は岩田に解雇通告をした。

ごく親しい文学仲間数人が集まって当事者二人を交え話し合った。石原が七〇万円（当時の金額）だったかの退職金を提示したが、岩田は拒絶。さらに話し合いを重ねようとしていた矢先、文学仲間以外のところから怪しげな動きが始まった。「活動家集団思想運動」東海グループのメンバー高田保、岡田孝一らになぜか日方ヒロコなどが加わって〝解雇撤回〟の署名集めを始めたのだ。「活動家集団思想運動」は七〇年前後に新日本文学会の論客武井昭夫らが新日文を離れて、「労働者階級の階級意識の形成」を掲げて立ち上げた集団で、ぼくも当初、東海グループの活動を熱心に担って、機関紙『思想運動』（一九七〇年一二月一五日）に「〈労働者の芸術運動〉への提言」を載せた。

解雇撤回闘争は企業とのそれであれ裁判によるそれであれ、有無を言わせぬ情理にちがいないが、内輪だけで展開される署名活動など何の効果もない自己満足に見えた。石原は後に「あれは（活動家集団思想運動による新日本文学に対する）党派的な動きだった」と嘆いたが、ぼくにはそんな大層なモノでもなく「左翼小児病」と言うにも気が引ける、稚拙な行動に思えた。

この問題は「敵対矛盾」ではなく「内部矛盾」である、というのがぼくの考えだった。大上段にそう定義するのさえ面映ゆい、長い文学なかまの友情の真価が問われる問題。そう思ったので彼らの活動には見向きもせず、友人関係の範囲内で解決したいと思った。それで安井栄次のビジネスライクとも見える解決策を支持した。

結局、石原が岩田に退職金を払い、岩田はそれで妥協。「すみこさん」がこんな経緯を経て雇用継続は無理であろう、と判断して、夫光弘を説得したのだろう。「女房的発想」の勝利であった。

二人の友情は結局、旧に復しなかった。文学のあれこれを言挙げしても、生活の理（ことわり）には叶わなかったか？　なんとも後味の悪い、トラジ・コメディであった。

この流れの交友を素描しておこう。

石原一郎も岡田孝一と同様、レッドパージに遭った。造船関連の労働組合を解雇されて、個人の菓子卸業を始めたのだ。宮乃宇良夫のペンネームで新日本文学会会員として活動。ちょっと斜に構えた皮肉屋の寡作詩人。石原宇郎の筆名で上梓したダンディな一冊『失われなかった詩たち、それに小説など』（二〇〇一年・アルス出版）が手もとにある。

安井栄次はぼくより四歳ほど年長（ちなみに岡田、石原、岩田はぼくより五〜七歳年長）の生粋の労働組合活動家であった。全逓信労組の基幹支部の役員を皮切りに愛知県地区本部の専従を長年勤めた。青年時代、当局の「赤狩り」盛んな頃、みずから「党員」を自称して退かなかった挿話があるが、のちに「反党分子」になった。労働者の詩サークルに所属して詩作を行ない、反マル生闘争時にも辛辣な当局批判の紙つぶてを投げつけた。親密になったのはその頃で、全逓愛知の労働学校や支部の部落解放講座の講師を務めたのは、彼の推奨だった。手もと不如意なぼくを酒食に誘ってくれて情報交換、というよりも地獄耳の安井栄次の公私にわたる収集ネタを愉しませてもらった。組合員のなかにはギャンブルに嵌まって自己破産したり闇金の極道に追っかけられたりする者もいて、その相談に乗る。「過激派」と目された活動家を庇護するために所轄の公安と顔つなぎしたり不倫問題の調停に関わったり、と彼の面倒見の良さは評判だった。郵政マル生の実態を世に知らせるために日刊紙の読者欄に投稿してくれ、と彼に頼まれたこともある。仕事時間中にトイレに行くと見張りの管理職が付けてきて用足しの時間をストップウォッチで計るといったことを、内部告発のかたちにするために局員の名前で投稿すると紙面に載った。

二人で文学の話をすることはなかったが、安井栄次はぼくを「文学する人間」として遇したように思える。

ぼくの大学時代の山本二三丸「資本論ゼミ」の仲間で唯一、終生の友人であったのが、北川宏。郵便配達をしながら定時制高校に通って愛知大学に入学。学生時代からひとかどのマルキストであって、安井栄次とは政治的ポン友であった。ぼくはといえば、『資本論』を読みながら実存主義など文学作品ばかり読んでいて卒論も引用ばかりのやっつけで「貨幣理論の展開」を書いたゼミ劣等生だったので、彼を高所にいる存在と見ていた。

のちに彼は、大須事件の被告が起業した道路標識会社の社長になって、コミュニストの彼は資本主義の泥水を被ることになる。その忸怩たる生活ゆえであったかどうか、酩酊すると異次元の人になった。そのことも含めて北川宏は、ぼくにとって愛すべき、得難い友であった。ぼくが著作を上梓する都度、出版記念会に顔を出して、学生時代の磯貝の文学的プロフィールを紹介した。彼の豊かな蔵書と読書についても付記しておく。

ぼくが新日本文学会員になったのは、文学史にも記される第一一回大会の翌年、一九六五年であった。その折、推薦人になったのが丸山静と詩人吉田欽一である。それ以降、文学運動好きなぼくが新日文の東海地方窓口みたいな立場にあったことから、先達として吉田欽一と活動を密にした。

吉田欽一が主宰して『幻野』を発行したときぼくは同人にならなかったけれど、評論「境界からの光―在日朝鮮人作家の文学」(一四号 一九七八年一月)、小説「時を跨いで」(一六号 一九七九年一月)、エッセイ「私の花田清輝読み」(九号 一九七五年)を載せ、座談会「労働者の文学運動」(二号 一九七一年八月)にも出席した。新日文以外のことでも、ぼくが金芝河について講演した折などに顔を出してくれた。ぼくの連れ合いも一緒だった折、小説書き特有の異性問題について彼女に解説したのは行き過ぎとしても、吉田さんは剛毅と情を備えた詩人であった。

会の先達といえば『三重詩人』を主宰する詩人錦米次郎がいた。農民詩人と呼ばれた錦米次郎は新日文の全国大会で上京する際にはポケット用ニッカウイスキーを持参し、車中だけでなく大会の休憩時にもチビリチビリやる農民詩人であったが、自営ペンキ職人の人民詩人吉田欽一は対照的に実直な人であった。

新日文中部協議会で作家・詩人の長谷川四郎と評論家針生一郎を呼んで二日間の講演集会を開いたことがある。一九七〇年代末頃か。岐阜で行なった初日集会のあと講師が吉田宅に泊まり、ぼくも同伴した。これは吉田さんのエピソードではないが、「ぼくのおじさん」と敬愛する長谷川四郎に同人誌『東海文学』を渡した。長谷川四郎の小説に関するぼくの小さな文章が載っていたからだ。翌朝、長谷川四郎はぼくの文章は無視して開口一番、同誌に連載中の江夏美好「下々の女」を褒めた。長く連載される長編の一回分を寝床で読んでの一言であった。『下々の女』は完成後、河出書房新社から単行本化されて田村俊子賞を受賞した。「ぼくのおじさん」の慧眼に脱帽した。

もう一つ、講師料の件がある。活動資金がないので、長谷川さんには交通費になにがしかの謝礼を乗せて渡したが、針生さんには毎日新聞の記者から原稿依頼をしてその稿料を謝礼に充てる、という方法をぼく独断で採った。この姑息な策を知った長谷川四郎は、謝礼を針生一郎と折半し、ぼくは叱られた。針生さんは大学教師の収入があり、長谷川さんはペン一本の人、とのぼくなりの判断であったが、物書きの世界ではそんな浅慮は通用しないと知った。以上二つの挿話は「ぼくのおじさん」への敬愛を深めた。

吉田欽一の主な詩集を挙げておく。『ベトナムに平和を！』（一九六八年・岐阜べ平連）、『わが射程』（一九七五年・幻野工房）、『わが別離』（一九八一年・幻野の会）、『日の断面』（一九九〇年・小川町企画出版部）、『吉田欽一詩集』（一九九三年・土曜美術社出版販売「日本現代詩文庫」78）。

新日文会員としては伊藤正斉が、共に戦中から詩作活動をしてきた吉田欽一と並立する、民衆詩派の詩人である。同時に、やきもの職人と呼ぶのが相応しい瀬戸の陶芸家でもあった。行動を共にすることは稀だったが、建築家の総合雑誌『C&D』からの依頼でぼくがインタビュー記事を書いたり一時期、編集発行に携わっていた日本社会党愛知本部の機関紙『愛知新報』に詩集評を書いたりした。

伊藤正斎の詩集が手もとに三冊ある。いずれもなかなかしゃれた装幀だ。『伊藤正斉詩集壺』（一九七一年・コスモス社）、『火の壁』（一九七六年・同前）、『乾湿記』（一九七八年・VAN書房）。

また会員には金子史朗がいた。彼も岡田、岩田、石原と同年代の安井と同じ郵政労働者。群れて活動するのが苦手に見えたが、地方の郵便局の主査を務めながら、当局の名札着用強制を拒絶して孤軍奮闘、反マル生をたたかった。新日文大会の折、分科会「労働者の文学」だったと思うが、ぼくが金子史朗の「たった一人の反乱」を報告すると、たまたま席を隣り合わせた中野重治が関心を示して、メモをとりながら質問してきた。「こまい（小さい）ことほど一大事」を大切にする中野重治の横顔をぼくは眺めた。

金子史朗は小柄だが、歩くのが速く、創作の際のフィールドワークもフットワーク良かった。会議ではそうでもないのに対話になると機関銃みたいに口も早かった。彼の文学は「労働者文学」というよりは、花田清輝ばりの着想と寓意と語り口で、戦後自分史と日本・中国の古典と魯迅を縦横に駆けめぐって精力的に書き、いまも同人誌『象』に拠って書き続けている。金子の著作が本になったという情報を聞かないので、ぜひ単行本を上梓してほしい、と切望している。『象』はアダム・スミスなどの研究で著名な水田洋の責任編集であり、水田さんとは市民運動を共にした。

機関銃のような語り口で思いつくのが、杉浦明平だ。明平さんと活動を共にした記憶は薄いが、『新日本文学』の取材で渥美半島の家を訪ねて何度か話を聞いた。若い頃の堀辰雄、立原道造との交友、上野英信の個性的な人柄など、取材そっちのけで愉しんだ。

明平さんを囲んでは、その記録文学に書かれた渥美半島の住民運動を中心とした仲間が集まっていた。はらてつし（原鉄志）は中では珍しい文学のお弟子さんだった。ぼくが明平さん宅を訪ねる際は大抵、地元田原在住の原鉄ちゃんが同行した。

私鉄名古屋鉄道（めいてつ）労働組合の職場サークル「名鉄文学会」が文芸誌『軸』を出していた。原鉄志が年長で詩の大岩弘、小説の沢治嘉、ヒンズー語とインド文化に造詣が深い柴田皎が「ダラ幹四人組」を名乗って作品を発表していた。

「ダラ幹四人組」と出会ったのは一九七〇年。当時ぼくは毎日新聞中部本社版で同人雑誌評を担当していて『軸』一五号を取り上げたのがきっかけだった。日刊紙の同人雑誌評で労働者の雑誌が取り上げられるのは稀だったので喜んでくれて交友は始まった。

ホルモン焼き屋で文学談義などそっちのけにして飲み、酩酊したぼくが通りの家々のゴミ箱を道路に一列に並べる、真面目な原鉄ちゃんがそれを家の軒先に返す。そんな子どもの悪戯を愉しんだ。

はらてつしはローカル駅の駅員であった。作品集『競合脱線』（一九七四年・土曜美術社）が出たとき、ぼくは『社会新報』に書評を書いて、かれの鋭利な風刺と批評精神を「小さな駅の改札口から私たちはベルトルト・ブレヒトの息子を生もうとしている」と記した。はら・てつしの著作は他に『確信犯』『作家煉獄小説葉山嘉樹』（一九九二年・オリジン出版センター）。

大岩弘は尖鋭な口舌の詩人であったが、なぜか本社の労務担当の部署にいた。彼が詩集『革命について』（オリジン出版センター）を出版したとき仲間たちが著者を裁く法廷を模して出版記念会を開いた。ぼくは弁護人を務めて真面目に長々と詩集を解説した。大岩は喜んでくれたが、杉浦明平が「長すぎた」と一言。大岩の詩集はあと二冊ほどあったはずだが、いま探しても見つからない。

柴田皎（柴ちゃん）はローカル線の車掌だった。ぼくが作っていた『愛知新報』紙上にエスペラント語やインド文化について不定期連載した。『愛知新報』はかなり独断的な編集で一面に部落解放運動、日韓民衆連帯、三里塚闘争などをしばしば掲載。スポンサーの議員族からひんしゅくを買った。それも五年ほどで廃刊した原因の一つであった。毎号、一頁を文化欄に当てて、友人たちが「愛知の文学運動史」、職場の演劇・音楽・映画・写真活動など多く執筆してくれた。ぼくも毎号のように何かを書いた。

沢治嘉は体形から「関取」と呼ばれた。のちに保守派の地元議員であった父親の跡を継いだ（と聞いた）。

**現代参加の会と『現代参加』『叢書』**

話がだいぶ先に進みすぎた。元に戻そう。丸山静は前出『中部日本新聞』の年末特集「一九六〇年の名古屋文学界・停滞と芽ばえ」でも「かくて驢馬ら天に昇る」を取り上げた。その折「芽ばえ」として注目された同世代数人が集って立ち上げたのが「現代参加の会」であった。同時に、機関誌『現代参加』を発行した。

ちなみに会名と誌名の提案者は磯貝。他に黒内直が「夜の会」を提案し、永田育夫がそれを支持。どんな議論があったか忘れていたが、採決の結果ほかの会員全員が「現代参加」を推して四対二で決まった、と一号の編集手帳に黒内が書いている（この事実はあとで永田育夫について書くときに必要になる）。

『現代参加』一号（一九六一年九月）の目次を記す。志賀宗近「レジメ■ふたつの路」、黒内直「あなたは永久にガムをかまねばならない」、磯貝治良「作家のエネルギーと真実について・1」、伊藤益臣「医者になりたい青年のカルテ」、駒瀬銑吾「ぼくの立場」、堀井清「労働疎外と文学」、日方ヒロコ「記号への還元」、永田育夫「二律背反の成立／二葉亭四迷論・1」。これら筆者が発足時の会員であった。これに二号から茅原史朗、宮島好、五号の八木義雄が加わる。のちに親しくなる吉岡弘昭が五号の表紙を描いている。

交友誌として素描する。

永田育夫はかつて文学青年のなかに珍しくなかったタイプの人である。極度の自我意識と自己愛に囚われて誇大妄想癖があり、独特の伝説メーカーになった。たとえば、吉本隆明、野間宏、佐々木基一といった文学者の文章の切れ端に着目して、あれは俺のことを言っているのだ、と思う。商業文芸誌の後記の一行を指して同じように思う。その結果、俺は文壇から注目されている、と妄想する。それで出版社に原稿を持ち込む。しかし、相手にされることはない。それでわが身をわきまえるかと言えば、さにあらず、マスコミが自分を恐れている、と妄念する。文字通り口角に泡をためてそれらを語るのであるが、彼は妄念を文章にもして発表する。

文友の黒内直らが心配して精神科の診察と入院を真剣に考えたこともあった。後年のことであるが、ぼくが某大学の非常勤（日雇い）講師をしていたとき永田育夫から突然、手紙が来た。君の通う大学で日本近代文学史の講義なら引き受けてもよい、ただし今は作品に取りかかっていて無理であるが、という趣旨であった。講師依頼を受けたとの思い込みが、ある日、閃いたのだろう。永田育夫の妄想は絶えることなく、それに基づく文章は半世紀のちまで繰り返し同人誌『名古屋文学』に発表された。先に触れた「現代参加」の会名と誌名についても、俺が命名者である、と書く。それが正真正銘の妄念であるのか、虚言であることを自覚して書くのか、本人以外には分からない。現在で言えば、自らこうでありたいという欲求に合わせて「事実」を捏造する、あの「陰謀論」の心理なのかもしれない。

永田育夫の創作には想像力と虚構のリアリティが決定的に欠けていて、素朴リアリズムあるいは〝教養小説〟の旧さがあった。妄想はそれに代替する彼流のフィクションの作り方だったのかもしれない。妄想している彼自身にその自覚があって、妄念による虚偽が発覚しそうな箇所の言説は曖昧にするというテクニックが施されている。

彼はしばしば他者について書くが、自身の文学資質がとても優れていると幻想するので、対象が著名な文学者であれ身近の知友であれ下位にあるものと見做す。そのために事実誤認などによって、書かれた人を不愉快にすることも稀ではなかった。彼のいくらか月並みの文学思考が優れているかどうかは判断しかねるが、気位の高さとは反比例して彼の文章が時にテニオハもあやしく誤記も多いことはたしかだ。それは去年今年貫く棒のごとく半世紀にわたって変わらない。たとえば、「ドン・キホーテ」を「ドンキ・ホーテ」と記し続ける。

永田育夫は「文学」という観念と情念に憑依されたのかもしれない。彼の部屋の壁に大きなカレンダーが掛けてあって、日付のあちらこちらに執筆と脱稿の予定が記されているのを見たことがある。電気工事の仕事を終えた夜、その証を一つ一つ消していくためにペンを走らせたのだろう。日付の証を追って消すために、文章への熟慮と推敲などには目もくれず。終始、独り身を通し、社会・人間関係なども不可あるいは回避して。

永田育夫は処女作『形成期の人びと』、『二葉亭四迷『浮雲』論』、『小林秀雄論』などを書き、一部を自費出版した。なかには一九七〇年前後の政治状況に材を取った『議会か武力か』を自費出版したが、それは徒花みたいなものだった。しかし、時は巡って世界と社会の状況が文学の改変を求めるに至っても、彼の自我は旧態に固執して、なぜか過去の作品を焼き直し、煎じ直して発表した。いまだ未稿の評論の目次だか構想だかを『名古屋文学』に掲載していたが、同誌は休刊した。彼はくだんのカレンダーの掛かった部屋で禁欲の人のように「文学」と戯れつづけた。その情熱はシリアスなようでもあり、コミカルなようでもあった。

永田育夫の存在は特異であることによって、他に類のないぼくの文学の知己であった。

黒内直は現代参加の会において永田と最も親しい友人であったが、二人の対照は際立っていた。黒内は永田より六歳ほど年下であったが、二人の自意識がぶつかって、のっけから黒内の永田批判が出た（『現代参加』二号）。饒舌に書きなぐる永田とは違って黒内は寡筆であった。一九六〇年に同人誌『とりで』に中編「憂い顔の騎士」を発表して「新しい芽ばえ」の先陣を切ったが、それきりまとまった小説を生まなかった。

永田の無骨に対して、黒内の文学的感性は才気走っていた。『現代参加』に書く短いエッセイにもそれはあざやかだった。ぼくはそれを愛し、盗もうとしたこともある。黒内には俗っぽいところもあって、東京で文学することに憧れたのか、のちに〝上京〟した。定時制高校時代からの文友であった長峰美代子（長峰くん）と一緒に。黒内の贔屓は詩人谷川雁であったが、「東京へ行くな」と叫んだ詩人を彼は裏切ったわけだ。もっとも谷川自身がのちに自分のコトバに背信したのだけれど。

〝上京〟した黒内は高田馬場・早稲田界隈のアパートに暮らし、ぼくは新日本文学会の大会や会議のたびに泊めてもらった。映画の台本とか週刊誌の記事の請負仕事をしているらしかったが、酒を友とする生活にはいよいよ拍車が掛かっているようだった。彼は赤瀬川原平や田中小実昌との付き合いのエピソード、訪れたＮＨＫ建物内部のカフカ的構造など、いなかから来たぼくに話して興じた。ぼくが図書出版風媒社の編集者をしていたときに黒内から紹介されて大和屋竺の本を企画したこともある。

小説は「憂い顔の騎士」以来書けなかったようだ。会うといつも小説の構想をぼくに語った。彼のなかでは傑作であると信じられていた（そのように語った）が、作品にはならなかった。蓄積する忸怩たる思いとアルコール依存に関係があったかどうか、不祥事を起こすこともあったらしい。劇団「発見の会」の上演の折（と思う）、酩酊していて芝居のじゃまをした。それで主宰者瓜生良介から腕の骨を折られた。ぼくはそれを黒内から聞き、瓜生良介からも聞いた。瓜生良介とは「発見の会」の名古屋公演「エンツェンスベルガー　政治と犯罪」の折に知り合い、黒内と瓜生が連れ立ってぼくの家で泊まったこともある。瓜生良介から骨折事件を聞いたのは新日本文学会の場であった。

黒内直も「文学」に憑依されながら、未完に終わった才能であったのかもしれない。憑依された「文学」がたまたま破滅型であったので実人生がそれ（フィクション）を模倣するという倒錯が起った、ということだったろうか。彼は太宰治ふう警句をしばしば愛唱した。

二〇〇〇年の東海豪雨による水害の時、「長峰くん」が見舞いの電話をくれた。黒内の消息を訊ねると「シーラカンスのようなもの」と言い、本人は電話口に出なかった。黒内直の訃報に接したのは、それから何年かあとだった。

必要があって古い資料を探していたら、お目当ては見つからなくて五五年前の『アサヒグラフ』（一九六六年一一月一一日号、定価一〇〇円）が出てきた。ベトナム戦争が主記事の号で、その年立ち上げた「ベトナムに平和を！市民連合名古屋」（べ平連なごや）の最初のデモの写真が載っている。デモ申請も不要の三〇人余が広小路通りの歩道を栄町から名古屋駅まで歩いた。その写真に黒内直が写っていて、胸のゼッケンに「走れ紅衛兵　跳べヴェトコン　さて我々は？」とマジックペンで手書きされている。黒内らしい発想だ。
ちなみに写真にはデモの先頭でチラシを渡すぼくの姿も映っている。受け取る側は写真の外になって見えないが、そうだ、ちょうど労組がストライキ中のビルの前を通りかかって、ビラを渡しながら連帯の言葉を交わした場面だ。「べ平連なごや」が発足したとき現代参加の会メンバーの反応は鈍かったが、黒内直と長峰美代子が参加したのだった。いろいろ思い出せるものだ。

伊藤益臣はたしか黒内と高校の学友だったが、対照的に堅実な人柄だった。勤めていた旧財閥企業の工場がぼくの住む町にあって、一升瓶を下げて訪ねてくれたりした。思想の科学の会員として活動し、晩年は中部ペンクラブの会員にもなっていた。がんを患い、いったん治癒したが五年後に再発して亡くなった。

志賀宗近は本名吉田弘秋。少し年長であったが、ぼくらは「吉田くん」と呼んだ。『翌檜』という同人誌を主宰していて、そこに載った初期作品「鮎」の感性が、のちに本格的に書く歴史小説以上にぼくの印象に残っている。誌名『翌檜』が示すように朴訥な文学青年の印象で、虚偽のない常識人の人柄であった。現代参加の会合をぼくの家で行なうこともあって、会議というより連れ合い年子の手料理で飲食しながら談論風発の場であった。ぼくが訪ねると、几帳面な「吉田くん」は持てなしてくれた。

出会ったときは父親と一緒に刃物の工房（販売もしていた）で仕事をしていて、のちに一人親方の鍛冶職人をしながら旺盛に小説を書き続けた。『名古屋文学』を主宰し、『逢魔が辻』（風媒社）などを上梓した。七〇年代以降、『名古屋文学』で作品に接する以外の交友は疎遠になっていたが、あれは二〇〇〇年代中頃だったろうか、おやっと思う場面に出会った。

韓国の女性詩人を招いて、詩誌『宇宙詩人』の同人と中部ペンクラブ会員が交流する集いが、名古屋駅西の「つちやホテル」で催された。ぼくは二つの団体のどちらとも関係がなかったが、大西豊（本名上倉誠）とホテルのオーナー平子純（本名・土屋純二）に誘われて出席した。出席者一人一人が小さな発言をした。ぼくも指名されて、自作のマダン劇「トッケビと両班」のなかで朗読される詩「半島と列島をつなぐのは海」を日韓両語で朗読した。

笹島日雇労働組合の大西豊とは最近（二〇〇一年）、同人誌『叛』を創刊した縁の文友になったが四〇年来の社会運動の友。大西は平子に誘われて『宇宙詩人』の同人になって文語体の古風な詩を発表した。平子純とは文学以外であれこれの付き合いがあった。「磯貝は私の文学の師匠」という彼の弁はさておいて、文友であったことにはちがいないので、後述の「同人雑誌あれこれ誌」の項で「ジローの文学小屋」『夜の太鼓』に触れるときに書く。

話がそれた。おやっと思った場面に戻そう。集いが終わってホテルを出てからのこと。駅西銀座の路上で誰かと立ち話しているいると、ひときわ賑やかな声がして、足もともおぼつかない「吉田くん」が一人の女性にサポートされながら駅のほうへ向かって行った。実直な人が酩酊して不思議はないが、初めて見る彼の姿だった。

後の伝聞ではあるが、彼は大きな病を得て『名古屋文学』を離れた。彼が永田育夫との宿縁を引きずって、延々と文学活動を共にしている古色然とした〝友情〟がぼくには〝奇異〟にも思えた。そのこととは無関係とはおもうが、吉田弘秋は昨今、酒の過ぎた生活をしているとも聞く。

日方ヒロコ（本名・金原ひろ子）についても書かなくてはならないが、『現代参加』における彼女は一、二号に短文を書いたきりで、女性会員一人だったわりに印象は薄い。緊張癖があったのか、発言のとき声が震える独特の話し方は記憶に残っている。彼女は後に社会運動の場でダイナミックに変容して（それは永田育夫の旧態依然の人生とは対照的であった）、瞠目すべき人生を送る。そのことも含めて「野間宏『青年の環』を読む会」の項で後述する。

現代参加の会は結局、どうなったか？

機関紙『現代参加』一号が出たとき、毎日新聞中部本社版「郷土の雑誌」欄が黒内直と磯貝の文章を取り上げて「いずれも二十代、いいたいことをずばりという。新しい魅力だ」と書いた。「新しい芽ばえ」に期待するところが、すこしはあったようだ。しかし、それ以降同紙は取り上げず、号を追うごとに他紙で〝未熟さ〟を指摘する評がつづいた。外部の評価とは無論、無関係であったが機関誌を六号と『現代参加叢書』一冊を発行して（『叢書』は小説のアンソロジーを刊行しようと作品を募ったけれど、載ったのは、言い出しっぺの永田育夫の「形成期の人々」と磯貝の中編「沈黙」のみ）、会は一年余の寿命で終わった。

それぞれが同人誌に所属して創作や評論活動の場を持っていたこともあるが、ほぼ自壊であった。一番の原因は、せっかくの「個性」が集まりながら同志的な仲間を作り損なったことであった。時代／状況と果敢に拮抗する「新しい文学」を創造するために必要な集団／文学エコールを作ることが出来なかったのである。連帯を求めて孤立をおそれない精神と方法を知らなかった。

機関誌二号以降にぼくは以下の文を載せた。「逆説の文学―作家のエネルギーと真実Ⅱ」（二号）、「二者択一主義への批判―作家のエネルギーと真実Ⅲ」（三号）、「妄想者の歌をうたいつづけて」（四号）、「ボタンひとつの恐怖」（五号）、「文学の反措定・試論」（六号）。執筆ノートによれば「文学の反措定・試論」は五号までと違って四二枚の評論のはずだが、この六号だけがなぜか見当たらない。

**赤猫社のあと新日本文学名古屋読書会、野間宏『青年の環』を読む会へ**

現代参加の会のあと新日本文学名古屋読書会を起ち上げたのであるが、その間にぼくにとっては不発の一件があった。赤猫社と『自立芸術』のこと。

赤猫社はアイデアマンの黒内直の着想であった。彼は名付けに関してマニアックなところがあり、才もあった。「何をするか」の中身よりもまず名前が閃いて、二人いれば結社だかグループだかを作るのである。東京へ行ってから彼がアパートの一室に掲げたのが「無限会社面白商会」だった。コマーシャルのコピーライトとかフリーライターとかを生業にしていたのではないだろうか。

現代参加のメンバーは赤猫社の〝結成〟に乗らなかったが、美術評論を志していた石井守が関心を示した。石井、黒内、磯貝の三人で発車しかけたが、発足のマニフェストを書いたぼくが「ごめんなさい」と言って降りてしまった。当時、同人誌『北斗』に所属して小説にかまけていたし、赤猫社が、頓挫した「現代参加」以上に何かを出来る場とも思えなかった。熱心に〝慰留〟してくれた石井守には済まないことをした。結局、石井の命名による『自立芸術』一号が発行されて（あるいは二、三号出たのだったろうか）、赤猫はどこかに消えた。

石井守は後に美術／文芸評論家の針生一郎らと広告研究（あるいは批評）の活動をしていて、新日本文学会の会員にもなった。彼は誌上に書くこともなかったので、新日文の活動では交わることもなく、滞納した会費の請求を電話でしたくらいで交友は絶えた。九〇年頃だったろうか、「石井くんは偉くなりすぎたからねえ」と針生一郎が言ったのを憶えている。

「石井くん」は二〇二一年九月一八日に亡くなった。中日新聞の訃報欄を書き写す。〈石井守さん（いしい・まもる＝中日新聞社元大阪支社長、テレビ愛知元副社長）18日、腹部大動脈瘤（りゅう）破裂による出血性ショックで死去。83歳。名古屋市中区出身。葬儀・告別式は近親者で行った。喪主は妻久美子（くみこ）さん〉

赤猫社に関わって忘れてならないのが、画家の吉岡弘昭との出会いである。「現代参加」の頃、見知っていたはずだが、黒内直と一緒に来宅してくれたのが記憶の最初である。黒内はいろんなジャンルにわたって知己が多く、「総合芸術」の場として赤猫社を構想していたのだろう。

吉岡弘昭は反権威なところがあって美術団体には属せず、他の画家の絵を批判する傾向があった。ぼくとの交友は忘れた頃に個展を観に行くくらいであったが、彼の息子「卓くん」が在日朝鮮人作家を読む会に一時期、参加していて、彼が車椅子生活の「卓くん」を会場に送り迎えしたこともある。アンジェイ・ヴァルチャックを想起させる吉岡弘昭の抽象が、ぼくは好きだ。油絵から木版画・銅版画・リトグラフに境地を拓いたが、風刺とユーモアによって民衆の解放をイメージさせる彼の絵に、ぼくは魅(ひ)かれる。

彼が講師を勤める名古屋芸術大学での個展の折に買った『吉岡弘昭全版画1967―2012』は、『呉炳学画集』などと共に数少ない愛蔵画集である。

二〇一四、五年だったろうか、吉岡弘昭が呼びかけて石井守、永田育夫、ぼくの四人が名古屋・今池の鶏の店で旧交を温めた。そのときが石井守との最後である。


記憶の遠近法は不思議なもので、新日本文学名古屋読書会（以下読書会）を起ち上げたのは新日本文学会に入会する数年前だと思っていたが、そうではなかった。古いスクラップブックを見ると、毎日新聞中部本社版一九六九年一月一三日付け「ある集団」という記事に「六六年春に発足」とある。自筆年譜には「六六年九月に発足させ」とある。ぼくが新日文会員になったのは六六年八月だから、いずれにしても同じ年である。

そういえば、現代参加の会のあといくつかの活動があった。一つは丸山静の肝いりで一九六四年に起ち上げられた「東海文学教室」。これは一六回の講座で多彩な人が講師を勤めた。講師と題目をいくつか挙げる。

開講記念講演は佐々木基一と針生一郎（ともに評論家）。丸山静「これからの文学1〜4」、杉浦明平「小説とルポルタージュ1〜4」、江夏美好（小説家）「創作体験」、竹内良知（哲学・

当時名古屋大学助教授）「現代の思想」、安藤幹衛（画家）「現代の絵画」、後期講演が小野十三郎（詩人）と真下信一（哲学者）。煩を避けて省略するが、ほかに詩人、人権活動家、労働運動家、テレビディレクター、出版編集者、映画評論家など、いずれも地元の講師で揃えた（同人雑誌について語るはずだった清水信は間近になって辞退した）。労働組合の愛知ナショナルセンター愛労評の後援もあって、「文学愛好家」だけでなく労働者も多く受講した。

受講者が提出する作品合評の講座もあって、運営委員だったぼくはそれのチューターを担当した。ちょうど前年に初の小説集である自家版『今日零に向かって起つ』（実存社）を出したばかりだったので、それも作品合評された。「創作と読書グループ・月報」も発行して、ぼくはそれに「小説『されどわれらが日々』雑感」一号、『小説『暗い絵』雑感」二号、「小説『異邦人』雑感」四号を書いた。

余談を一つ書く。ぼくが稿料付きの原稿を初めて書いたのがこの頃。名古屋タイムズ一九六四年九月四日付の文化欄「『されどわれらが日々――』雑感」である。その後、日刊紙・書評紙などの執筆、講演の謝礼、全集の編纂など文学関連の収入は合算すればそこそこになるが、年間五〇万円を超えたことはない。したがって知人に誘われても日本文芸家協会には入会しない。税金対策も著作権問題も無縁なのである。ましてや幻想の「名誉」など。学生時代に「売れても売れなくても、文学をする。食い扶持は別途、稼ぐ」と決めて、幸か不幸か、その通りの文学の旅になった。

これは「東海文学教室」から一一年後の七五年のことになるが、関連する活動なので先に記す。「愛知文学学校」のことである。校長はフランス文学者の新村猛。開校記念講演の講師に井上光晴を指名して当日の司会をしたのだから、ぼくも企画の段階から深く関わった。いわゆる日本共産党系の団体からも講師・チューター・受講者が多く参加して活況だった。

すっかり変色した学校案内を見ると、キャッチコピーに「創造的な生き方の出会いの場」とある。授業は講義とグループ討論が交互に開かれ、三か月の間に二五コマが行われた。グループ討論は詩のコース三グループ、小説のコース二グループで、「磯貝治良グループ」は小説コース。グループ生は一〇人ほどだったろうか。多少のはじらいもあるが、「ぼくの時間割」を書き写す。

9月5日「小説とは何か」「小説」についてそれぞれの観点を出し合い、詩、ルポ、エッセイなどと違う独自性をあきらかにする。

12日「時代のなかで小説を書く」わたしたちをとりまく時代状況について考え、それと文学＝小説とのかかわりを追求。

19日「なぜ書くのか」自己表現の個々のモチーフを出しあい、「だれがだれに向って書くのか」をあきらかにしつつ「私」をとらえ直す。

26日「書くことと原体験」わたしたちの内に在って小説を書かせる体験を意識化してみる。

――何を書くのか。

10月3日「現実と虚構」――参考・井上光晴「小説入門」。なにが現実で、虚構とは何か？ 現実のなかに〝虚構〟があり虚構のなかに〝現実〟がある。……日常的表現と文学的表現の関係をあきらかにし、「リアリティ」を追求。

17日「文体・視点と生きること――参考・大江健三郎「文学ノート」。作者が生きるその在り方と文体の関係について考え、さまざまな文体（野間宏、長谷川四郎、野坂昭如など）を比較する。

24日、31日「創作合評」参加者の活字発表した作品を中心に。磯貝の四一〇枚の小説「銃声のほうへ」（『東海文学』五六号一九七五年七月）も合評したはずだ。詩のグループが手作り詩集を出して、詩「ことばの玉手箱」を載せた記憶もある。

11月4日「〝夢〟とリアリズム」埴谷雄高、島尾敏雄などの作品にもふれ、小説におけるリアリズムと〝夢〟の領域との関係を実作的に考える。

7日「なぜ現代に長編小説が求められるか」現代を追求するための主題＝構成＝文体など

をたのしく考える。

11日、14日、18日、21日「創作合評」参加者の提出作品を中心に。

25日「いま、なぜ文学なのか」90日間の〝船のない旅〟で「私」のなかに起ったことのさまざまを出しあい、なぜ、いま文学でなければならないか、をゆるやかに考えてみる。

28日「まとめきれない〝まとめ〟」
※機に臨み、変に応じて、文献・作品などを参考にします。ただし、「私」のコトバで語りあうのが望ましい。

ご多分にもれず、そこでの出会いは毎回〝学習〟のあとの番外篇に豊富な話題があり、履修生、事務局メンバー混成の飲み歩き、その折のスキャンダラスな出来事には事欠かない。そのかわり閉講とともに交友は消え去った。

ただ一人、事務局メンバーの表（のち二村）むつ子はのちも長く活動を共にした。彼女は日本文学学校と労働組合書記の経験を活かしてガリ切りの腕を揮い、実務能力にも秀い出ていた。ぼくはそこのメンバーではなかったが、〈在日〉の伝統文化表現グループ・ノリパンには知己が多く、何かと行動を共にしていた。二村むつ子はそのノリパンの一員だった。また彼女は、ぼくがよく顔を出していた名古屋大須の芝居小屋・七ツ寺共同スタジオ代表二村利也の連れ合いにもなっていた。そして一九九〇年にマダン劇グループ・マダンノリペ緑豆を結成したとき彼女も参加して、磯貝作「トッケビと両班（ヤンバン）」ではチャグン両班（小さい両班）の役を演じた。マダンノリペ緑豆は自主公演や集会の出前公演など四年ほど続けて幕を下ろした。

二村むつ子は五〇歳代で亡くなり、七ツ寺共同スタジオで開いた追悼の会でぼくは「献杯」の役をして、彼女の霊に語りかけた。二村むつ子は酒も好き、人も好き、面倒見も良かった。

花田清輝と関根弘と武井昭夫が名古屋に来て「文学が呼び起こすもの」が開かれたのは、「東海文学教室」の前だったかあとだったか。画家水谷勇夫の前衛的な舞台演出があって異色の講演会だった。翌日、関根弘を名古屋臨海工業地帯に車で案内したのは永田育夫だった。『東大に灯をつけろ』を出したばかりの詩人を公害地に案内したのだった。

ちょっと毛色違いな交友であるが、小川双々子が主宰する俳句誌『河口』との縁が出来た。『東海文学』同人の中山峯夫の取り持ちだった。その『河口』六二年五月・一八号にエッセイ「沙漠の歌をうたいつづけて」を書いた。

道草が長くなって、ようやく新日本文学名古屋読書会に戻り着いた。

新日本文学名古屋読書会（以下「名古屋読書会」）は「現代参加の残党」によって始まった。いろいろな活動に旺盛に関わってきたけれど、ぼくにとっては『追舟』以来の主宰であった。

黒内直、吉田弘秋、日方ヒロコが積極的に参加し、永田育夫もときどき顔を出した。

「名古屋読書会」は「看板に偽りあり」であった。『新日本文学』誌そのものは磯貝の掲載小説ほか数回、テキストにしただけで取り上げることはなかった。一九七六年一月までの一〇年間、毎月一回の例会を開いて、洋の東西を問わず同時代を並走する書物をひたすら読みに読んだ。単純計算で一一〇冊ほどになる。残念ながら会録を残さなかったので（その教訓もあって、のちに起ち上げた「在日朝鮮人作家を読む会」ではテキスト、報告者、日時、会場、参加者名、討論メモの会録を二〇二一年一二月現在まで四四年間、四七六回にわたって記録し続けている）、読んだ本のあらかたを思い出すことが出来ない。そのころ一〇年間の「ノート」読書欄を見て、他の書物群のなかに散見するほかない。ただ、その読書の蓄積がぼくの文学を鍛えてくれたことは確かだ。

「書を捨てて、街へ出よう」と言ったのは寺山修司だったが、ぼくは「書を読んで、街に出よう」と考えた。時代／状況にアクチュアルな本をいくら読んで議論しても、それだけでは今時のコトバで言えば「口だけ番長」になる、と思ったからだ。格好良く言えば、思想と実践。

ぼくの呼びかけは不発に終わって、ひとり街に出た。七〇年安保の前夜、デモは毎週のようにあった。主に栄の久屋公園で集会が開かれる。集会のあと、デモ隊は名古屋のメインロード広小路通りをおよそ三キロ、名古屋駅に向かう。半世紀後の今では想像しにくいけれど、封鎖状態の片側四車線の道路を行く。道路いっぱいに広がって、フランスデモが定番である。歩道側に整列する黒い機動隊員の楯との隙間五〇センチ。のろのろ行進のあちこちでしばしばジグザグの波が起り、黒い部隊との小競り合いが起る。逮捕者数名。頭に巻いた手ぬぐいに血を滲ませている青年が、いつの間にかぼくとスクラム組んでいるのに気づく。

国際反戦デーなどは労組動員などもあって一万人デモにもなったが、多くは「ベトナム反戦」「70年安保粉砕」の旗がなびき、シュプレヒコールが響く、組合青年部と「新左翼系」の党派、学生中心の千人規模のデモ。ぼくの参加する隊列はべ平連名古屋のそれであったが、べ平連名古屋の若者はしだいに「党派」へと変容して、ぼくは群れのなかの一人として最後衛を歩いた。以来、運動の半世紀、ぼくは「後衛の人」を自負する。時を経て、市民運動のなかでいつの間にか先頭の横断幕を掲げる役割の転がり込むこともあるが、後衛の精神は堅固だ。ぼくのルーツは姓の通り、海人だったので事に当っては日和を見る。

この話題はここで切る。いずれ本稿とは別に社会運動(あるいは反社会運動)篇が書かれるだろう。

「名古屋読書会」には一〇年間でどれほどの参加者があったろうか。相当の人数が入れ替わり立ち替わり去来したが、新陳代謝がはげしく交友誌に記す人は少ない。参加者の色分けは

「文学派」六割、「政治派」四割といったところだろうか。当時のぼくのうたい文句は「文学と政治の二項対立を止揚する」だった。

参考に「ノート」読書欄を見ると、ぼくの個人的読書は文学関係が圧倒的に多いが、「名古屋読書会」では時節柄、政治／社会関連のテキストも目に付く。たとえば、ペーター・ヴァイス『ベトナム討論』、トルーマン・カポーティ『冷血』、エルネスト・チェ・ゲバラ『ゲバラ日記』『革命　ゲバラは語る』、エンツェンスベルガー『政治と犯罪』、ムニャチコ『遅れたレポート』、H・ラップ・ブラウン『ニガーよ死ね』、ウルフの会訳編『女から女たちへ』、レヴィ・ストロース『悲しき南回帰線』、シモーヌ・ヴェイユ『工場日記』、河野信子編『女の系譜』、富村順一『わんがうまりあ沖縄』などである。花田清輝の著作も一年間シリーズで読んだ。

「名古屋読書会」では発足四年後から機関誌『揆』を出した。ちょっとしゃれた変型版ながら表紙に装画もなく、小さい活字がびっしり詰まった八〜一二頁の冊子である。誌名『揆』は村びとらが寺の本堂などにひそかに集まって謀事（はかりごと）をめぐらす場面をイメージして命名した。「き」と読んでも「はかりごと」と読んでも、どちらでもかまわない。全三号までの目次を記してみる。

1号（70春）磯貝治良「「流民伝」の試み」、日方ヒロコ「作家ソルジェニツインについて」、富田芙美子「読書会と私」、吉田弘秋「シジフォスと岩と神々」、浅野洋子「私の場合は」、黒内直「夜、音、新宿―10・21―東京便り・その1」、古川妙子「便り」。

2号（71夏）日方ヒロコ「同胞―片思い考―」、水野昇三「高橋和巳に対する不当なコメント」、北冬樹「ピエロの慟哭」、富田芙美子「「三島美学」に酔いどれ歌う昭和女ブルース」、漆下ひろみ「詩二編」、古川妙子「はずかしくて書けない」、黒内直「東京便り・その2　今回はハロー・グッドバイ式に」、磯貝治良「団欒」。

3号（72夏）掌編小説特集＝日方ヒロコ「フィクションに包囲された私」、黒内直「風（かぜ）のこと―東京便り・その3」、磯貝治良「なにが因果か」、富田芙美子「僕のお嫁さん」、北冬樹「徹夜」、吉田弘秋「名付得ない小説のための序章」。


「あとがき」は毎号、磯貝が書いた。数人の仲間によって六六年正月から始まった会活動に触れながら「読書会という一種古風な場を逆手にとって、わたしたちの状況と切り結ぶための文学創造の核を作りあげていきたいというのが、この試みだった」と1号に記している。そしてグループの声に擬して、「各人が身につけたものをひっさげて、外へひろげていきたい」「行為としてのアンデパンダンのようなものでありたい」「ある本を通してものを見る目を豊かにしたい。それを生活と実践の場で生かしたい」「集団の思想を探り、思想の集団を形成したい」「地道で粘りづよい活動に支えられてアクチュアルな時代意識を回復していきたい」と書いている。

なんとも面映ゆい気分になるが、七〇年前後はそういう時代でもあったと言える。

目次を見ると、『揆』発行当時には「政治派」はあらかた街に出払っていたらしく「文学派」が並んでいる。

富田芙美子はちょっと魔女的な才能のある若手で、小説を書くに至らなかったが会活動の外でもプライベートな時間を共有した。他は「現代参加の残党」を除くと、名前を思い出せても顔が思い出せない。

横井幸雄は『揆』には書かなかったが、『作家』の同人で小説集もある「文学派」だった。ぼくの友人には珍しく東大に通った人だったが、純粋とペシミズムを併せ持っていた。そのせいか一時期、濃密な交友を過ごした。しばしば飲んで酩酊して夜の街を徘徊して彼の家族が住む高層マンションに泊まった。「名古屋読書会」が終わって交友は絶えたが、のちに愛知の現代文学者列伝を構想していたらしく、磯貝の項もあるその草稿を送ってくれた。名古屋中部ペンクラブが発足したときには熱心に参画して一時期、彼は会長になっていた。亡くなったのにはいくらかの〝破滅型〟が影響したのだろうか。

「H君」は非文学派であったが、熱心に会活動に参加した。彼は名古屋を去った指導教授の空き宅に住んでいて、そこを会合場所に提供してくれたりした。当時、彼は名古屋大学生、大学院生だったが、七〇年安保後の季節はずれの党派活動で内ゲバの標的になり、フランスへ渡った。その後、九州の大学で教員になった。

「文学派」であれ「政治派」であれ、「名古屋読書会」は政治の季節のなかにあった。

野間宏『青年の環』を読む会（以下「環の会」）の発足は一九七六年だった。七〇年安保前後の政治の季節が夕暮れていくにつれて、アクチュアルなテキストから文学へと戻ったのだろう。『東海文学』同人などぼくの文友が新日本文学名古屋読書会の残党と合流して、顔ぶれも刷新された。

まず超長編『青年の環』を毎月一回、一年かけて読み込み、さらに一年間、『暗い絵』『真空地帯』『わが塔はそこに立つ』『親鸞』『歎異抄』『さいころの空』『サルトル論』『狭山裁判』を読み次いだ。

三河地方の山間にあった段戸塾で合宿を愉しんだりもしたが、「読書のあとは書き始めよう」というのが、会を始めるにあたってのぼくの提起だったので、それなりに緊張の時間を保てた。そうして二年後の七八年八月に出したのが冊子『環』である。花田清輝が提唱していた「集団制作」が念頭にあって、参加者全員が二年間の読書経験を文章化する、それを集団制作としよう。ということで刊行されたのが『環』であった。なので一、二度出席したきりの二、三人は除いてメンバー全員が文章を寄せた。掲載順に目次を記す。

磯貝治良「求心力としての部落」、浅野博信「苦悩からの解放」、間瀬欣英「田口吉喜の存在の正と負」、小室リツ「女の観点」、松本和歌子「『青年の環』の目指すもの」、磯貝治良「「悪」と形成」、朱雀優「部落問題への接近」、岩田光弘「深見進介の熱い涙」、福富奈津子「想像力」、木本富美子「私のなかの『暗い絵』」、中山峯夫「「ちんば哲学」考」、日方ヒロコ「「労働する文学」についての視点から」。

浅野博信と朱雀優は「愛知文学学校」の磯貝グループ受講生のあと新日本文学名古屋読書会にも参加していた。二人とも小説も詩も書かなかったが、薄いながら十五年ほどの活動仲間ということになる。「浅野君」は真面目が衣服を着ているような大学職員。「すじゃくさん」はちょっとウーマンリブ風な美術教師。アンバランスがバランスのコンビであった。

間瀬欣英は実直そのものの人で「名古屋読書会」以来の仲間。高校教師だった。彼も小説、詩は書かなかったが、『名古屋文学』の同人になって硬い評論を書いていたと記憶する。

小室リツは鹿児島出身の「火の国おごじょ」でリーダーシップに長けて「文彩の会」という

若い同人グループを主宰していた。なにかと頼りにされて相談にも乗り、世話にもなった。家業が印刷屋であったので、ぼくの中国訪問ルポ『れんみん（人民）の中国 散見ノート』（一九七八年愛知新報社）を作ってくれた。文彩の会が雑誌を創刊するときには依頼されて、誌名を『夜の太鼓』と命名した。『夜の太鼓』については、後述の同人雑誌歩きの章で書く。松本和歌子は小室リツの友人であり、『作家』の同人で女子高校の英語教師をしながら小説を書いていた。

福富奈津子、木本富美子、中山峯夫の三人は『東海文学』同人である。福富さんはたしか同人雑誌優秀作として小説が『新潮』に掲載された。教員のかたわら、なかなかの書き手であった。主宰の江夏美好が亡くなって『東海文学』が終刊したあと、後継誌の『文芸中部』に書き続けている。巷でいう主婦の木本さんは寡作だったが、ナイーブな小説を読んだことがある。

中山君は句誌『地表』同人であると同時に『東海文学』に小説を書いた。磯貝に何かとシンパシーを寄せてくれて、『東海文学』、新日本文学名古屋読書会、『青年の環』を読む会、さらに在日朝鮮人作家を読む会へと続く、長い文友になった。文学をする人には珍しく実務能力に長けていて、在日朝鮮人作家を読む会の会誌『架橋』に公費助成金を申請する際には、彼が書類一式を整えてくれた。なかなかの趣味人でもあって、愛知県保証協会を退職したあとには岐阜の山間にある木工工房で木彫りを習ったり、カルチャーセンターで製本技術を習得していた。磯貝の『わたしの創作入門』（二〇〇九年・ミネリ書房）は中山峯夫の手になるものである。『環』を出すとき、ぼくは在日朝鮮人作家を読む会を起ち上げたばかりだったので、発行人を彼に頼み、「あとがき」も彼が書いた。

青年の環を読む会と『環』について評した文章を一つ写しておく。『読書新聞』七八年一〇月九日号の「文芸同人誌」欄。筆者は羽原譲。

「『青年の環』を一年かけて読もう。最初の呼びかけはそのようにして始められた」。一年後の成果が『環』1号である。熱気がムンムン伝わってくる論集である。総勢一二名が『青年の環』八千枚にアタック。「この作品が近代から現代への日本文学の概念を大きく前進させたということを、まず痛感する。あるいは『超えた』といってもいい。自然主義リアリズムや耽美主義や私小説はもちろん……超現実主義も……プロレタリア文学の方法も……抽象芸術の方法も、見事に超えてしまった。」（磯貝治良）この意見に集約されると思う。

しかし、残念ながら「超えてしまった」ことを論証していない。そう私は説得されなかった。みな野間宏八千枚の重量に悲鳴を上げ、筋をひろうのがやっとという感あり。しかし、まだまだ『環』1号である。野間宏なみの持続力を期待します。できたら私も「青年の環を読む会」に参加させてください。

ぼくは一九七五年から七九年当時、日本社会党愛知県本部の機関誌『愛知新報』の編集記者をしていて、若い労働者と市民が集う部落解放愛知交流会議に拠って部落解放運動に関わっていた。「交流会議」は、部落解放同盟愛知県連・社会党愛知・愛知県評が組織する部落解放愛知県共闘会議とは別に、日常的な草の根交流を心がけたグループ組織だった。解放同盟の人からも厚遇されて地区を訪ね、交流して多くを学んだ。個人的にもずいぶん世話になった。

『解放新聞』の一九七七年九月から一〇月にかけて「被差別部落ルポ　愛知県にて」を三回にわたって書き、七八年五月刊の『被差別部落・Ⅱ　都市そこに生きる人びと』（三一書房）に収録された。ほかにも『社会評論』『社会新報』『愛知新報』などにルポふうの文章をいくつも書いた。

そういう時期であったので、「求心力としての部落」は『青年の環』最終章「炎の場所」について書き、文章は活動と根っこで繋がっていた。「求心力としての部落」は河出書房版『青年の環』6』の「表と裏と表Ⅱ」（一九七七年一一月）の折り込み栞になった。

『環』を出したあと〝退会〟を表明して間もなく、日方ヒロコから電話が掛かってきた。泣き喋り口調の、なぜ辞めるのか、無責任だ、みたいな内容だった。

七〇年代中頃から在日朝鮮人文学に魅せられて在日朝鮮人作家を読む会を始めることはすでにぼくのなかで機が熟していた。だから日方ヒロコの難詰は、せっかく見出して進めようとする「おれの文学」への介入に感じた。もっとも〈在日〉文学と同時代を並走することが「おれの文学」の四十年を超える「ライフワーク」になるとは、そのときは予感もしなかったけれど。会活動をしたいのなら他人に依存せずに継続すればよいだけの話であった。彼女のなかにある「甘えの精神構造」を不快に感じて、ぼくは一蹴して電話を切った。のちに躁と鬱の症状について彼女自身の口から聞くことになる。

会のメンバーはその後、岩田光弘を牽引役に大西巨人の『神聖喜劇』を読み進めていった。日方ヒロコが同人誌『幻野』に磯貝への逆恨み文章を書いているのを読んだり、どこかで中傷していることを伝聞した。在日朝鮮人作家を読む会の草創期に一、二度顔を出したこともあったが、交友は絶えた。そのあと彼女は脱原発運動や三里塚闘争に関わって活動的な人に変わった。特に死刑廃止運動に邁進して女子大生誘拐殺人事件の死刑囚の義姉になった。その体験をドキュメントした集大成が『死刑・いのち絶たれる刑に抗して』（二〇一〇年・インパクト出版会）である。

ふたたび日方ヒロコから電話が入ったのは、三〇年余の時を隔てた二〇一〇年頃であった。

何とはない四方山の話をするうち、何度目かの電話でグループ象の同人に誘われた。グループ象はアダム・スミス研究で知られる社会思想史家・水田洋の編集責任で雑誌『象』を刊行していた。そもそも岡田孝一、藤森節子、岩田光弘ら知友と、市民運動で知己を得た水田洋の周辺の学者・研究者が合流したグループである。『象』はしだいに文学作品の掲載が少なくなって社会、思想、政治、哲学など人文系の「論文」が主流になっていったが、それら「論文」に読み応えがあり、数少ない愛読誌であった。けれど日方ヒロコの誘いは断わった。在日朝鮮人作家を読む会の活動と会誌『架橋』の発行で充分満足であったたし、そこそこ依頼原稿もあったからだが、「甘えの精神構造」とは付き合えないという気持ちもどこかにあったのだろう。

『象』の話が消えてしばらくのちの電話は、小説集に折り込む栞の原稿依頼だった。それが日方ヒロコ作品集『ヒッチハイク』（二〇一八年・インパクト出版会）に寄せた「跋　ちょっと小説の話を」である。気に入ったかどうかは分からないが、謝辞の電話が入って、謝礼を送ってくれた。それからもなんとはない電話があって二年ほどのちに突然、抗議の電話が入った。磯貝さんは自分のことばかり書いていて私のことを書かなかったでしょう、というのが開口一番だった。何のことか？　思い当たるとしたら先の栞の文以外にはない。栞に書いたのは日方ヒロコの文学と社会活動についてであった。躁鬱の状態だったのだろう。後日、詫びる電話が入った。

ぼくは『象』の同人にはならなかったが、短い文を三篇載せた。「『象』の象」（五〇号 二〇〇四年一一月）、「「編集のあとで」に対する意見」（五一号 二〇〇五年三月）、藤森節子さんを偲ぶ特集に「やわらかい毅然」（八二号 二〇一五年七月）である。

日方ヒロコが八〇号（二〇一四年一一月）に磯貝治良著『クロニクル二〇一五』（二〇一四年一葉社）の書評「不可思議な文体に誘われて」を書いてくれた。

## 同人雑誌を歩いて二十年――『北斗』『小説家』『東海文学』『夜の太鼓』

『追舟』終刊のあと、幾つかの同人雑誌に拠って沢山の小説を書いた。評論、エッセイの類も書いた。のちに同人雑誌を渡り歩いたとか、道場破りをしていたとかの〝評判〟があったようだが、同人雑誌を移るのにはその都度、理由があった。

今でも愛着があり、「同人雑誌」の文字を見ると懐かしい。送られてくる同人雑誌は十冊に充たないが、出来るだけ読むことにしている。一九六八年から七三年までのあいだ毎日新聞中部本社版の東海地方「同人雑誌評」を担当していた。『新日本文学』でも七二、三年に数回「文学の鉱脈」という同人雑誌評の欄を担当した。『社会新報』文化欄に「同人雑誌から」を十四回書いたのは一九八三年から八六年のことである（余談になるが、『社会新報』には数え切れないほど書評を書いた）。

同人雑誌歩きはそこに拠って作品を書いたばかりではなく、それを評するというかたちで愉しんできた。当時の雑誌で読んだり見かけたりした名前を四十年後のいま目にすると、旧知に出会った気分にもなる。

同人雑誌といえば日本の近現代文学の形成に寄与したことを思い出す。同人結社を拠点に何々派が潮流をつくってきた。そんな大げさな志ではなくても、大胆な作品を読みたいと思う。同人雑誌ならではの商業文壇、その勧進元である商業出版、商業文芸誌という「権力」に一切、忖度しない気概の作品。ときに破天荒、下手も個性のうちといった実験と冒険。同人雑誌ゆえの愉しみも創造性もそこにある。それぞれの結社・雑誌が独自の鮮明な旗幟を持ちたい。ところが、せっかくの同人雑誌なのに、商業文壇の影響あるいは既成の小説らしさをチマチマと後追いする作品が主流を占めているようにみえる。旗幟鮮明な文学エコールとはほど遠い作品発表だけのサロンになっているのも散見する。

というのが昨今のぼくの同人雑誌感であるが、話が先に進みすぎた。同人雑誌に「夢を追った」頃の話に戻ろう。

『北斗』に加わったのは一九五九年だった。名古屋にはもう一つ小谷剛が主宰する『作家』

があったが、そちらは選択肢になかった。小谷さんと出会うのは七〇年代の後半、文学とは別の活動の場であった。

『北斗』入会は変哲もない事情による。

ぼくが通った高校は私学の東邦高校。次いで進学したのが愛知大学。ともに名古屋の東区赤萩町（車道）にあって、歩いて五、六分のところに中区菊里の木全円壽さんの家があった。誰かに教えられてというのではなく、たぶん『北斗』という同人雑誌の名前を知って訪ねたのだったと思う。

木全さんの家は針灸マッサージの診療所になっていて、土間を奥へ入ったところに同人みずからが植字することで知られる活字棚があって、そこが北斗工房であった。木全さんは往診もするが、多くは診療室で施療していたようだ。二階に盲目の人が寄宿していて彼が主に出張治療をしていた。玄関を入ってすぐの部屋で話をするのであったが、そこが患者さんの待合室でもあった。奥の診療室で施療中のときは、ぼくは患者ではないがそこで待っている。患者さんと隣り合わせることも稀にあった。

ある日、ぼくが同人雑誌を出したいというと、木全さんは言った、「骨は拾ってあげますよ」。だから木全宅（北斗工房）を訪ね始めたのは『追舟』発刊の前、高校三年から大学一、二年の間だった。木全さんはときどき古風なことを言ったが、たしかに文学者というより文士タイプの人だった。少々気障で簡潔な文体に妙があった。

「骨を拾う」、それはあとになって思うと、やりなさい、失敗したら『北斗』で拾ってあげるから、ということのようだ。奇しくもその通りになった。

『北斗』は戦後間もなく木全円壽、清水信、井沢純・川島学の四人で始めたと聞く。木全円壽とはひんぱんに家を訪ね、話を聞き、短編の多い誌面に長い作品を躊躇なく掲載してもらった。彼には懐の深いところもあって師弟の感情は互いになかったが七年間、濃い交友を持った。


ぼくが入会した頃は清水信、井沢純が合評会に顔を出すことは稀で、川島さんの顔も作品も見たことはない。

清水信と直接顔を合わせたのは記憶にある限り三回にすぎない。合評会で一度。小林秀雄から論理を除いたのが清水信、とぼくが言うと、それでは何もないじゃないか、と彼が返す、そんな場面が記憶にある。二度目は三重県鈴鹿の清水宅を訪ねたとき。清水信を囲むグループの奥野剛正が当時、なぜかぼくの文学にシンパシーを寄せてくれて招かれたのだ。ところが、ほかのメンバーの浅井栄泉と伊藤伸司は酒に酔ってどこかを徘徊していて、三人の雑談で「ゲスト出演」は終わった。そのときぼくが井上光晴について二、三書いていたこともあって、話が『地の群れ』になった。「逆未来」というキィワードでぼくは少し喋った。清水信が一言、「あれは純文学ではない」と。清水信の「純文学」が「私小説」であるのを改めて知って「逆感心」した。若い連れ合いさんが彼を「まこっちゃん」と呼ぶのを聞いて、清水信の名前の読みが「まこと」であることもそのとき知った。三度目はずっとのち中部ペンクラブ主宰の「全国同人雑誌会議」が名古屋で開かれたとき、ぼくは同クラブの会員ではないが、興味があって傍聴に行った（中部ペンクラブ文学賞を受賞したのはそれよりかなり後だった気がする）。その折、登壇中の彼と挨拶と握手を交わした。

二、三度会ったとか電話で話したとかの間柄なのに、なぜか付き合いがながく続いていると感じさせる人がいる。清水信さんがそうだ。それは批評家彼のおかげだろう。朝日新聞や中日新聞の同人雑誌評、地方文芸時評などで、ぼくの著作と文学活動（在日朝鮮人作家を読む会と会誌『架橋』など）を紹介してくれる。毀誉褒貶ならぬ、いつも過分な高評価をしてくれた。彼独特の鋭い着眼に唸らされたことも多いが、小説については、あれッ、きちんと読んでくれたの？　と思う〝褒め殺し〟がときにはある。「清水は読まずに批評を書いているようだ」と言ったのは木全円壽だが、それほどではないとしても清水信の斜め読みの早業は伝説だ。

清水信の同人雑誌への愛着は彼の批評家人生が充分に物語っている。その根っこには「文学は無償の行為」という文学姿勢があったのだろう。雑誌は「雑」が並ぶ「誌」というのも彼の信条だった。小説、評論、短文雑文、埋め草コラム、どのジャンルもランク付けをせず、一篇として評した。あるいは文芸時評の対象を大いに越境し、文学なる概念をひろげた。彼の文学が同人雑誌に特化していく眼差しの先には、文学の集権化（中央文壇）、文壇ジャーナリズム（商業文壇）への嫌悪あるいはアンチテーゼもあったにちがいない。いつどこであったか、「文芸誌の文学賞に何度も応募して落選するのは見苦しい」と彼は言った。ぼくは素直に納得して、一九六二年だったかに一度『群像』新人文学賞に応募して最終選考に落ちたきり、商業文芸誌への応募は止めた。

中部ペンクラブの会報だったかに清水信が磯貝の創作と文学活動の「前衛性」について書いてくれた。そういう視点で見てくれたことを一概に〝褒め殺し〟とは言わないが、彼の評言は年々、穏和になっていった。同人雑誌への愛着と多くの作物を紹介しようというサービス心によるのだろう、一口（ひとくち）批評の褒め言葉が多く並んだ。同人雑誌愛あるいは地道に文学する者へのシンパシーがそうさせるのだろうが、同人雑誌の書き手の間に「読み違いも褒められればうれしい」という風潮があるとしたら彼の贔屓の引き倒しになりかねない。愛の逆効果になりかねない。ぼくは彼の同人雑誌批評を皮肉ではなく「交通整理」と呼んだことがある。

『北斗』に書いた頃の清水信は、辛辣と切れ味が真骨頂だった。その頃の清水信をぼくは好む。

清水信は一九六二年から六三年頃、『北斗』に『同人雑誌主役論』を連載していた。その第三回（六二年一一月）の「辻史郎VS磯貝治良」の項に「磯貝という若者はこういう熱狂の兄の傍で、醒めきった澄んだ瞳で静かに坐っている弟のような気がする」と書いて、「磯貝は思想に忠実であることが要請される。わけのわからないことに没する必要があるだろう。（略）中途半端ではいけない」と進言した。第八回（六三年一〇月）の「磯貝再論」の項では『追舟』時代を取り上げた。磯貝の小説「甲蟲と奇妙な女」（創刊号）について「磯貝はもう、「北斗」にはこんな小説を書かなかったが、安部公房の「砂の女」ほど面白い筆つきだ」と評し、「いたづら」（四号）について「うまい文章と下手なのが、ないまぜになっているつらいスタイル」と書いた。

そして清水信は続ける。「結論的に言うならば——彼が現在は摘みとってしまったかに見える、惜しい若芽のいくつかを「追舟」の中に見て、私は驚いた。例えば（私は買いかぶりはしていないつもりだけれど）セックスである。彼の現在の関心は遠くそこから離れてしまった。最後の論文『現代参加』六号の「文学の反措定・試論・序」など見ると、彼も妙な所へ陥没したものだと感慨久しい。（略）専ら「憎まれっ子」の役に廻っているらしいが、それは文学的栄光とは繋がらないだろう。人の反感をそそる文学をしか書こうとしない私にさえ、磯貝のエッセイは殆んど何の感動も与えない。まだしも（「現代参加」の）仲間では一番病状軽い彼の立ち直りを希望する」。一方で『追舟』に書いた片々たる散文詩やコラムには共感してくれた。

清水信は当時の磯貝の「観念的な」小説にも異議があって、別のジャンルを奨められたこともある。一九六六年にぼくは愛知人権連合が発行していた『人権のひろば』にドキュメント「青梅線事件」を五回にわたって連載した。戦後三大謀略事件の松川事件、下山事件、三鷹事件とほぼ同時期に起きた、レッドパージに絡む共産党員を標的にした無人列車暴走フレームアップ事件である。清水信は地獄耳ならぬミニメディア通でもあって、どんなルートで入手したのか朝日新聞名古屋本社版の「中部の文芸」（六六年三月四日）でそれを取り上げた。「磯貝は他に『人権のひろば』一三号（名古屋）で、また『北斗』でドストエフスキー・ノートを、それぞれ連載し始めている。常識的にいえば、読みづらい余り信じてもいないらしい小説をムリして書くよりも、評論に本腰を入れたほうがいい、というのが磯貝に対する私の感想である」。はるか後にぼくは在日朝鮮人文学論をいっぱい書き出すのだから、彼の謦咳に応えたとも言える。一方、これも後には彼はぼくの小説を貶さなくなった、評価してくれたのだから、清水信の見立ては半分誤ったということになる。

もう一つ思い出した。清水信は『伊勢新聞』で「清水信氏毒舌帳」なる文を延々と連載していた。そこで彼はぼくが辻史郎、浅井栄泉らの同人誌『小説家』の創刊に参加したことを痛烈に批判した（『小説家』については後述する）。「その人情劇は発展して「小説家」の創刊となったが、なんでそこへ磯貝治良が加わりなんでまた磯貝は辻史郎の「北斗」を脱会して「小説家」では辻と組みながら「東海文学」の同人なんかになったのだろう。アホとちがうかとぼくは思った」。

清水信の磯貝への言及を長々と紹介した。しかも批判的な言説ばかりを並べた。彼は磯貝の著書、同人雑誌発表作、文学活動について数えきれないほど取り上げ、高く評価してくれた。没後間もなくの「清水信を語る」集いで身近な人から磯貝のことを「よく話していた」と伝えられたこともある。それはうれしいことだがぼくはそれ以上に彼の歯切れのよい批判精神に魅かれる。ときに悪態ともとれる批判をぼくは不快に思ったことはない。後年の〝好々爺〟と見まがう仕事ではなく、寸鉄人を刺す批評のことばこそ、「清水信」なのだ。

思えば、ぼくが清水信について書いたのは『北斗』一九六二年五月号「清水信・近代文学賞・受賞記念特集」の「天才と狂気」一篇にすぎない。それもドストエフスキーと小林秀雄のことばかり書いて、それにことよせて清水信に触れた、というものだった。

それでも直接、顔を合わせる関係には薄く文章の上での交流、それが文学の交友というものかもしれない。ぼくにとっての清水信は、そういう存在である。

木全円壽は酒を飲まない人だったが、清水信もそうだったようだ。

井沢純は酒を愛する人だった。同席は合評会での二度にすぎないが、合評後の宴席での印象だ。太宰治を愛する井沢さんにはエロティシズムもあって、渥美半島の寺で行われた一泊同人会だったか、〝似たり貝〟と呼ばれる女性器にそっくりの貝を皆が「うまい」「うまい」と口に運んでいると突然、井沢さんが「ふるさとの貝に向かいて言うことなし」と詠んで拝礼した。あの世代の文学青年の稚気を愉しむ人だった。彼のデカダンシズムと、東京大学卒の文部省（現・文部科学省）御用達の図書館教育官僚とは一見、ミスマッチにも見えるが、それは俗観であって融通無碍な文学の妙でもある。

井沢純はぼくの作品の「政治」と言ったか「思想」といったか忘れたが、それを同人の中で最初に認めたが、二人の文学は対照的であった。そのことに言及した評があるので参考のために書き写す。

「『北斗』十一月号　六つの小編を集めた井沢純「酷薄について」。いずれも達者に小ぢんまりとまとめている。しかし読後感はなんともわびしい。どの作品の主人公も作者の自ちょうの仮面にすぎない。（略）人生の道化は太宰治だけでたくさんだといいたい。井沢の作品と磯貝治良「かくて驢馬ら天に昇る」（十月号）と、これほど異質の文学が同じ雑誌に同居しているのもめずらしい。磯貝の作品（二百枚）は荒けずりのことばがスキ間もなく積みかさねられ、わき立って天に昇る。ゴツゴツして抵抗を感じさせるが、読み続けさせるなにものかが存在するこの実験は続けてほしい。スケールの大きい文学を生み出すために」（毎日新聞「郷土の雑誌」一九六〇年一一月八日）。

同人と顔を合わせるのは合評会のみ、そのうえ同人のほとんどが下戸に近いこともあって個人的な交友は羽柴和夫、黄正九、辻史郎の三人くらいだった。三人が揃って木全円壽と『北斗』の文学スタイルに批判的だったのは、偶々（たまたま）だ。

羽柴和夫は一九六〇年前後には珍しく、「宇宙もの」を書いていた。ぼくが星新一の名前も知らない頃だ。彼は酒を飲まなかった。中日新聞の編集畑にいたと思うが、人間より宇宙的なるものに憧憬を持ったのではないだろうか。風姿に厭世風なところがあり、ある日の夕方、名古屋栄にある公園で会ったことがある。俗界を離れて物思いに耽る風情で、ぼくの顔がすぐには分からなかった。誰彼にというのではなく人間嫌いの一端が木全さんの〝通俗〟に向けられていたのかもしれない。

黄正九はゴーゴリふう作風の、秀でた風刺と寓意の戯曲と小説を書いて、伊勢湾台風に材を採った「死人買います」が演劇誌『テアトロ』に転載された。若い頃、築地小劇場の台本部門にいたらしい。通名の山本亮で身過ぎ世過ぎをしていたが、民族名（本名）黄正九（ファンジョング）をコウ・セイキュウと読ませてペンネームにしていた。

木全円壽の編集スタイルに対する、黄正九の批判は歯に衣を着せないところがあった。内向きの自己満足を嫌ったようだ。そのせいで異種の磯貝にシンパシーをよせてくれたらしい。ぼくは岡崎の彼の家に泊まったり、時あたかも帰国事業の時期だったので岡崎の映画館で開催されていた満員の集会に同行したりした（当時のぼくは朝鮮語が一字無識だったので演説の内容を理解できなかったが）。彼の息子が揃えていた在日朝鮮人著者の本をごっそり借りてきたこともある。

ぼくと上坂年子が結婚して間もなくだったか、彼がぼくの家を訪ねて来て、サルトル、カミュ、マルロー、ドストエフスキー、カフカなどが並ぶ書棚を見て開口一番、言った「磯貝の文学のイモ（参考書）がならんどるなぁ」。黄正九の作品さながらのアイロニーをぼくは好んだ。

一九六〇年に『北斗作家論』というポケット版の一冊が出た。清水信、川辺雁道、橋本秀男、井沢純、三木倫太郎、木全円壽を同人二人ずつが論じるというものだ。企画と人選は木全円壽によるもので、彼らしいアイデアであった。黄正九はそれを身内同士の自慰行為と批判した。ぼくは指名されて、「賭けと遊びの精神のある風景」と題して木全円壽論を書いた。辻史郎が井沢純論を書いていて、辻と磯貝の人選が逆だ、と言ったのは清水信だった。

辻史郎と磯貝の小説は対照的な面が多かった。辻史郎の作品では「入札」などの業界小説と相撲少年に力士の話を絡めた「ファンの城」が記憶に残っている。二人が交友を深めたのには、酒が取り持つ縁が大きかった。夜な夜なとは言わないが、しばしば酒を愉しんだ。彼は気むずかしや、ぼくは日和見や、彼はスタンドバー派、ぼくは居酒屋派と、河岸の好みも対照的であった。のちに辻が東京に移り、ぼくが新日本文学会の大会や幹事会で訪京した折にも会って飲んだ。

前述「清水信氏毒舌帳」にあるとおり、『北斗』を退会したあと『東海文学』の同人になる。その端境期のいっとき、辻史郎、浅井栄泉が起ち上げた『小説家』の創刊に加わった。噂は聞いていていたが関心も持たないところに辻史郎から誘いが入った。『小説家』の同人は全員、早稲田大学文学部出身、ぼくは別の大学。それはいいとして、彼らは「早稲田のロマンの残党」を自称していて、文学青年のなれの果てを見るようでなんとも気恥ずかしかった。なかには作品は書かず、伊勢志摩での同人会の宿に発禁ポルノを映写機ともども持ち込んで上映する、いたずら者もいた。同人が名古屋、東京、大阪に散らばっていたので会は三か月に一回ほどだったろうか。通常の集いを同人の家を持ち回りで一泊して行なったのは、古き良き時代の名残だったろうか。

それなのに、なぜ同人になったのか？　当時のぼくは文友から「書きすぎる。もっとじっくり練り上げてから書いたらどうか」と言われるほど、小説を書きたくてしかたなかった。モチーフも題材も（大げさに言えば）芋づるみたいにあらわれた。いま思えば強迫観念に憑かれていたのかもしれない。『小説家』の気風は好きでなかったが、発表場所が欲しかった。『東海文学』に書き始めるとあっさりと退会した。「渡り歩いた」「道場破り」といった揶揄は、そのあたりに起源がある。

『小説家』に載せた小説は創刊号の九八枚「石」（一九六〇年）と二号の一四一枚「拷問」（六六年）の二作である。他に創刊号にエッセイ「文体の思想」を書いている。小説にいくつか批評があったが、一例ずつ書き写す。

「石」について「磯貝治良が劇的な手法によって表現したものも（略）要は「人間喪失」の「証言」をより明確にしようとした「試み」だったのではないのか。それだとすれば、これらの諸作は「ヒロシマ」特集のレポートと、なんらの優劣もなく感動的に、成果をあげ得たというべきであろう」（読書新聞・六五・一一・二二・文芸同人誌欄 今官一評）

「拷問」について「ありきたりといえばありきたりな民主警察の拷問を描き、読ませる。「わたし」という一人称で語りながら途中で客観描写を入れたのは意図的なのだろう」（同紙六六・七・一一・同欄 伊織夏彦評）。

『北斗』退会も『小説家』退会と理由がどこか似ていた。

『北斗』は月刊をつらぬいた。木全円壽の「同人雑誌こそ文学の正道」との信念と豪腕は凄い。ぼくのいた頃、郵便料金の値上げがあって同人雑誌にも大きな打撃になったことがある。木全さんは第三種郵便を維持するために、発行が難しい月には旧号の表紙だけを新しく取り替えて数冊作り、郵便局に提出していた。木全さんは実務の知恵にも長けていた。

しかし、月刊ゆえの悩みもぼくにはあった。二〇〇枚、三〇〇枚の作品を書くことが多くなっていて、薄手の雑誌では連載するほかない。ぼくはいまでも連載ものが苦手で読まない、書かない。それで思案しているところに、『東海文学』は季刊で厚く「長いものも一挙掲載する」と主宰の江夏美好から声をかけられた。ぼくが『北斗』を辞めて『東海文学』に移った理由には、そんな作品発表上の「打算」があった。

もちろん他の理由もあった。中央集権（商業文壇）への厭悪はぼくにもあった。一九六六年に新日本文学会に入ったのも井上光晴、花田清輝、埴谷雄高、野間宏、大西巨人ら同会の文学者への敬愛と親和もあったが、反権力・反体制の場を拠点に文学（創作活動と文学運動）をしたいという動機が強かった。

だから自由のとりで同人雑誌とりわけ反骨が冊子になったような『北斗』の気風は好きだった。主宰者木全円壽の古風なペダンティシズム（衒学趣味）も「青春的」で嫌いではない。同人の「友情」を標榜するのも悪くなかった（ところが友情にもひびが入ったのか、ぼくは内部事情に関心がなかったので知らなかったが、木全円壽と清水信の不和について辻史郎が耳打ちしてくれた。たしかに清水信はずいぶん長く『北斗』から遠去かり、復帰したのは木全円壽没後であったと、ぼくの印象にある）。

ところがメダルの表裏みたいなもので、それは同人雑誌にありがちな自己愛と馴染んで、ちんまりと内輪でまとまることでもあった。自己満足による閉鎖性のゆえもあって、大きい作物、冒険的な題材と手法の作品が現われ難かったように見えた。もっと広い場でのびのびと小説を創りたい、そんな思いが強かった。

『北斗』に載せた六年間の小説、評論、エッセイを備忘のために記す。

・小説

「奇妙な男」（五四号 一九五九年五月）、「あんちゃんぽっぽ」（五八号 一九六〇年三月）、「かくて驢馬ら天に昇る」（六一号 六〇年一〇月）、「道」（六三号 一九六一年一月）、「Kへの手記」（六五号 六一年五月）、「まっくろけまっしろけ」（六六号 六一年七月）、「火と灰の対話」（七一号 六一年一一月）、「畸形の怒り」（七七号 一九六二年五月）、「王国へ」（八二号 六二年一一月）、「見えない影を掴め」（九〇号 一九六三年九月）、「艦隊が攻めてくる」（一〇八号 一九六五年五月）、「タロウが可哀想だァ」（一一〇号 六五年八月）、「悔いの証」（一一五号 一九六六年二月）。

・評論・エッセイ

「象から思想へ」（五四号）、「パラドクスの文学」（五五号 五九年八月）、「賭けと遊びのある精神の風景」（五六号 五九年一一月）、「ｏｎｃｅ ｍｏｒｅ・言葉とイメージ」（六四号 六一年三月）、「踊らない蛇」（七三号 六二年一月）、「天才と狂気」（七七号）、「ニュース・フラッシュ」（八六号 六三年四月）、「現代文学はいかにして可能か」（九七号 六四年五月）、「おのれの公式主義を撃て」（一一〇号）、「ドストエフスキー・ノート「悪霊」」（一一三号 六五年一一月）、「嘔吐からの出発」（一一五号）。

『東海文学』（東海文学の会）の同人になったのは一九六六年四月だった。その年二月には『北斗』に小説を発表し、四月の『東海文学』（二六号）に一一五枚の小説「反抗の論理」を掲載したのだから、満を持していたとみえる。七七年七月に退会するまでに長めの小説と評論、エッセイ類をずいぶん発表した。のちに上梓した四冊の小説集に収録した作品は、七〇年三月・四〇号の「流民伝」（二〇〇七年『夢のゆくえ』影書房）の一作にすぎないが、ぼくがもっとも旺盛に書き、発表した時期だ。作品名は後述する。

交友誌として言えば、『北斗』と同様、薄い。堀井清、井上武彦、三田村博史、尾崎光憲など江夏美好の死による『東海文学』廃刊後、『文芸中部』を起ち上げた（尾崎は途中参加）、実力ある書き手の名前と作品はよく憶えているが、同人会以外での関わりはない。中山峯夫と福富奈津子、木本富美子は、野間宏『青年の環』を読む会のところで書いたように、例外ということになる。

主宰者江夏美好と連れ合いの中野茂さんについては書かなくてはならない。

中野さんは『東海文学』を縁の下で支えた、魅力的な人だった。当時、北日本放送の名古屋支社長だったはずだ。オフィスビルの一室を数回、訪ねた。支社員は二、三人だったとの印象だ。中野宅にはしばしば泊まったので、中野さんの出勤には東和タクシーあるいは個人タクシーが迎えに来たことを憶えている。

中野さんは戦前から戦後にかけて岐阜の神岡鉱山に勤めていたらしく、朝鮮人労働者（強制連行された人びとだったかは言わなかったが）の話を聞いた。そのなかに「マオツートン（毛沢東）」と呼ばれる運動家がいたと言うが、それは中国人労働者だったのかもしれない。たぶん戦後なのだろうが、神岡鉱山の労働運動を率いていたようで、その中野さんに心酔していたという人が同人になっていた。民間テレビ局の誕生を機にメディア人に転身したのだろう。

中野さんは小説を書いていて『サンデー毎日』の懸賞小説に入選（佳作だったか）したことがある。しかし『東海文学』当時は実作からは離れていて、江夏美好の作家活動をバックアップしていたようだ。中野宅で開かれる合評会あとの酒席では、もっぱら酒燗係をしながらときどき口を挟んで作品を褒める。円満な風貌と体形がそれに似合っていた。

江夏美好は「文学の鬼」と「世俗の人」とが混然と一体になった作家だった。そういう小説家によってこそ描かれ得たのが、長編『下々の女』（一九七一年・河出書房新社、第一一回田村俊子賞）である。島崎藤村の『夜明け前』より凄い、と思った記憶がぼくにはある。単行本化前の『東海文学』連載完結時に、毎日新聞中部版「同人雑誌評」（一九六九年一一月二九日）に書いた文章があるので、長いが書き写す。

江夏美好が三年半の歳月を費やして「東海文学」に連載してきた「下々の女」が、千七百枚の長大作となって39号で完結した。「日本人の根っこみたいなところを書いてみたかった」と作者自身が語っているとおり、この長編は歴史の底なる無名の民衆の原像を逞しく描ききった画期的な作品である。これまで私たちの文学世界がいかにわれわれ自身の「祖父母」たちを描いてこなかったかをこの作品の出現はつきつけるものだと言える。

飛騨高山の大家族制度のもとに生まれながらその土地を飛びだし、夫とともに坑山を転々としつつ多くの子どもや孫たちを持ち、ふたたびダムの底に沈む地へ立戻って燃えつきた火種が消え入るように死んでいった女ちなの、明治、大正、昭和を生きぬいた物語である。文字も読めず、死の床にありながらなお人間の欲と業を離れられず、戦争が息子を奪ったときも不幸の種が自分の身にあるのだと思えてならないのが、主人公ちなの像である。そのような歴史の底にある母系を一切の知的脚色なしに描ききってなおもそこに小説空間を構築したところにこの小説の独自性がある。

坑山生活や戦争、時代の激動のなかにこの小説がドラマとして展開する可能性は無数にあるのだが、作者はそれを頑なに拒みつづけてきたかにみえる。劇的な物語の展開はこの作品の主人公を「ヒロイン」に仕立ててしまったにちがいない。しかし、そのような劇的なものを拒絶しきってなお、小説空間と人間を造形してみせたところに、作者のうちなる民衆の重さ、民衆の母系へのつながりの深さがある。

作者は完結付記のなかで「ちなを愛すればこそ」とも語っているが、しかし、ちなへの愛のみで作者のうちなる重みが得られたのではない。民衆の原像たるちなの弱さ、愚かさへの痛恨が、自身にはねかえってくる痛みとして作者のなかには孕まれていたにちがいない。そのことなしにわれわれの根っこなる「祖父母」の像を捉えることはできなかっただろう。ここに描かれた民衆的弱さ、愚かさを私たちの文学史は止揚しなければならないが「近代的個我」とか「階級」を言うまえに、まずその原点とも言うべきここを踏まえねばならないことも確かである。

なんとも肩のこる文章であるが、三六歳ぼくの『下々の女』評であった。

江夏美好が『東海文学』を興す前だったろう、題名は忘れたが娼婦のことを書いた短編があって、そこに娼婦の排尿の切れ切れな音の描写があった（性病を病む女だったのだろう）。中野重治がその場面を高く評価したという。中野の評価を江夏さんは大切に胸にあたためていて、『下々の女』に結実した。合評会に一度、岩倉政治が顔を出したことがある。岩倉政治はいわゆる〝党員作家〟で、プロレタリア文学系の人だったはずだ。名はぼくでも知っていた。

江夏美好は女という性、それも底辺に置かれた女の性にまなざしを注ぎつづけた。『下々の女』は田村俊子賞によく似合った。二〇〇〇年の東海豪雨水害によって彼女の著作一切を失ってしまったが、『脱走記』『流離の記』が直木賞候補になったはずだ。当時、ぼくは風媒社にいて彼女の小説集『阿古女のうた』を手がけた。

当時、東海地方同人雑誌の〝御三家〟という表言があった。『作家』『北斗』『東海文学』である。『作家』は全国レベルのブランド、『北斗』は小粒ながら伝統のダンディズム、『東海文学』はいくぶん野暮ったいが実力派、とでも言おうか。

中央文壇（商業文壇）とのスタンスで言えば、『作家』は主宰の小谷剛が戦後最初の芥川賞受賞者でもあって積極派。話は少し逸れるが、小谷剛は一九五〇年代に来名した中野重治の話を聞いて感銘し、新日本文学会に入会した。ぼくが日本社会党愛知県本部で『愛知新報』を作っていた頃は社会党員にもなっていた。所属する支部では一般党員として活動していた。七〇年代中頃、朝霞駐屯地に潜入して自衛隊員殺害の容疑で全国に指名手配されていた竹本信弘（筆名滝田修）の捜査で埼玉県警の公安刑事数人がぼくのところに来たことがある。ロシナンテ社との関係を嗅ぎつけて来たらしい。公党である社会党にいたこともあってか、彼らは深入りしてくることもなく帰った。小谷剛は新左翼系にも関心があったのか、捜査員が口にした人物のなかに小谷剛の名前があった（小谷の場合は新日本文学会員だからだったかもしれない。滝田修を一時期、匿っていたのは埼玉在住の新日文会員だった）。

小谷剛はこれといった小説を書かなかったが、〝政治力〟に長けていて芥川賞作家の知名度と相俟って、『作家』の運営には巧みに行政を利用していた。社会派なところもあって、ぼくが初めて小谷さんと顔を合わせたのは、七〇年代韓国の民主化を唱える在日韓国人組織のレセプションだったと記憶する。彼がスピーチで「作家の――」と自己紹介したので、ぼくは「売れない作家の――」と言ってスピーチを始めた（つまらないことを憶えているものだ）。八〇年代に『解放の日まで――在日朝鮮人の足跡』上映会を開いたときには作家の会の協力を依頼しに小谷産婦人科医院を訪ねたりしたが、文学上の付き合いはゼロにひとしい。

商業文壇とのスタンスに話を戻す。『北斗』および主宰の木全さんは先述の通りストイックだった。その中間にいたのが江夏美好だったろう。

江夏さんは日本文学振興会から芥川賞・直木賞の推薦依頼が来ると『東海文学』同人とその作品を几帳面に推薦していた。太宰治賞など既発表作品可の文学賞には独断で掲載作を応募していた（ぼくの「流民伝」が本人も知らない間に予選通過作品になっていたこともある）。そうかといって文壇に売り込むタイプの人ではなかった。〝なかま思い〟がなせるわざだったろう。

あれはわざわざそのために〝上京〟したとは思えないから新日本文学会の会合か大会のときだったろう、江夏さんの声がかりで河出書房新社に出向いたことがある。戦後文学者を重用した著名な編集者坂本一亀と寺田博、それに江夏さんとぼくの四人が応接室でお喋りした。たしか坂本一亀を継いで『文芸』編集長になっていたはずの寺田博が話し、坂本一亀は終始、三人の会話を聞いていた。江夏さんが磯貝の小説をしきりに話題にするので、ぼくを推奨するために彼女が招いてくれたのだと、小一時間、話し合っているうちにようやく解った。その後、坂本一亀を除く三人で食事をして少し文学論を交わした。

そんな経緯があって、寺田さんに二篇ほど新作を送った。その都度、丁寧な批評の手紙が送られてきた。末尾に「あと一歩です」みたいなことが記されていたが、書き直して送ることは一度もしなかった。

ところ変わると「文学の鬼」が「世俗の人」になる、それが江夏美好だった。ぼくが一〇年ほど勤めた建材会社にいるとき、五年ほどいた愛知新報社のとき、彼女からよく電話が来た。腫瘍を指摘された当初は不安を口にすることが多く、医師は悪性ではないと言うが、私は信じていない、がんにちがいない、と繰り返す。ぼくはもっぱら聞いていた。建材会社オフィスも社会党書記局も私用電話を気にする雰囲気ではなかったので、ときには一時間も存分に聞き役を務めることができた。ちなみに、建材会社を辞めたのは、戦後東海地方最後の大きな労働争議と言われた闘争の渦中にあって。愛知新報社は自主的終刊。

大所帯の同人雑誌の女性主宰者は当時（いまも珍しいのではないか）、他に類をみなかったのではないか。酒好きもいなくて実直な同人ばかりのなかで江夏さんは飲んだ。酔った彼女に絡まれて、見かねた娘さんが「おかあさん、やめなさい」と助け船を出してくれたこともある。そんな江夏さんへの敬愛の意を反語的に込めて「女だてらに――」と書いたことがある。その表言がアダになって、ぼくは彼女からしばしば非難を浴びるハメになる。ジェンダー差別という言葉が人口に膾炙する、ずっと以前のことである。

東海文学の会を退会するとき、江夏さんは不機嫌だった。作品発表と活動の場を新日本文学会に集中することを納得してはいた。磯貝治良に期待をかけてもいたらしい。同時に、同人雑誌（の主宰者）にしばしば見られる「私有意識」もあったのではないか。

江夏美好は一九八二年、がんとの闘病中に亡くなった。会を離れて五年ほどたっていたぼくは、自死であったと伝え聞いた。

『東海文学』に掲載した小説、評論・エッセイと詩一篇を記す。

・小説
「犯行の論理」（二六号　一九六六年四月　一一四枚）、「民話」（二九号　一九六七年二月　一〇〇枚）、「ナンセンス・プロダクション始末記」（三〇号　一九六七年五月　二〇三枚）、「迷彩の陰画」（三三号　一九六八年二月　二五〇枚）、「八箇孕石にて」（三五号　一九六八年九月　三四四枚）、「流民伝」（四〇号　一九七〇年三月　一二〇枚　影書房『夢のゆくえ』二〇〇七年所収）、「駱駝の死」（四四号　一九七一年六月　一〇八枚）、「面を脱ぐ」（四六号　一九七二年一月　一〇二枚）、「団欒」（四九号　一九七三年二月　一〇四枚）、「文字のない標札」（五三号　一九七四年七月　一二五枚）、「夢を刈る」（五四号　一九七四年一一月　五九枚）、「銃声のほうへ」（五六号　一九七五年七月　四一〇枚）、「遁走のすえ」（五八号　一九七五年一〇月　八三枚）
・評論・エッセイ・雑文・詩
「イメージについて」（二六号）、「ドストエフスキー・ノート「罪と罰」」「長谷川四郎・メモ」（二七号　六六年七月）、「丸山静のこと」「光晴・四郎・私」（二八号　一九六六年一一月）、「ユーモアについて」（二九号）、「『黒い雨』雑感」「女だてらに……30号」「叔父の死と老婆たち」（三〇号）、「沈黙の声　早川隆追悼」（三一号　一九六七年八月）、「いいだ・もも『われら未知なる時代へ』に関する公私混同的書評」（三二号　一九六七年一一月）、「井上光晴の短編」（三四号　一九六八年五月）、「文学への発言」（三五号）、「チェ・ゲバラのことば」（三六号　一九六八年一一月）、「『神聖喜劇』礼讃」（三七号　一九六九年三月）、「「境界にて」の作者へ」「指紋採取」（三九号　一九六九年一一月）、「ひげ日記」「藤圭子」（四一号　一九七〇年八月）、「転換のなぞ―丸山静「熊野考」のこと」「母親と乳母車のゆくえ」（四二号　一九七〇年一一月）、「飛騨への手紙」「杭」（四四号）、「追悼小林勝へ」（四五号　一九七一年九月）、「創造の核」（四八号　一九七二年一〇月）、「バーおばさん」（四九号）、「反乱へのささやかな予兆―青山とおるの小説」「〈青春〉たちの息づかい―鶴見育子の小説」（五〇号　一九七三年六月）、「楽屋裏ノート」（五八号）、「いま高校にもＣＩＡが」（六三号　一九七七年三月）

・詩

「夢を刈る者」（五七号　一九七五年九月）

同人雑誌歩きの付録みたいなことも書いておこう。同人にはならなかったが作品を発表した雑誌である。『幻野』への掲載は吉田欽一に触れたところで記したので、文彩の会の『夜の太鼓』、ジローの文学小屋、斜拗（ねじりんぼう）の会について書く。

文彩の会は先述の小室リツが主宰して、女性と男性が半々の若い人の集いだった。彼女は姐さん肌の面倒見のよい人で若者たちを束ねていた。『東海文学』の同人ではなかったが、江夏美好に共感していたようだ。家業が印刷屋だったので、雑誌を出すのには一石二鳥だったのだろう。どんないきさつで彼女とぼくがつながったのか、記憶ははっきりしない。『北斗』も読んでいたので、磯貝の文学に注目していたのだろう、「磯貝さんの思想を盗みたい」と言っていた。彼女は「出会った人々」（『夜の太鼓』一〇号　一九八三年一月）とエッセイのなかで面白い磯貝治良プロフィールを書いた。

文彩の会が雑誌を出すとき、ぼくは請われて誌名を付けた。ブレヒトの『肝っ玉おっ母と子どもたち』のなかで「肝っ玉おっ母」が戦隊の来るのを知らせて太鼓を打つ場面をイメージして付けたのが、『夜の太鼓』である。『夜の太鼓』には小説「死霊の帰り道」（四号　一九七九年八月、一〇三枚）と「空想のゲリラはどこへ行く？」（八号　一九八一年三月）という井上光晴論に黒田喜男の詩を絡めた評論を載せ、「私の楽屋　手について」（九号　八一年八月）と被差別部落に伝承される民話奇譚「オオサキドウカ」（一〇号）のエッセイ二篇を載せた。

文彩の会が消えたあとも小室リツは在日朝鮮人作家を読む会（「読む会」）に参加して、交友が続いた。「読む会」を始めて五か月後くらいだったか、〈在日〉として最初のメンバー、一世女性の柳処伊（ユチョイ）さんが参加した。柳さんは小室リツの文友だった。柳処伊さんはぼくが一九七九年に出した『始源の光――在日朝鮮人文学論』（創樹社）を二〇冊買い取って、同胞に広げてくれた。

小室さんとは八〇年代中頃から文友でなくなったけれど、その後も五年か一〇年置きくらいに電話があって、訪ねてきた。その都度著書や掲載雑誌を買ってくれた（と言うより、そのための来訪だった）。彼女は結婚相談所を開いていて、男性所員が運転する車で来た。文学からは離れて、婚活ノウハウみたいな本を出していたようだ。たまたまぼくの『戦後日本文学のなかの朝鮮韓国』（一九九二年・大和書房）と同じ出版社であったので、「（磯貝は）わたしの文学の先生」などと言っていたらしい。なぜか、彼女は自著をぼくに見せなかった。

文彩の会のあと、その若い残党たちが始めたのが斜拗の会。平子純、牧野鐘徳、稲垣冨陽、森田茂治、蜂須賀剛史、川崎恵子の名前が浮かぶ。

平子純（本名・土屋純二）は戦後古くからの旅館つちや（のち「パークホテルつちや」）の二代目オーナー。つちやホテルはＪＲ名古屋駅の西側にあった。そこは戦後「駅裏」と呼ばれて、闇市と多くの朝鮮人が暮らす民衆の町で、所轄の警察も踏み込むのをためらう、サンクチュアリ＝聖域であった。ぼくが未成年時代から愛着する町だ。

二〇二一年の今はリニア新幹線熱に浮かれて景色がすっかり変わったけれど、性別、職業、年齢、国籍の異なる客が愉しく集う立ち飲みの店があって、ぼくは週一回くらい顔を出す。男女、セクシャルマイノリテイ、職人からビジネス人、若者から八五歳の老齢者まで、そして一人旅の英語圏者など、人とりどりの〝ファミリー〟だ。

廃業する二〇一〇年代中頃まで、つちやホテルをしばしば利用した。在日朝鮮人作家を読む会の望年会、新日本文学会の全国大会、『火山島』の作家金石範さん、韓国から公演、取材に来名した劇団マダンノリぺと〈在日〉文学研究者・李漢晶全州大学教授の宿泊滞在などを依頼した。つちやホテルの近くに笹島日雇労働組合の事務所があったので、その帰路にはホテルの喫茶室やロビーで一服した。人との待ち合わせにもよく使ったので、跡地が今は駐車場になっているのを見ると侘しい。

平子純は趣味人なところがあって、分厚い大判・折ページ製の型破りな豪華詩集を上梓したり、『もぉやぁこ』というミニ新聞を出したりした。不定期のそれは数号で潰れてしまったが、ぼくに手当付きで編集一切を委託して生活を助けてくれたことがある。生まれて初めてで一度きりのキャバクラにぼくを連れて行ったのも、彼だ。小説に『ジャパユキマリー』（風媒社）がある。

斜拗同人を寸描する。牧野鐘徳は日大芸術学部映画科の出身で詩を書いていたが、映画評は玄人はだしだった。稲垣富陽はもっぱら武家物の時代小説を書いた。森田茂治はシュールな奇譚小説を書き続けた。彼は名古屋市職員で東山動物園の警備担当をしていたことがある。蜂須賀剛史は長身痩躯が特徴で精神分析的な反小説ふう短編を書いた。

平子純、森田茂治、牧野鐘徳ら文学好きはあれから四〇年たって『篭子（かご）』という同人誌を出している。最近、友人が送ってくれて知った。年三回発行で二〇二一年八月が四三号。見知らぬ他の同人の文章も体制外れしてフットワーク軽く面白い、「雑」の誌だ。かつてぼくより一〇歳ほど年下の三〇歳前後であった平子、牧野、森田は七〇歳代になっている。

川崎恵子は斜拗の同人になったかどうか。文彩の会ではこいけけいこの筆名で『夜の太鼓』に感覚的な短編を書いた。彼女は在日朝鮮人作家を読む会に加わって鼓けいこのペンネームで掌編を書き、一九八〇年代、在日朝鮮人の二世世代を中心に指紋拒否闘争が起って、ぼくがそれに連帯する行動を始めると、彼女はその事務局にも参加した。指紋拒否闘争は外国人登録法によって義務づけられた指紋押捺を拒否する運動で、在日朝鮮人（外国人）を管理・抑圧の対象としてしか見ない日本政府に対する市民運動的な人権宣言であった。

「ジローの文学小屋」は同人雑誌歩きの番外編であるが、締めくくりとして書いておこう。

小室リツの発案で、磯貝の話をシリーズで聞こう、と始まった講座である。旧文彩の会会員、斜拗同人、在日朝鮮人作家を読む会会員に呼びかけた。当時盛んになり始めていたカルチュアーセンターみたいなものを企図していたらしく新聞などで案内したので、不特定の受講者もいた。愛知新報時代に見知っていた社会党の岡崎市議が顔を出して、若い人たちのなかに一人おじさんという光景だった。自分史の執筆でも思案していたのだろう。

一期、二期と二回にわたって開かれ、一期は一九八三年一一月から八四年四月まで、二期は八四年一〇月から八五年三月まで、いずれも六回ずつ開講された。手もとに記録がないが、一期には三〇名ほどの受講生があって、某新聞社の文化センター「小説教室」より多い、と言う声を聞いたのを憶えている。二期は一〇名ほどに激減した。参加申込書つきの案内文では一期の主催が「夜の太鼓」文彩の会・小室方となっているが、二期の案内文では連絡先・松本方となっている。記憶にないが〝内紛〟でもあったのかもしれない。

二期目の連絡先になっている松本昭子は在日朝鮮人作家を読む会の仲間になって、『架橋』七号（一九八六年九月）に少女時代の朝鮮人との体験を記憶の遠近法で描いた小説「岬をめぐる旅」を載せた。自在に往還する意識の流れが面白かった。同じ「読む会」の劉竜子は生まれて初めて書いたという小説「夏」を『架橋』五号（一九八四年四月）に発表、その後も一〇篇ほどを載せた。彼女もジローの文学小屋で受講した。

「ジローの文学小屋に参加しませんか！」と題された募集要項に記されたカリキュラムとコメントを書き写す。

PART・1（第一期）「小説を書こう」

第1回「小説とは何か」小説との出会い、小説の発生と歴史、小説と人生などにふれながら講師の小説観を語ります。

第2回「小説の文章について」小説の文章は手記、記録とどう違うか。その作り方を視点の問題や文体も含めて考えます。

第3回「体験と創作」創作にとって体験がいかに大切か。それを小説にするときどうすればよいか。なぜ書くのかなどを考えます。

第4回「事実と虚構」題材としての事実＝現実を小説にするにはどうしたらよいか。生活の表現と小説の表現との関係、イメージのつくり方、小説のリアリティとは何か、などを創作に則して考えます。

第5回「小説の方法としくみ」短篇小説と長編小説を比較しながら、小説をつくる方法、構成、ストーリィなどを考えます。

第6回「小説と時代」歴史・社会・家と小説とはどうかかわるのか。「私」と「状況」との関係を小説づくりを通して考えます。

参考文献まで付記してあるが、省略する。

PART・2（第二期）には受講者の提出作品を合評する「実作批評」というのが入っている。

第1回「私の創作体験と小説観」第2回「文章の書き方とイメージのつくり方」第3回「実作批評」第4回「体験と虚構について」第5回「実作批評」第6回「小説の方法・構成について」。

ジローの文学小屋で話した、創作／方法論の実作体験の部分に具体的な枝葉を加えて一冊にしたのが、『わたしの創作入門』（二〇〇九年・ミネリ書房、初出『斜拗』七号一九九〇年）である。

ここまで歩いてきて、ぼくの同人雑誌の旅は終わる。同人雑誌という文学活動の様式には功罪あり、批判もある。それでも、ぼくにとって最も多く作品を書き、発表して、充実し、愉しんだ、文学上の青春の季節であった。

　ところが、それから四〇年。同人雑誌との縁は絶ちがたいらしく、老齢の季節に至った二〇二一年、アウトサイド人生を謳歌する友人たちが同人誌『叛』（発行・笹島日雇労働組合）を創刊して、またぞろぼくは首を突っ込んでいる。

# 第二章　文学運動と創造へ――新日本文学会の四十年

## ――文学交友誌Ⅱ――

　この稿は、同人雑誌体験を中心に書いた「文学交友誌――一九五七年～八〇年」に次ぐ章になる。

　ぼくが新日本文学会に入会したのは一九六六年八月、二十八歳。時の会員では若手三本の指に入ったと思う。文学思想家の丸山静と詩人吉田欽一が推薦者だった。入会申込書のプロフィールに自家版小説集『今日　零に向かって起つ』（一九六三年・実存社）を記した憶えがある。それから二〇〇六年に会が完全に幕を下ろすまでの四十年間、文学運動と創作を愉しんだことになる（二〇〇五年三月六日に日本出版クラブ会館で新日本文学会六十周年講演と記念パーティが開かれた。それが実質的な会の終幕になった）。

　入会の動機には「運動としての文学」に魅せられていたことがある。ミニ運動版の新日本文学名古屋読書会を立ち上げたのは入会前であった。それと同時に、戦後文学の先鋒にいる会員作家のだれかれに敬慕をいだいていた。〝左翼的な文学青年〟だったのだろう。入会前後三年間の備忘ノート「執筆・発表・読書帳」の読書欄を見ると、井上光晴、花田清輝、安部公房、埴谷雄高、野間宏、中野重治、長谷川四郎、杉浦明平、小林勝、小沢信男、いいだもも、土方鐵、佐木隆三、島尾敏雄、野呂重雄、川崎彰彦そのほか、新日文関係の作家の名前と作品名がずらりと並んでいる。

それらの作家とは入会後、顔を合わせることになる。とは言っても、大半は仄見にすぎず、厚誼にまでは至らなかった。

## 初めての大会

ぼくが最初に新日文大会に参加したのは一九六八年、第十三回大会である。当時二年置きに開かれた大会の第十一回大会が文学界の耳目を集めてから四年後だった。十一回大会は日本共産党による文学／大衆運動の私物化／支配に抗して、花田清輝編集長ら「文学自主派」が会組織と運動の自立・自律を堅持して、文学史の〝事件〟に記される大会であった。その余韻は、会場の雰囲気や議論にそこはかとなくただよっていた。九州から北海道まで全国から会員が参加して訛りことばが飛び交い、熱気もあった。

会場には写真で見知っただけの敬愛する文学者たちがいた。

花田清輝のギリシャふうの風貌はインターナショナルな思想を表現していた。大会のあいだ花田清輝の発言を聞いた記憶がないが（無言で議論に耳を傾けていたように思う）、のちに亡くなったとき「花田清輝でも死ぬのである」と小沢信男が愛惜を込めて追悼した。なるほど言い得て見事な評言だ、と思った。

平野謙が文学論そのものではなく、「公害」問題だったか「新全総」（新全国総合開発計画）だったかについて批判したのを憶えているが、あれは次の大会だったかも知れない。

野間宏がいなかったのは、人民文学に拠っていたからだったろうか？　野間宏の話を聞いたのは、ずっとのちの新日本文学会創立四〇周年記念講演会である。そのときのポスターが三十五年余を経た今もぼくの部屋の壁に貼ってあって（壁はそのほか張りものだらけである）、講師はほかに佐多稲子、井上ひさし、金石範である。野間宏の話は途中、司会者から時間切れの合図が入って、野間さんは「まだ始まったばかりだよ」と不満げに呟いて降壇した。講演は三〇分ほど経ってもプロローグであったらしい。なるほど、大長編『青年の環』の作者ならでは、と感じ入った。野間宏の姿はその後、何かのパーティで見かけたが、いつの間にか会場からいなくなっていた。

中野重治の姿も十三回大会の時は見なかったように憶う。すでに党を離れていたから共産党への忖度はなかったと思うが。文字通り同席したのは、一九七〇年代に入ってからの大会だった。全体集会のあとの分科会「労働者の文学」で隣り合わせた。愛知の会員で全逓労働者の金子史朗が、反マル生闘争のなかで名札着用拒否の一人闘争をしていた。そのことを報告したとき熱心にメモを取っていた中野さんが二、三質問してきた。内容は忘れたが、大闘争ではない個のたたかいに関心を持ったらしい。なるほど、こまい事に大事を見る中野重治らしいな、と思った。

埴谷雄高の謦咳に接することはなかったが、『死霊』に憑かれたこともあって、一九六〇年頃から小説掲載の雑誌を贈っていた。ずいぶん後のことになるが、一九九二年に『戦後日本文学のなかの朝鮮韓国』（大和書房）を上梓した折、それを贈呈すると返礼に自著を贈ってくれた。扉に「『死霊』のなかに登場する朝鮮人に着目したのは感心です」と書かれて雄渾なサインがあった。そのサイン入り著書は、いま手もとにない。二〇〇〇年九月の東海豪雨による河川決壊のために家が床上一四〇センチの水害に遭って失ってしまった。

先に名を挙げた作家たちが十三回大会に出席していたかどうか、たぶん居ただろうが、憶えていない。初めて大会に参加した青年ぼくは相当に緊張していて、敬慕する面々の顔と挙措を興味津々で眺めていた。

ただし二つの場面がはっきりと記憶にある。論議のなかで報告者の針生一郎が「政治的には正しいが、文学的には誤っている」という趣旨のことばを言ったとき、間髪を入れずといったふうに大西巨人が「政治的には正しく文学的には間違っている、そんなことがあるのかね」と批判した。打たれ強い針生さんは素直にみずからのテーゼを撤回してパンチをかわしたのだった。

もう一つの場面。全学連（全日本学生自治会連合）初代委員長の評論家武井昭夫が淀みのない弁舌で「労働者の階級意識の形成と文学創造」について語ったとき、井上光晴が発言して「想像の階級がある」と対抗した。井上光晴が小説『階級』を構想あるいは書き進めている時期であった。そこで描いたテーマが念頭にあっての発言だな、とぼくは思う。『地の群れ』が出たとき彼の文学に嵌まって、『書かれざる一章』『死者の時』『ガダルカナル戦詩集』『他国の死』などを読み込んでいたぼくは、井上の野ぶとく高い謦咳にまで新鮮に感応した。

皮肉なことに武井昭夫も井上光晴も一九七〇年を境に新日本文学会を離れた。井上さんは評論優先、創作軽視の誌面と運動の在り方に飽き足らなかったのだろう。のちに立ち上げる「文学伝習所」の構想がすでにあったかどうかは不明だが。会から離脱後のほうが井上光晴との交渉は濃くなる。「文学交友誌—一九五七年～八〇年」に書いたように、会う機会も彼の文学について書くことも多くなる。戦後日本文学のなかの朝鮮8「腐蝕をうつものたち——井上光晴の文学と朝鮮」（『季刊 三千里』三六号 一九八三年一一月、大和書房『戦後日本文学のなかの朝鮮韓国』一九九二年に収録）などである。また井上光晴が責任編集した雑誌『辺境』（第三次九号 一九八九年三月）に小説「スニの墓」（風琳堂『イルボネ チャンビョク』収録・一九九四年）を載せた。

武井昭夫は新日本文学会と袂を分かつと石黒英男、柾木恭介ら批評家と「活動家集団 思想運動」を立ち上げて、「労働者の階級意識の形成」をめざして機関誌『思想運動』と月刊誌『社会評論』を発行した（ともに二〇二三年の現在も続いている）。『新日本文学』の「市民リベラル的」な傾向に批判があったようだ。「ベトナムに平和を！ 市民連合」の担い手だった、いいだもも、針生一郎、竹内泰宏ら会員について「階級闘争をスポイルする」と批判していた。主立った労働者作家もそこに加わり、花田清輝、大西巨人なども後押しした。

「活動家集団 思想運動」にぼくも参加した。その運動に共鳴したし、地元で文学運動を共にする吉田欽一、岡田孝一、岩田光弘らと行動を共にした。東海グループを作って窓口になり機関誌の販売、集会の開催、深夜に岩田光弘と名古屋大学周辺の電柱にポスター貼りをしたりと、わりと熱心に三、四年、活動した。

作家の小林勝と津田道夫を招いて講演会を開いたときは、国鉄（現JR）名古屋駅に近い円頓寺商店街の岩田家で一泊した小林勝と文学の話にふけった。それを機会に小林勝がぼくの小説を編集部に推薦してくれた。二通あった彼からのハガキの一通目が泥酔して書いたらしい乱筆で、二通目は打って変わって達筆であったのを憶えている。飲酒依存が原因だったのだろう、小林勝はその後、間もなく急逝した。

小林勝、井上光晴、土方鐵をぼくは勝手に「文学上の兄貴」と呼んだが、小林勝についての文章も書いた。「追悼・小林勝へ」（『東海文学』四五号　一九七一年九月）、新日本文学会主催「没後一〇年の集い」の話をまとめた「朝鮮体験の光と影」―小林勝の文学をめぐって」（新日本文学・一九八一年一〇月号）、『季刊 三千里』の連載「戦後日本文学のなかの朝鮮」①②として「原風景としての朝鮮―小林勝の前記作品」（二九号　一九八二年二月）「照射するもの、されるもの―小林勝の後記作品」（同三〇号　八二年五月）。上記二篇は「植民者の原風景と自己剔抉―小林勝の作品」として『戦後日本文学のなかの朝鮮韓国』（大和書房・一九九二年）に収録した。

最初に『新日本文学』に載ったぼくの小説は、一九七〇年六月号の「街」九三枚であった。そのとき武井昭夫は編集長だったが新たな運動体を立ち上げる間際だったからか、菊池章一が作品にアドバイスをくれた。その後、菊池さんは編集委員ではなかったが、ぼくが在日朝鮮人作家を読む会の『架橋』に小説を載せると、ちょっと理詰めな長文の批評をしばしば送ってくれた。菊池章一は戦後、演劇評論の分野で頭角を現わし、俳優荒木道子の元夫であり、歌手荒木一郎の父である。

『架橋』を贈るといつも感想を送ってくれたのが、もうひとり野呂重雄である。野呂さんは高校教員時代に小説『天国遊び』（一橋書房・一九六九年）で評価を得て、長編『黒木太郎の愛と冒険』（現代評論社 一九七四年）などエスプリとユーモアに富んだ作家であり、花田清輝好みの評論、哲学書も書いた。「最後の電話」（三〇〇号記念短編特集・一九七二年七月）、「テハギは旅人のまま――」（一九九四年一一月号）について座談会や批評文で好意的に取り上げてくれた。

ちなみにぼくが入会して最初に『新日本文学』に発表した文章はエッセイ「『黒い雨』に触れて」（一九六七年四月号）だった。井伏鱒二の『山椒魚』と重ねて『黒い雨』の手法を批判したものだったが、今なら書かない内容だった。

## 運動と創作の両輪へ

一九七〇年代に入った新日本文学会の運動は、世代交代と時代状況の変化もあって、プロレタリア文学の流れから随分、変容した。おおざっぱに括って、「反差別・第三世界との連帯・反天皇制」が文学運動の三本柱だったろうか。それに花田清輝提唱の「共同制作」が加わる。特に民主化をたたかう韓国の民衆文化運動とアジア・アフリカ文学の紹介が目立った。前者は久保覚、梁民基らが、後者は野間宏、竹内泰宏らの日本アジア・アフリカ作家会議が力を尽くした。

会の文学運動の三本柱のどれもがぼくにとって持って来いの主題だったので、七〇年代以降、熱心に活動した。幹事会（のちの世話人会）、編集委員会、中部協議会委員なども務めた。大会にも（毎年開催されるようになったのはいつ頃からだったか？）会が閉幕するまで欠かさず参加した記憶だ。地方在住の会員に限らずそれは稀なことだったので、誰だったか、磯貝を「大会男」と呼んだ。札幌の江原光太も「大会男」だったが、いつか姿を見なくなった。

肝心の大会の内容について書くのは至難なので省くが、三人くらいがそれぞれのテーマで報告をして、全体会議と分科会で討論する、という形式だった。報告はそれはそれで興味を誘うものだったが、評論畑の話者が多くを占め、とうとうと情勢を分析するという傾向にあって、創作論議は影うすだった。ぼくも報告したが、在日朝鮮人文学についてであった。

歴代編集長も評論畑の人が多く、雑誌面にも小説、詩などの掲載が手薄だった。それを批判するエッセイを寄せたこともある。

毎回の大会で印象に残る論議が、会の財政だった。新日本文学会は〝万年金欠病〟であった。すくなくとも八〇年代以降は滞納会費の徴収、購読者拡大などで四苦八苦していた。それは年々歳々、重篤化して、財政危機は深刻化。八〇年代の一時期、機関誌の発行を分厚い季刊にしたり、九〇年代からは会員がローテーションを組んで無給で事務局を務めたり、あれこれ模索したが改善されなかった。

草創期からの著名な文学者が鬼籍に入ったり、有力な会員が離脱して、残った針生一郎は会の存亡に責任を感じていたのではないだろうか。危機のたびに私財をカンパ（無利子貸し）して、夫人から「これを最後にしてください」とクギを刺された。たしか一千万円という高額だったはずだが、世話人会で夫人のことばを伝える針生さんの表情は、困っているようなそうでもなさそうな、いつもの思案顔だった。会が閉幕するとき針生さんからの借金も、ある会員外の篤志家からの高額カンパも、金融機関からの借入も、その他すべてを会館不動産の売却によって返却した（と報告された）。

そのような困窮する文学運動だったが、ぼくは活動にも執筆にも精を出して、小説や評論、レポート、エッセイなど多くを『新日本文学』に発表した。（その一覧を後述する。）

**出会った文友あれこれ**

一九六六年に新日本文学会に入会して、大会、集会、会議などで東京へ行く機会が増えた。一泊、二泊するので宿が必要だった。そこで実感したのが新日本文学会にただよっていた同志的な作風であった。

文学のひとつもしようという人は個性も強く、なかには自意識肥大の自己愛者もいて、仲間うちの確執に事欠かない。ましてや思想性が絡めばなおさらぶつかり合う。しかし〈運動としての文学〉は、個の対立を超えてインパーソナルな集団・エコールをめざすものだ、と六〇年代〜八〇年代までのぼくは考えていた。主宰者が君臨して維持される同人雑誌などの友情とは、そこが違う。

ごく自然に会員の誰彼から声がかかって、ぼくは一宿一飯の恩義にあずかった。ホテルとか旅館に泊まったことはない。

調布の菅井彬人、杉並の田所泉、吉祥寺の山本良夫、上十条の玉井五一、所は失念したが菅原克己、須藤出穂の家に泊まった。

菅井さんはたしか労働金庫に勤めていて、会が主催する日本文学学校の運営に力を注いでいた。

田所さんは初期からの会員で新聞協会に勤めていた。庭のある家だったと記憶する。連れ合いさんが国会議場の書記官を務めていたはずで、遅くに来宅したぼくが就寝中に出勤したので話す機会はなかった。田所泉は穏和な人柄の東京大学出身者だった。著書に貴重な『「新日本文学」の歴史と現在』（一九七八年・新日本文学会出版部）がある。二〇〇〇年に『新編「新日本文学」の運動』を出した。一九九七年頃に昭和天皇の和歌を渉猟して解説し、批評的に論じた『昭和天皇の和歌』を出す。版元はどこだったか、いま不整理な蔵書をあれこれ引っかき回しても本が見つからない。『大正天皇の「文学」』、『昭和天皇の「文学」』もあったが、それも見つからない。

そういえば、東大出身の会員が中野重治、菊池章一、武井昭夫、一時期の黒井千次、平野栄久、山岸崇などどちらほらいた。さかのぼって戦後、文学／文化運動隆盛期の五〇年代には会の事務局、日本文学学校の履修生に東大出身者が、黒井千次など珍しくなかったようだ。

副田義也もその一人。大江健三郎、開高健と同世代の副田義也はのちに社会学者として一家をなして社会学会の会長を務めるが、『文学界』誌上で小説を読んで印象に残った憶えがある。ぼくが非常勤で勤めていた大学に教授職の副田義也がいて、九〇年代末頃、教員パーティで同席した折に新日文の話になった。彼のパートナーは会の事務局にいた女性だと言って、新日文の話を懐かしんだ。

山本良夫は中国物産の商いをしていて長年、万年危機の会財政を援助していた。花田清輝、小林勝など傾倒する、清貧の文学者にも生活の支援をしていたと聞く。誌面に登場することはほとんどなく、大会や幹事会にはほろ酔いの態で鼻水をたらして登場することも稀ではなく、この人、なんで新日本文学会の会員なんだろうと、ぼくは不思議に思った。その山本良夫が九六年だったか、詩とエッセイ集『あかっ恥のうた』を刊行。これが抜群に愉快なアナーキー精神の神髄で皆を驚かせた。影山和子と山本良夫の不思議と驚きについて共有しあった記憶がある。影山和子はあざやかな容貌の人で、七〇年頃に事務局に居た記憶だが、会員のあいだの〝マドンナ〟だった（とぼくは思う）。予備校講師の職を得て『親に言えないこと』などの著作がある。

玉井五一は六〇年代から七〇年代にかけて事務局の中心にいた会員で、花田清輝に近い洒脱な批評を書く人であった。ぼくが入会して数年、地方から来た会員と事務局員という誼（よしみ）で気を配ってくれた。ある大会のあとで名古屋在住の会員浅井美英子と一緒だったとき、事務局の櫛野義明を含めた四人で飲み過ごして終電車が終わってしまった。梯子をかさねて三軒目だったかの居酒屋近くのラブホテルに泊まることにした。遅い時間を理由に断わられたのを、玉井五一が（さすが事務局仕事で苦労した人）巧みに交渉して、修学旅行みたいに四人が一部屋で雑魚寝した。

玉井さんは一九七七年にぼくが『始源の光――在日朝鮮人文学論』を出したときの版元創樹社の編集者になっていた。

櫛野義明は映画評論にすぐれた会員だったが、大会の折に書記席でペンを走らせる彼の、くたびれた背広の腋あたりがほつれているのを見た。事務局の人たちは薄給、遅配で人並みの暮らしもままならないのだろう、それでも文学活動を止められないということか――などと想いめぐらしたことである。彼はのちに武蔵野書房の編集者になった。

浅井美英子はぼくと同様、文学思想家丸山静の〝弟子〟で小谷剛主宰の『作家』同人でもあった。新日本文学会の会員になったのは、六〇年代中頃だったか彼女の『阿修羅』が芥川賞候補になった後である。「みえこさん」の家は国鉄（現ＪＲ）の名古屋駅近くの古い商店街・円頓寺にあって、目と鼻の先には会員岩田光弘が営む（店を切り回していたのは連れ合いさん）呉服店「井筒屋」があり、「みえこさん」の家は布団屋さんであった。その居宅の一室で「みえこさん」は英語塾を開いていて、新日文や活動家集団 思想運動の会合を行なった（岩田光弘については「文学交友誌」参照）。

菅原克己さん宅に泊まったのは入会後、早い時期であった。菅原さんは日本文学学校生や事務局に屯する若い連中に人気があって、そのときぼくを「若い連中」の一人として気づかってくれたのだろう。詩のままのメルヘンチックな人だった。菅原さんは戦前戦中、日本共産党員として印刷物のガリ切りなど裏方で働いた。詩は何でもなさそうな寸景をとらえて、やわらかい詩語と詩法のリズムの「生活詩」であった。泊まった折に贈られたものを含めて三冊の詩集が今も手もとにある。『手』（一九五一年・木馬社）『菅原克己詩集』（一九六九年・思潮社「現代詩文庫49」）『一つの机』（一九八八年・西田書店）。

須藤出穂さんにも一宿一飯の恩義に預かったことがある。このときは数人が連れ立って須藤さんの住む地区集会所みたいな所でお喋りを愉しみながら寝んだ。須藤さんはＮＨＫ専属の放送作家で、記憶違いでなければ「バス通り裏」の作者であった。日本文学学校の授業と運営にも尽力して校長も務めた。

新日本文学会の組織は全会員のもとに幹事会と、機関誌編集委員会があって、議長、幹事長、編集長の三役があった。議長、幹事長などはいかにも時代を反映した呼称であった。のちに幹事会は世話人会に、議長は代表世話人に、幹事長は事務局長に変わる。最高決定機関は言うまでもなく大会である。代議員制度はぼくの入会時にはなかったように憶う。

一九七〇年代の事務局には文学的雰囲気に混ざって政治の季節の名残りが濃くただよっていた。正規の事務局員なのか、文学学校生なのか、活動家の残党なのか、居場所探し自分探しの男女なのか、薄闇めいた事務所には全共闘と七〇年闘争の臭いがふんぷんとしていた。梁山泊まがいの「事務局」をぼくは気に入って、東中野界隈の飲み会によく付き合った。名古屋ではまだ見かけなかった居酒屋チェーン「養老の滝」があった。

ぼくより十歳ほど年下のそんな若者たちの名前と顔が、今はおぼろげになっている。忘れがたい彼ら／彼女らの群像は記憶の薄暗がりにしまっておいて、文友となった人びとについて書く。

会員との交流は、玉井五一の項で書いたように事務局の人びととのそれが主になる。

七〇年代では小沢信男がまず浮かぶ。一九五二年の学生時代に日大の文芸同人誌『江古田文学』に発表した「新東京感傷散歩」が花田清輝の絶賛を浴びて、新日本文学会に加わった人である。稀有な「文章の名手」である。花田清輝が亡くなったときの「花田清輝でも死ぬのである」に始まる小沢さんの追悼文が、今もぼくの胸に刻まれている。

ぼくが小説を編集部に送るようになった頃、小沢信男は事務局長で編集委員も兼ねていた。葉書の前記「街」が掲載されて後のことである。原稿を送ると小沢さんが感想を寄せてくれた。葉書のそれは一枚では足りず、二両連結であった。それはボツの知らせに詫びのことばを添えたものだったが、ぼくは落胆しなかった。敬愛する作家たちに〝憧れて〟入会したものとしては、ぼくの小説が簡単に掲載されるようでは困るのである。『新日本文学』の小説の「権威」が損なわれるのである。正直、そう思っていた。

小沢事務局長兼編集委員は、ぼくの原稿をボツにしたことを（それは編集委員会の意向であって彼がそれに批評を付けて知らせてくれたのにすぎない）慮ったわけではないだろうが、ぼくが事務局に顔を出すと、にぎやかに愛想よく迎えてくれた。それをぼくは「呉服屋の番頭さんみたいに」と評した。何の会議であったか、事務局と会員との意思疎通の不備が話題になった。事務局から多忙を理由の弁解があって、即座に小沢事務局長が返した、「会員にハガキを一枚出す以上に大事な仕事があるのかね」と。小沢さんはこまいことを大切にして、こまめな気遣いの人であった。

小沢信男の文学は市井の人びとの物語を紡いだ。

多くの著書があるが、ぼくの読んだものを挙げる。『わが忘れなば』『捨て身なひと』（晶文社）、『東京骨灰物語』『底本　犯罪紳士録』『裸の大将一代記――山下清の見た夢』（筑摩書房）、『通り過ぎた人々』（みすず書房）。

小沢信男のあと一九八〇年前後に事務局長を継いだのが、石田郁夫である。彼は東京都新島の出身であったかどうか、射爆場建設に反対する新島闘争を描いたルポルタージュ作家である。小説も書いたようだが、ぼくは知らない。

石田郁夫の話し好きとその話術はアイロニーとウイットに富んでいた。たとえば佐多稲子の小説『時に佇つ』の「佇つ」を勃起の「立つ」に代えて批判（揶揄）した。二人の会話でも酒席でも、ぼくは彼の〝話芸〟を愉しんだ。

彼は「反代々木」の意識が強いらしく、戦前・戦後の党員作家に対しては辛口だった。それが事務局に屯する〝新左翼系〟若者が彼を慕う理由でもあったろうか。彼は狭山事件の反差別裁判闘争にも深く関わったために、セクトCと目されてセクトKから狙われて、身を隠した（沖縄にいる、と耳にした）。

顔を合わせないまま遙かな時を経て、石田郁夫の訃報が届いた。追悼する冊子が出て何か書いた気がする。石田郁夫の作品集刊行委員会から呼びかけがあって、なにがしかの寄金を寄せて本が届いたようにも記憶する。ところが今、あちこち引っかき回しても、どちらも影も形も見つからない。ぼくの思い入れによる別件との勘違い、あるいは架空の記憶なのかも知れない。

ぼくより年下で文友になったのが、愛沢革。七〇年代後半あたりに出会ったのではないだろうか。彼が学生にちょっと毛が生えたくらいの頃である。事務局員なのか会員なのか分からなかった。先述した影山和子と同年代でコンビみたいなところがあった。愛沢革の意見に影山和子がダメ出しする、二人の会話はそんなふうであった。

小沢信男または石田郁夫あたりの薫陶あるいは影響を受けたのだろう、彼の話し方にはとっちゃん小僧みたいなところがあった。ぼくにはそれが「しんにちぶん的」に思えた。九〇年代に入ってからだったと思うが、愛沢革が事務局責任者、編集長を務めたことがある。当時、季刊の『新日本文学』(92秋号 一九九二年一一月)が「戦争と性」を特集したことがある。そこにぼくは「田村泰次郎が描いた軍隊「慰安婦」」という一文を書いたが、愛沢革企画の、とてもいい特集だった。

それとは別に事務局内で失敗もあったようだ。ほかのことは知らないが、ある女性事務局員をめぐる人間関係の失敗だったようだ。小沢信男が「むすめっこ一人を使いこなせないのか」と嘆いた。ジェンダー差別の見本みたいな発言を、あれっ？　小沢さんも「昭和の男」だなー、と聞いた。ちなみに、その若い事務局員は行動的で能力にも優れた人であったが、性的にも活発であったエピソードにこと欠かない。

純な性格な「革ちゃん」（ぼくは愛沢革をそう呼んでいる）に「失敗」は応えたのだろう。事務局責任者も編集長も辞した後の「改革運動」の頃の話だが、会内の在日文学会議のメンバーが議論をしながら小野悌次郎の家で泊まったとき、先に布団に入っていたぼくが眠っていると思ったのか、隣の布団に入った革ちゃんが「ありがたや、ありがたや」と、何度か呟いた。仲間の温みに慰められたのだろう。

愛沢革とは会活動外での記憶が心に残っている。不思議な邂逅があった。

一九九六年一〇月、ぼくは在日の友人裵東喆氏と韓国を訪問した。トンチョル氏の釜山のウェサムチョン（母方の叔父）の家で一泊後、彼は墓参りなど縁戚と行動を共にし、ぼくは一人旅を愉しんだ。

この旅についてはドキュメント小説「友人の領分」（『架橋』一九九七年夏 一七号）に描いたので山盛りの挿話のいちいちを書かないが、まずは麗水へ。麗水は一九四八年の済州島四・三事態の時、島民鎮圧を命じられた国軍兵士たちが起ち上がった「麗水・順天叛乱」の地である。当時、兵士を乗せた艦船が停留していたであろう港を眺め、一泊。

翌日、全羅線で北上。南原で全北大学校教員の李漢昌氏と会う。ハンチャン氏は、韓国で在日朝鮮人文学が日本語ゆえ「韓国文学」と認知されず注目もされていない八〇年代に孤軍奮闘、その研究に励み、訪日しては資料など入手して持ち帰った。わが家にも泊まった。ぼくの連れ合いは彼の容貌に親しんで茶目っ気で「奥目のハンちゃん」と呼んだ。

南原の「春香伝」ゆかりの広寒楼（カンハンル）などを見たあと、さらにぼくの要望に応えて「ハンちゃん」の車は智異山の華厳寺（ファオムサ）へ向かう。運悪しく検問の渋滞に遭遇。北の工作員の南側上陸事件の日だった。「ハンちゃん」が免許証不携帯に気づく。ところが彼は検問を済ませた前車の後ろに付いて素知らぬ顔でスルー。見事な技であったが、夕闇が近づいていて引き返すことに。全州の李漢昌宅に一泊。

翌日、ソウルへ。話はようやく愛沢革との不思議な邂逅に辿り着いた。

ホテルの部屋に愛沢革から電話が入る。彼が四〇歳過ぎての「おじさん語学留学中」であるということは知っていた。いまから会いに行く、と言う。ぼくがこのホテルにいることをどうして知ったのか？ 任軒永氏から迎えに行くよう頼まれた、と言う。イム ホニョン氏はなぜ知っているのか？ イムホニョン氏は大学教員の文芸評論家で、民主化運動圏の文学を領導する文学者である。韓国文学学校の学生たちを連れて来日して名古屋で在日朝鮮人作家を読む会と交流、新日本文学会の「韓国ふれあいの旅」で韓国文学学校・韓国民族文学作家会議と交流（そのとき『始源の光――在日朝鮮人文学論』を進呈）、のちのことになるがチェヂュで開かれた「四・三事件」五〇周年記念「東アジアの平和と人権　国際学術大会」――と、任軒永氏とは何度か会って知己を得ている。

　間もなく愛沢革が現われた。実はホテルの部屋には先客がいた。在日朝鮮人作家を読む会のなかま趙眞良君が、仁川の親戚宅に滞在しているということで訪ねてきたのだ。ところが、彼がなぜぼくの訪韓、宿泊のホテルを知ったのか、それも謎だった。任軒永・愛沢革の謎といい、チョ チンリャン君のそれといい、あれこれ推察は可能であって、問うて解ってみればヘタなミステリー小説みたいなタネかも知れない。謎は謎のまま愉しむのが性に合っている。ともかく三人で出かけることに。

　愛沢革に案内されて二〇分ほど歩いた先は「ハルラチプ」といったか「チェヂュチプ」といったか、スルチプ（居酒屋）であった。待ちかねた任軒永氏が街路に出て手招きしていた。かなり大きいスルチプの奥には障子のない座敷があって、にぎやかな声がはじけていた。驚いたことに、『火山島』の金石範、『原野の詩』の金時鐘、済州島の小説家『順伊おばさん』の玄基榮などを囲んで若い人五、六人（チェヂュ「四・三」研究所のメンバーらしい）がいた。金時鐘さんは命の危険を逃れて一九四九年に渡日して以来、そのときが初の帰郷だったのではないだろうか。磯貝が来ることを任軒永氏から伝えられていたのだろうが、あの笑顔と感嘆ことばで殊のほか喜んでくれた。金石範さんも「チャー、チャー」と笑顔で招き入れてくれた。

　スルチプのオーナーが済州島出身の人ということもあってか、陸地ソウルの店でもおおっぴらに「四・三」が話題になった。ぼくの朝鮮語能力ではほとんど聞き取れなかったが、談論風発に歓待された。八〇年代の指紋押捺拒否闘争の折に面識のあった詩人金明植もいて、懐かしく会話した。同行の趙眞良君は朝鮮高校出身でウリマル（朝鮮語）ができるので、若い人たちからいろいろ質問を受けていた。玄基榮氏の口から「ウェノム」「虐殺（ハクサル）」ということばが呟かれた。そのときの苦渋の表情にぼくは緊張したが、「四・三事件」の惨劇に遭遇したトラウマが玄基榮氏に残っていることを後に知った。

革ちゃんとは時をへだてて二〇一〇年代後半に再会することになる。彼は兵庫県丹波の実家で母親と暮らすことになり、大阪の詩人丁章と親しくなって在日朝鮮人作家を読む会で丁章詩集をテキストにしたとき「チョンギャンサポーター」として参加したり、何かの会でぼくが大阪に行くと会ったりした。

宋友恵著・愛沢革訳『空と風と星の詩人』（藤原書店）の訳業は愛沢革が「おじさん語学留学」を活かした快挙である。ぼくはその書評（東京・中日新聞、二〇〇九年四月五日 読書欄）を書いて、その最後に「適切な訳者注とともに端正な日本語に翻訳されていることも付記しておく」と記した。

一九八〇年代までの大会・会活動のなかで小野二郎、津野海太郎、小林祥一郎、いいだももなど批評家の顔が浮かぶが、文友にはならなかった。

いいだももとは会活動とは別の縁があった。同人誌『東海文学』（三二号　一九六七年一一月）に長めの書評「いいだもも『われらが未知なる時代へ』に関する公私混同的書評」を載せて、鄭重な手紙をもらった。ぼくがべ平連（ベトナムに平和を！市民連合）名古屋の立ち上げに参画して間もなくだったので〝同志的〟に書いた。そのあと、いいだももからの依頼で李恢成『見果てぬ夢』の書評を季刊『クライシス』一一号（一九七九年一二月）に書いた。一九九〇年前後だったか、愛知県の渥美半島で近世日本の儒学に関する全国的な集まりがあった。そのとき、ぼくが雨森芳洲について発言すると、彼がそれをわざわざ支持する発言をしてくれた。

詩人関根弘とは一度だけ大会で同席した。七〇年代初めの鎌田慧がルポライターとして売り出した頃。関根弘が別の鎌田姓のノンフィクション作家と勘違いして「慧」をしつこく批判して、ぼくの隣で正真正銘の鎌田慧がブツブツ文句を言っていたのを憶えている。同じ頃、名古屋の風媒社で編集者をしていたぼくは、関根弘のルポものを出したくて新宿のアパートを訪ねたことがある。六二、三年頃、文学思想家の丸山静と前衛美術作家の水谷勇夫を中心に花田清輝、武井昭夫、関根弘を招いて名古屋で講演集会を開いたことがある。ぼくら若手が裏方を手伝った。翌日、公害の港湾工業地帯へ関根弘を案内することになった。ぼくの顔と名前くらいは憶えていたのだろう、彼は快く接してくれたが著書は出せなかった。ぼくが関根弘と話しているあいだに小学校三、四年のむすめが「父ちゃん」に小遣いをねだっていた。

六〇~七〇年代にかけて『新日本文学』が標榜した目標に「労働者文学の発掘・推進」があった。そこで読んだ「労働者作家」たちの名前が浮かぶ。動労・国労の藤森司郎、篠原貞治、全逓の神田貞三、清水克二、村松孝明、鉄鋼の波佐間義之、組織労働者ではなかったと思うが愛読した小寺和平、揚野浩、中西義明などである。彼らの多くは「労働者文学会議」（のちに労働者文学会、機関誌『労働者文学 ROHBUN』発行）の結成に参加した。

作品を読んだばかりで文友にはならなかったが、藤森司郎とは名鉄文学会の大岩弘の詩集『革命について』（オリジン出版センター）の出版記念会で親しく話したり手紙をもらったり、ウマが合った。『労働者文学』の編集をしていた神田貞三からは、オリンピック名古屋誘致反対運動ルポの原稿依頼を受けて「平和の祭典か戦争代理ゲームか―幻の名古屋オリンピックと反対運動」を六号（一九八一年一二月）に書いた。

長く親しく付き合ったのは、なんと言っても針生一郎であった。思えば、四〇年間に及ぶ。針生一郎との出会いは、入会する前にさかのぼる。「文学交友記――一九五七年~八〇年」に詳しく書いたことだが、六〇年安保のあとすぐに、名古屋で若者が集って文学活動を始めた。花田清輝、滝口修造、岡本太郎、安部公房らが戦後間もなく結成した「夜の会」を模して作った「現代参加の会」「赤猫社」である。そこに文学青年だけでなく美術青年の吉岡弘昭、三浦英が参加した。

六〇年代半ばだったろうか、吉岡弘昭が名古屋で開いた個展の会場で友人四、五人が雑談していると、前衛美術評論家・針生一郎が観に来た。針生一郎は絵について一言も言わなかったが、なるほど、美術評論家というものは文芸評論家が誰彼の小説をせっせと読むように、関心を寄せた絵描きが個展を開くとこまめに足を運ぶものだ、と感じ入った記憶がある。

ぼくが新日文入会後の針生一郎は、大会報告者であったり議論の発言者であったり、常に場の中心にいた。議長（世話人代表）や編集長も務めた。ぼくが初めて参加した大会での大西巨人とのやりとりを前述したが、「打たれ強い論客」というのが針生さんの印象である。小説「根の棺」（一九八九年新年号、風琳堂『イルボネ　チャンビョク──日本の壁』一九九四年）は彼が編集長時代に掲載された。

会活動とは番外編で針生一郎について記憶の断片が幾つかある。

針生さんのことは入会する前から、私淑する文学思想家丸山静から耳にしていた。針生一郎の『われらのなかのコンミューン──現代芸術と大衆』（晶文社　一九六四年）が書かれたときだったと思うが、そこに丸山さんの語った言説が地の文で借用されていたらしい。それを批判すると、ぼくら共有の思想なので出処は記さなかった、と針生さんは弁明した。「針生君に為てやられたよ」と、丸山さんは苦笑していた。針生さんが共通の知人である、名古屋の行動する前衛画家水谷勇夫を「天才」と評したことも憶えている。のちに読んだことであるが、花田清輝の弟子は安部公房、武井昭夫、針生一郎の三人であったが、ものになったのは安部、武井であって師匠（花田）は針生一郎に期待していなかった、と埴谷雄高がインタビューで語っていた。

一九九〇年頃から「改革」運動がはじまって後のことだが、中央集権を見直そうということで大阪、北海道、名古屋で大会を開いたことがある。

九二年の北海道の会場はうろ憶えで地名も忘れたが、札幌からバスで苫小牧方面にバスで一時間ほど行ったところだった。周辺に民家はまったくなく、広く青い芝の野外空間にアイヌの彫刻家砂沢ビッキのでっかい作品があった。人物の立像だったかモニュメントだったか何基あったか、記憶がおぼろだ。そこにゲストハウスみたいな建物があった。

大会は北海道在住の会員・読者をまじえた懇親の場みたいなもので、早々に酒宴になった。アイヌ地作りの酒に酔ったぼくは朝鮮語で、アイヌ語を学習しているという和人のA氏はアイヌことばで、互いのことばを理解できないまま交互に言いたいことを言い合う、という世にも不思議な〝対話〟を十分ほども愉しんだ。翌日、宿酔い気味のまま一人、小樽から積丹半島へ。かつて鰊（にしん）場で賑わった町の民宿でおばあさんの回想談を聞いたり、たまたま同宿した道庁職員に翌日、車で広大な牧場を案内してもらったりした。そこまでは一人旅を大いに愉しんだのだが、帰名する早々、口腔といい太腿といい体のあちこちに蕁麻疹が出て、皮膚科医院へ走った。

閑話休題。針生一郎に話を戻す。

名古屋での大会は北海道の後だったか前だったか。文友土屋純二（筆名・平子純）がオーナーの名古屋駅西のパークホテルつちやで行なった。一日目が終わって酒席のあと、修学旅行団体用の五、六人部屋で皆がワイワイと議論を交わしているときのことだ。針生一郎が横でせっせと原稿を書いていた。締め切りが迫っていたのだろう。音楽がかかっていても隣りに人がいても原稿を書けないぼくは、すっかり感心した。そういえば、喫茶店で原稿を書く文友はいた。文友とは言えないが、評論家の津村喬もそうだった。

針生一郎と原稿についていえば、日刊紙に起稿してもらって、それを講演の謝礼に当てるという失態をおかしたことがある。新日本文学会が地域の活動拠点として協議会を設けたことがある。中部協議会の講演会で長谷川四郎と針生一郎を講師に招いた。そのとき長谷川さんには若干の謝礼を出した。針生さんには（大学教員の収入があるので）毎日新聞の知人記者から原稿依頼してもらって、稿料を謝礼に当てた。ところが、それを知った〝ぼくのおじさん〟長谷川四郎は謝礼を針生一郎と折半して、ぼくは叱られた。もの書き社会のマナーを知らないぼくは、恥じ入った。

韓国で偶然、顔を合わせたことがある。光州トリエンナーレの時だったか汎韓民族文学者大会の時だったか、古いメモが見つからないので判然としない。記憶の遠近景というのは、辻褄を合わせようと辿ってみても入れ子模様になっていて、迷路に入っていくのだ。

ぼくは光州トリエンナーレにも汎韓民族文学者大会にも参加しなかったはずだが、ソウルのホテルにいた。在日朝鮮人作家を読む会のなかま卞元守（ビョンウォンス）と岩田たまき（筆名・津田真理子）が一緒だったのは間違いない。ビョン ウォンスはぼくが推薦した憶えがあるので汎韓民族文学者大会に参加した折に合流したのだったか？　ならば岩田たまきはどこで合流したのだったか？　記憶の迷路は続くが、キリがないので引き返す。

三人のいるホテルに金九漢が来た。金九漢は日本にも家と家族がある、利川（イチョン）の陶芸家である。面識だけはあったが、彼の来訪は謎であった。これも任軒永氏の導きだったか。とにかく韓国の人びととの無線のネットワークは凄い。

金九漢氏に卞元守ともども案内されて着いたのは、古い味わいの小さな韓式料亭であった。奥まった部屋の障子を開けると、五、六人の酒席の真ん中にいる、花田清輝がカストロ髭と呼んだ顔が、まず目に入った。針生一郎である。

酒席も終りがけだったらしく、ぼくらへの歓待は三十分ほどだったが、そのあいだ針生さんは接待疲れの態でうつらうつらしていた（酒を飲むと居眠りする習性だったようでもある）。あの席に任軒永氏がいた記憶はない。

針生一郎は、初期の著名な会員が亡くなったり退会したあとも「おれが新日文を牽引する」との気概で関わりつづけた。会の歴史を大切にする気持ちもあったのだろう、二つの企画を思い出す。創立四〇周年の講演集会の後のパーティだったか、佐多稲子、原泉を招いた。そのときマイクの前に立ったぼくに、仲よく並んでいたお二人が「若いねー」と声をかけてくれた。もう一つ、会の幕もそろそろ下りそうかな、という頃、針生一郎がパーティを企画した。そこには島尾ミホさんと安部公房のむすめさん（名前を失念したが編集者かクリエイターを職とする人だった気がする）を招いた。奄美から駆けつけた島尾ミホさんが奄美の酒を差し入れてくれて終始、にこやかであった。

埒もない番外の挿話を並べてきた。

ともあれ、針生一郎とは新日本文学会四〇年の活動のなかで随一の時間と中身の交流であった。それは「改革」運動から会の閉幕まで続く。

**「改革」運動から閉幕へ**

「改革」運動は一九九〇年頃から始まったはずだが、どんな契機があって、どこから声が上がって、どのような意味を果たしたか、ぼくにはいまひとつ明確でない。関西在住の会員が先導、核になったから、そこが発祥だったのだろう。とすると、大阪の東京に対する伝統的な〝対抗意識〟も交えた反中央集権の運動だったとも思える。それが地方・首都圏を問わず会の組織・運営と機関誌掲載機会の刷新を求める新しい波になった。いずれにしてもそれは、質量ある書き手が去って、「新日本文学」の戦後文学運動における「重み」あるいは「品格」（運動としての文学が成立しにくくなった時代状況をも示していたのだが）が消えつつあったなかでの現象であったとも言える。

「運動の民主化」と言えなくもなかったが、実態からいってそれにはムリがある。結成以来の既成の組織スタイルはほぼ消えていた。遅れてきた反スタ・ロートル運動だったといえば叱られるだろうか。終わってみれば、終着の地へ向かう路程で試みられた、コップの中のさざ波であった。二十年後の今、ぼくにはそんな気もする。

とは言っても、「改革」論議は一〇年近くにわたって活発に行なわれて、ぼくはその場に終始、居た。「改革」の意義と可能性のリアリティにどこか隙間風を感じて、ニュートラルな位置に立っていた気もするが、濃厚な時間ではあった。あの醒めた気分と幻想的な高揚感は、何だったのだろうか。

「改革」運動の目玉の一つは、地域別、テーマ別の会議（グループ）を起ち上げて、そこが持ち回りで編集を担当することであった。地域別の提起は「関西会議」が先導した。ぼくは地方エゴを嫌ってテーマ別を主張した。

結局、両輪で進められた。そもそも「地方」とか「中央」とかの二項対立には互いの複合意識が入り組んでいて好まない。ぼくの小説にはしばしば「小さな漁港のある町」が描かれる。そのとき書きながら「小さな漁港の町」は小説の宇宙であり、世界の中心である、と実感する。思いっきり妄想的に大風呂敷を広げれば、ドストエフスキーの『カラマーゾフの兄弟』などが、首都ではなくローカリズムによって小説の宇宙を、時空を、世界を、創造したように。


話を戻そう。

つまりは「改革」運動の結果の功罪が問われることになる。率直に言えば「功」より「罪」が勝ってしまった。

会活動の風通しがよくなったとも言えるが、「会議」編集によって『新日本文学』がグループメンバーの同人雑誌的な作品発表の場になってしまった。「新日文は同人雑誌になってしまった」と言ったのは、詩人高良留美子だったか。同人雑誌がダメというのではない。近現代の日本文学史をひもとけば、文学結社や同人雑誌が新たな思潮を拓いてきた。文学エコールの形成は重要であるし、新日本文学会もそうだと言えなくはない。

問題は、もともと文学学校卒業生とチューターによるグループなどがそのまま「会議」に移行して、発表される作品の質が劣化した。創作作品が（「玉石混淆」ではあったが）多く載るようになったのはよいとして、〈運動としての文学〉は弱体化した。アクチュアルなテーマの特集も全体編集としてしばしば組まれて奮闘したけれど。

先述した「醒めた気分」の正体は、どうやらそのあたりにあった。ぼくが入会した動機は文学運動に魅せられてであったが、小説の発表も目標であった。愛着する作家たちの作品と並んで掲載される「『新日本文学』にふさわしい小説」を書きたいと思っていたので、原稿ボツに何の残念もなかった。それで『新日本文学』にふさわしくない（質の）作品が登場する現状に、「醒めた気分」で「ニュートラルな位置」に居たのだろう。

では、なぜ「濃厚な時間」でもあったのか？　その内容と帰趨はともあれ、「運動気分」を体験できていたからだったろう。擬体験だったかも知れないけれど。

ぼくは「〈在日〉文学会議」に加わった。その会議が編集した特集「「在日文学」の全貌―在日作家94人全紹介」（二〇〇三年五・六月合併号　No.６４３）は、ひいき目ではなく良い企画だった。第一部「作家論」、第二部「在日作家総覧」の構成で、一部には会内外の筆者十五人が二十四人のミニ作家詩人論を書き、二部には七十名の人びとの経歴・著作などが並んで〈在日〉

文学ガイダンスになっている。

ぼくが執筆したのは第一部四人、第二部六人。この特集を兼ねた評論「『火山島』覚書」（新幹社『〈在日〉文学の変容と継承』所収二〇一五年）を書いた。

その特集の企画編集を担ったのは、林浩治と原田克子であった。「〈在日〉文学会議」のメンバーは他に小野悌次郎、村田拓、北岡敏範、髙地耀子、藤元智衣の顔が浮かぶ。もうひとり詩を書く若い女性でいつもハイヒール姿の人が居たが、名前のイメージは頭に浮かぶものの文字が現われない。台湾で開かれた詩人大会で彼女が出会ったという韓国詩人からの手紙の日本語訳を頼まれて訳したことはよく憶えている。

「〈在日〉文学会議」はあらたな文友との出会いの場にもなった。六〇年代〜七〇年代のそれとは違うけれど、「同志的な雰囲気」を味わうことができた。極私的に言えば、それは「改革」運動の収穫であったとも言える。

以降、大会や会議の折のぼくの宿は埼玉の小野悌次郎宅になった。大会や会議のあとの二次会が終わると、利根川だか荒川だかを渡った先の戸田の家で「〈在日〉文学会議」のなかま（「会議」外の会員もいる）で論議とも雑談ともつかない時間を愉しむ。谷川雁の英語教育運動に共鳴してラボの仕事をしているという、小野悌次郎の気さくな連れ合いも混ざって。適当な時間になると、遠方のなかまは枕を並べて寝る。

「〈在日〉文学会議」のなかまを寸描する。

小野悌次郎は高校教員時代に「国旗・国歌」に反対して〝処分〟を受けた。「改革」運動のなかで会事務局ボランティアも務めた。著書に評論『存在の原基 金石範文学』（新幹社 一九九八年）、小説集『乾いたむら・少年』（同一九九九年）がある。

林浩治はぼくより一回りほど年下だが、八〇年頃から在日朝鮮人文学について書き続け、何冊もの著書を上梓する。『在日朝鮮人日本語文学論』（新幹社 一九九一年）『戦後非日文学論』（同一九九七年）『在日朝鮮人文学論―反定立の文学を超えて』（同二〇一九年）である。後年はブログ「愚銀」で日本語訳版だけでなく自訳して韓国の小説を精力的に紹介している。

北岡敏範は七〇年闘争の残党なのか、京都文学学校だったか大阪文学学校だったかで「造反有理」を試みたらしい。ぼくは彼の小説も評論も知らないが、大阪で「『火山島』を読む会」を長くつづけていて、「記憶の向う」という在日朝鮮人文学論をえんえんと書き続けている。それはなんと、手書きによるもので、そのコピーを身近な文友に配っているらしい。

小野、林、北岡と四人で淡路島在住の鄭承博を訪ねていったことがある。作品そのままに自由、恬淡な在日朝鮮人作家であった。洲本市の高台にある瀟洒な、ちょっと韓式家屋を思わせる家で歓待され、大いに話に花を咲かせた。北側には、金達寿が朝鮮の風水にちなむ地形だと評したという、風景があった。

金達寿についてちょっとした挿話を憶い出す。四人が港に着いて、出迎えた鄭さんと会ったとき、彼は初見のぼくを見て「磯貝ではない」と言った。どうやら以前に何かの集いで金達寿から「あれが磯貝治良」と教えられたらしいが、隣りにいた誰かと取り違えて憶えていたらしい。鄭承博いわく「キム ダルスが悪い」。

ぼくらが訪ねたのは阪神淡路大震災後であったが、鄭さんはひょうひょうと「そのとき」について語った。鄭承博には『鄭承博著作集』全六巻（新幹社　一九九四年）がある。ぼくはその第六巻の解説「〈はなし〉という原郷」（新幹社『〈在日〉文学論』所収　二〇〇四年）を書いた。

原田克子は九〇年代に事務局員だった。たしか詩を書いていたのではなかったか。韓国へ語学留学を経験していたのか朝鮮語が堪能で、NHKハングル講座のスタッフになった。高地耀子は関西（藤井寺だったと憶う）在住。アグレッシブな批評性を持った人で、「改革」運動に行動的にかかわっていた。藤本智衣は教職の人で広島在住。関西で会合が開かれたとき、三、四人が彼女の家に泊まって世話になった。翌日、平和公園に向かって当時、公園の外にあった朝鮮人被爆者慰霊の碑に寄った。原爆ドームの上に大きな川鵜が止まっていて、彫像のように動かなかった。

関西で大会、会合が開かれるときの宿泊は、しばしば枚方市の村田拓の家になった。団地の住まいともう一つ会議用のスペースがあって、多人数の時はそちらで議論。遠方のなかまが泊った。「拓ちゃん」の連れ合い（名前を失念したが、たかこさんだったか）は「ふみん」の活動をしていて、ぼくは彼女の発言に傾聴した。

村田拓の名前は七〇年代、部落解放同盟愛知県連の運動に参加していた頃から「たたかいの祭り」など文化運動の分野で耳にしていた。彼はもともと神父だか牧師だかであったはずだ。村田拓は熱い人で、「改革」運動にも終始、燃えていた。作品集『地鳴り』、評論集『文字をもたぬ民が沈黙を破るとき』『非暴力抵抗としての文学』を読んだ記録が備忘ノート読書欄の二〇〇〇年、〇一年にあるが、いま本が見つからず版元は分からない。

古い会員で最後まで「改革」運動に付き合ったのは土方鐵と針生一郎であった。ぼくが勝手に「文学上の兄貴」と呼ぶのが井上光晴、小林勝と土方鐵である。

土方鐵が『解放新聞』の編集長をしているとき連載「被差別部落ルポ」に愛知の被差別部落を取材して書いたのが出会いであったが、それ以前から彼の著作はよく読んでいて、ぼくの書架には今もずらっと並んでいる。ルポ「愛知にて」は三回掲載、「被差別部落・Ⅱ都市―そこに生きる人びと」（三一書房・一九七八年）に収録。

土方鐵は「改革」運動の提起者であり先導役を務めたが、やがて目ざしたヴィジョンから逸れるにつれて客観的・批判的な姿勢であったと思う。その意味で終盤は針生一郎と土方鐵は同じ位置にいたと言える。

実質的に「改革」運動の終焉になった、臨時大会の一場面を憶い出す。

その場には「改革」論議にはほとんど姿を見せなかった〝有力会員〟が出席した。小沢信男、鎌田慧がそうだった。針生一郎が応援団を呼んだ、とだれか陰の声が言った。「改革」による編集体制がグループ（各会議）エゴと相俟って誌面の質を低下させている、編集体制を元に戻そう。それが「針生応援団」の主張だったようにぼくは思う。

そんな雰囲気のなかで鎌田慧が「残る会員だけで続けよう」と発言。それは「改革派」の切り捨てともとれた。ぼくは『新日本文学』の誌面と会運動の衰退を実感してはいたが、鎌田発言を奇異に感じた。『自動車絶望工場』（現代史出版会刊）など、彼の文学性の高いルポルタージュ作品を愛読してきた。だから絶望したというほどのことでもないが、あれっ？　と思った。あの会議が最終章へと向かう幕を表象する一場面ではなかったろうか。


そうこうしながら二〇〇六年、新日本文学会は拠点の不動産を売却し、針生一郎、会を愛する篤志家の多額な借金、その他の借財を完済して、六〇年の歴史を閉じた。ぼくにとっては四〇年の歴史の幕であった。

あれから歳月が経つうちに「ぼくの新日本文学会」は遠く離れていったが、こうして記憶の遠近景をめぐりながら辿ってみると、あれこれの夾雑物を除くなら「ぼくの文学の旅」の壮大なロケーションであった。

そして一九七七年に出発して新日本文学会の活動と並走してきた在日朝鮮人作家を読む会と会誌『架橋』の活動は、終わりのない「文学の旅」みたいに続く。

最後に『新日本文学』に掲載した文章をジャンル分けして記す。

・小説

「街」一九七〇年六月号、「最後の電話」七二年七月号・三〇〇号記念短編特集号、「きちげあそび」七七年二月号（上記二篇は影書房『夢のゆくえ』所収二〇〇七年）。

「夢のゆくえ」連作1・2「あんちゃんぽっぽ」「紙芝居のゆくえ」一九八〇年二月号、連作3・4「骨のなかみ」「赤い渦」同三月号、連作5・6「顔」「眼」同五月号、連作7「ねずみの火」同八月号、連作8・9「素っぱだかのランナー」「諸君先生」同九月号、連作10「なにが因果か」八一年二月号、連作11「あごやん先生の復讐」同三月号、連作12・13「白い異郷」「夢のゆくえ」同八月号（『夢のゆくえ』所収）。

「根の棺」一九八八年一二月・八九年新年号（風琳堂『イルボネ チャンビョク――日本の壁』所収一九九四年）、「羽山先生が怒る」一九九二年一一月・季刊九二年秋号（長編『在日疾風純情伝』第三章 風琳堂 一九九六年）、「テハギは旅人のまま――」九四年一一月号（『夢のゆくえ』所収）、「夢を刈る」九八年四月号、「父」同九月号、「骰の時」二〇〇〇年一・二月合併号から同九月号まで（七、八月は合併号）七回連載（長編『クロニクル二〇一五』第一部 一葉社 二〇一四年）。

・ルポルタージュ・レポート

「死んだ故郷・衣浦湾」一九七三年一〇月号、「差別資料を買っていた「世界のトヨタ」」を糾弾する」七六年一〇月号、「いま高校にもCIAが……」七七年二月号、「指紋と鉄砲―愛知の指紋押捺廃止運動から」一九八五年五月号、「アジア労働者とともに―愛知の活動から」八八年九月・季刊秋号、「なぜ大赦拒否訴訟か―地獄の人への「鎮魂歌」」一九九〇年一月・季刊冬号、「ドキュメント「四・三」50周年―東アジア平和と人権国際シンポジウムから」九九年一・二月合併号、「ピースアクションNAGOYAから」二〇〇三年七・八合併号。

・評論

「求心力としての部落―「炎の場所」の構造」一九七七年八月号、「始源の光―金史良の作品をたどって」（上）七八年八月号、（下）同九月号、「抵抗と背信と―金達寿『玄海灘』覚書」七八年一二月号、「明澄と凝視と―金泰生論」七九年七月号（上記三篇は『始源の光―

在日朝鮮人文学論』（創樹社 一九七九年）に所収。

「朝鮮体験の光と影―小林勝の文学をめぐって」一九八一年一〇月号、「ベトナムから遠く離れて〈世界〉が始まる―小田実『ベトナムから遠く離れて』論」一九九二年八月・季刊92夏号）、「田村泰次郎が描いた軍隊「慰安婦」」九二年一一月・季刊92秋号、「村松武司の詩と朝鮮」一九九五年一・二月合併号、「金達寿の位置」九六年三月号（新幹社『〈在日〉文学論』所収 二〇〇四年）、「金達寿のなぞ」九八年四月号、「統一問題と金鶴泳」二〇〇一年五月号（『〈在日〉文学論』所収）。

「「競作／短編Ⅱ」を読む」〇一年一二月号、「〈新しい人〉を読む―金重明・玄月・金城一紀」〇二年四月号（『〈在日〉文学論』所収）、「『火山島』覚書」〇三年五・六月合併号（『〈在日文学論〉所収』）。

・台本

マダン劇「トッケビと両班（ヤンバン）」一九九六年七・八月合併号。

・エッセイなど

「『黒い雨』にふれて」一九六七年四月号、「底のほうから」七〇年四月号、「論争から創造へ―名古屋からのレポート」七一年一一月号、「運動の基軸をたずねて」七二年一月号、「運動のあとは創造で―新日文第一七回大会分科会「労働と創造」報告」七四年八月号、

「状況から具体へ　そしてもう一度…」七五年七月号、「短信」七六年三月号、「大会のスタイル」八四年一〇月号、「第三世界的なるもの」八六年七・八月合併号、「〈民衆〉とは誰か」八六年一一・一二月合併号、「片隅の〈在日〉から見る眼―金泰生追悼」八七年四月号、「葬送曲にすぎなくても」新日本文学会第30回大会報告集　八六年六月、「〈民衆〉をめぐる論議」「根源の人・丸山静」八七年八・九月合併号。

「幕あきの寸景」九四年四月・季刊94春号、「大討論マダンのこと」九五年六月号、「入会のころ雑話」九六年一・二月合併号、「「小野十三郎特集」あと追い」九七年六月号、「わたくし史の覚え」九九年三月号、「裁判官の戦争責任―「周辺事態法」への個人的アピール」九九年八月号、「文学は国家をどう越えるか―第42回総会シンポジウムから」九九年九月号、「在日作家紹介10編」二〇〇三年五・六月合併号。
・書評
川元祥一『闇にひろがる翼』七六年一月号、大岩弘詩集『革命とは何か』七六年八月号、「原風景が日常をこじあける―伊藤正斎『乾湿記』」七九年一月号、金蒼生『わたしの猪飼野』八三年五月号、『悲しい子ども』八七年一二月・88新年号、4冊書評『有馬敲詩集』『石川逸子詩集』『昭和の子ども』『大連』八九年四月・89春号。
・同人雑誌評

「文学の鉱脈」七三年一月号〜三月号、九〇年一二月・91冬号〜同一〇月・91秋号、「文学の水源地」九二年一月・92冬号。

・座談会

「〈無名性〉の力とその源泉—小説を中心に一年間のまとめ」七四年六月号、「『火山島』と在日朝鮮人文学の今」九七年九月号。

・報告・雑文など

「読書会からのレポート」六八年七月号、六九年八月号、同九月号、「中部地区協議会報告」七二年八月号、「短信」七六年三月号、八四年三月号、「在日朝鮮人作家を読む会」八〇年五月号、インタビュー「杉浦明平は語る」八八年四月・春号、「『在日疾風純情伝』出版記念の集い」九七年一・二月合併号、「柳美里を励ます」九七年九月号。

『新日本文学』本誌とは別に「通信版」が発行された。会活動の発信・報告、会員の発言・声・活動報告、日本文学学校・マヤコフスキー学院の情報など『新日本文学』通信版には、小冊子ながら本誌とは別の身近な愉しさがあった。六〇年代には幹事会論議が載って、花田清輝、長谷川四郎、武井昭夫、野間宏、佐々木基一などの発言からそれぞれの思想スタイルが伝わって興味深く、花田と武井師弟の丁々発止など面白かった。本誌が季刊の間はこちらを空白月に発行、本誌の肩代わりをしていた。
ぼくは通信版にもせっせと書いた。付記する。

・エッセイ
「運動は手づくりで」七〇年七月・№71、「文学小屋のこと」八四年三月・№２２８、「あの日その日」「差別とコトバについて」八九年八・九月合併号・№４９７、「アジア労働者と天皇制」九〇年五月・№５０４、「韓国文学学校との交流―名古屋にて」九四年三月・№５４９、「創造のほうへ」同六月・№５５２、「流民の根拠―石田郁夫のこと」同九月・№５５４。
・報告、雑文
「新日本文学名古屋読書会の出発」一九六六年一〇月・№50、「私にとって新日本文学とは何か（短信）」同一一月・№51、「短信」「新日文名古屋読書会だより」六六年一二月・№52、「近況」八四年五月・№２２９、「在日朝鮮人作家を読む会そのほか」八五年七月・№２３５、「近況など」八六年一〇月・№２４３、「第30回新日本文学会大会討議記録（抄）発言」八七年一〇月・通巻№４７５、「〈共生の文学〉を探りたい」第32回大会プログラム集 八九年四月、「新日本文学90春号を読んで」九〇年五月・№５０５、「アンケート どうする『新日本文学』」九一年五月・No.５１５、「『架橋』のこと」九一年一一月・No.５２１、同題で九二年一一月・No.５３３、「マダン劇出前します」同一二月・No.５３４、「ネットワーク部会についてなど雑文」九三年八月・No.５４３、「臨時大会参加の記」同一二月・No.５４６、「1993年12月臨時大会にむけての文書発言」九四年二月・No.５４８、「持続派の弁」同五月・No.５５１、「規約案修正意見」同六月・No.５５２。

# 第三章　〈在日文学〉と同時代を並走して

## ——「読む会」と『架橋』一九七七年〜　文学交友誌Ⅲ

一九七七年一二月一五日、七名の人が集まった。市の中心、名古屋テレビ塔近くの社会文化会館。「忠臣蔵」故事の翌日だからといって打ち入りの相談ではない。七人だからといって黒澤映画に倣って揆（はかりごと）をめぐらすためでもない。

在日朝鮮人作家を読む会（「読む会」）は、その日に始まった。以来、四五年に及ぶ「文学の旅」を辿ることにする。（二〇二二年三月一日、稿を起こす）。

記録癖のあるぼくは当初から「在日朝鮮人作家を読む会」（以下「読む会ノート」）と題するノートを付けていて、その大学ノートは現在、一六冊になっている。そこには七七年一二月一五日の発足準備会から毎回のテキスト（記念イベントやテーマ発表の際はそのタイトル）、日付、参加者名、作品についての私的な梗概・解読・感想と会における論議メモが記されている。

私的な記述は作品によっては（たとえば金石範『火山島』）四〇頁以上にわたって、四〇〇字詰め換算で百枚ほどになる。このノートは活動の記録である以上に在日朝鮮人文学の作品解読として重宝している。

**「読む会」の草創期と『架橋』発行**

「ノート」によれば発足準備会に参加したのは高田、前田、松本、鈴木、藤森、岩田、磯貝である。文学と日韓・日朝関係の活動なかまに呼びかけて集まった。うち文学関係は松本昭子、藤森節子、岩田光弘（創立メンバーは一人、二人と抜けて八〇年代には顔を見られなくなる）。呼びかけに使った「在日朝鮮人作家を読む会（仮称）あんない」という、手書き青焼きコピーの紙片が残っている。文字はすっかり薄れている。簡単な文章だ。

在日朝鮮人作家の作品を系統的に読もう——というなかまがいます。文学をとおして在日朝鮮人韓国人の思想にふれ、日本（人）と朝鮮韓国（人）の関係を考えるためです。もちろん、みずからの差別意識や制度としての差別を克服するという視点に立って、民衆連帯の基点をさぐっていきたいということもあります。

とりあえず（作家名が列挙されているが省略）などの小説、詩、評論を息ながく読み込んでいきたいと考えています。

ぜひ参加してください。発足のための打ち合わせ会を次の日程で行ないます。

記

と　き　十二月十五日（木）午後六時から
ところ　社会文化会館（会場案内文は省略）
連絡先　磯貝治良　電話〇五二―五〇二―六五九九

なんとも面映ゆい呼びかけ文だが、当時「日韓民衆連帯」の活動を文学活動と並行させていたぼくの気持、問題意識であった。

まず当時刊行されていて読むことのできた在日朝鮮人作家（の著作）を軒並み読もう、との趣旨で、会名も「――文学を読む会」ではなく「――作家を読む会」にした。

会の合いことばは「朝鮮人と日本人がふだん着で交流する」となった。

翌月、七八年一月二九日に第一回の例会（読書会）が始まった。以来、月例会は二〇一四年七月の第四二七回まで一度も欠かすことなく続くのである。毎月開催が途切れても、二〇二〇年に新型コロナウイルスの感染が猖獗を極めるまではほぼ旧に復する傾向にあった。例会をかねて講演会、討論集会、文化マダン、フィールドワークなどの催しもたびたび開いた。

第一回例会には活動関係の準備会参加者の姿は消えたが、参加者が一二名に増えた。テキストは金史良作品集。金史良は植民地下に日本語創作によって「光のなかに」が芥川賞候補になった作家であって、戦後の在日朝鮮人日本語作家ではないが、在日作家・文学に大きな影響を与えた。だから、会活動の冒頭に読んだ。第二回も引き続き金史良作品集を取り上げた。報告者は第一回が磯貝治良、第二回が磯貝と藤森節子。

その後第二一回（七九年一二月）までの作家・作品・報告者を列挙する。

第三回・許南麒長編詩『火縄銃のうた』岩田光弘、第四回・金達寿『玄海灘』隅田善四郎、第五・六回・呉林俊『絶えざる架橋』余語潮、第七回・金時鐘『さらされるものとさらすものと』安田寛子、第八回・金泰生『骨片』中山峯夫、第九回・磯貝治良「境界からの光」横田芙美子、第一〇回・金石範『鴉の死』竹内新。

第一一回・高史明『生きることの意味』芝原由美子、第一二回・李恢成『またふたたびの道』間瀬欣英、第一三回・同『砧をうつ女』中山峯夫、第一四回・金時鐘『猪飼野詩集』川崎恵子、第一五回・金泰生『私の日本地図』安田寛子、第一六回・金達寿『落照』小室リツ、第一七回・金鶴泳『鑿』蔡太吉、第一八回・金石範『ことばの呪縛』郭星求、第一九回・討論会『なぜ在日朝鮮人文学を読むか』、第二〇回・同『在日朝鮮人文学を読むと

はどういうことか』、第二一回・講演と討論『いま在日朝鮮人文学を』講演金石範、発題
磯貝治良、参加者二十名ほど。

この間の参加者はほぼ毎回、一〇名を超えて第一九回、二〇回、二一回はいずれも二〇名の参加者があった。第二一回は七九年九月に上梓されたばかりの『始源の光──在日朝鮮人文学論』（創樹社）の出版記念も兼ねていた。

日本人ばかりで始まった「読む会」であった。朝鮮人が初めて参加したのは七八年四月の第四回。在日一世の柳処伊オモニであった。同人誌『夜の太鼓』や「ジローの文学小屋」の文友小室リツの友人である。

柳処伊さんは数回出席したきりであったが朝鮮の習俗などを語ってくれて、まっさらな日本人参加者は多くを学んだ。『始源の光』を二〇冊買い取ってくれて同胞の間に広げてくれた。「読む会ノート」にはその頃、三名の朝鮮人の名があるが一、二度の出席で顔を思い出せない。長い付き合いになる朝鮮人参加者のことを記しておこう。

蔡孝は第一二回（七九年二月）から参加した。最初の日の自己紹介を彼は通名で行なったが、民族名に戻るのに時間はかからなかった。シャイな彼は『架橋』一号〜三号に書いたエッセイで蔡太吉、文学謙（ムンハッキョン）の筆名で載せた。ちなみに会誌名『架橋』の名付け親は彼である。

「読む会」のなかまで彼ほどダイナミックに自己展開した人はほかにいない。八〇年代に親子が集って朝鮮韓国の楽器や舞踊を楽しむ民族演戯グループ「ノリパン」を起ち上げて、そちらに力を注ぐようになる。「ノリパン」はめざましく進化して、やがて韓国から演者を招いてサムルノリ（四種の楽器のパーカッション）、チュム（舞戯）、ノンアク（農楽）、ノレ（うた）などを習得。多方面からオファーを受けて公演することになる。「読む会」の催事には「ノリパン」の出演が定番になった。

演者を招くために韓国にワッタガッタするうちに彼の韓国語は堪能になった。出会った頃はぼくの朝鮮語とどっこいどっこいのレベルであった。

蔡孝とは八〇年代末にマダン演戯集団「マダンノリペ緑豆（ノクトゥ）」を結成して一〇年ほど一緒に活動した。彼はネーミングの好きな人で「緑豆」の名付け親でもある。緑豆とは甲午農民革命の主導者として有名な歴史的な人物・全琫準の愛称「ノクトゥ将軍」に由来する。なんとも大それた名前を付けたものだが、いまや幻の名作となったマダン劇「トッケビと両班」（磯貝作）を公演し、さまざまな集会に合わせて出前上演もした。マダンノリペ緑豆の中心に在ったのは「読む会」のメンバーではなかったが、風物魂振（プンムルホンジン）のいまは亡き李朝憲であった。

「読む会」を次なるステップへの玄関、通過儀礼の場にしてさらなる活動に飛び立って行く、というのがぼくの掲げた会活動の目標でもあったので、蔡孝氏はそれを体現した。いまや白いひげが似合うヨンガムである。

七九年の第四回から八〇年一月（第二十二回）の間には蔡孝のほかに郭星求、劉竜子も登場。いずれもぼくより十数歳年下の在日二世。三人は「読む会」の〝同級生〟となって長い友人となる。

郭星求の新婚旅行後に彼の家で行なわれた友人たちの「苦役の祝宴」で、ぼくは「足たたきの儀」を初めて見た。

劉竜子はハガキ大の青焼きコピーのチラシ一枚を持って現われた。一月例会である。チラシは前年暮れに名古屋で開かれた『季刊　三千里』の集いでぼくが参加者に配ったものだ。以来、彼女は休息期間も挟みながら今日に至る。

彼女はトンセン（弟）が営む金融業の事務仕事をしながら在日の居場所を探していて、一枚のチラシが縁で「読む会」に出会った。「読む会がなかったら今の自分はない」との言はともかく、会に参加して初めて小説を書いたと言う。『架橋』五号・八四年春に掲載の「夏」である。そして一〇編の小説を『架橋』に発表する。

名古屋の古い繁華街大須で居酒屋「旅人宿(ヨインスク)　酒幕(チュマク)」を開店したときにはマダンノリペ緑豆が祝いの告詞(コサ)を行った。店は大須の奇跡と言われて三十年以上続き、劉竜子は今もヨンヂャママをしている。

上記三人と同時期に登場したのが、奈良在住の裵鐘眞氏である。ペー チョンヂン氏はいまは亡い。

「読む会」四十五年のあいだには実に多くの人びとと出会った。会員制は取らず出入り自由を旨とする集いであるので新陳代謝（それが長続きの理由でもあるが）は活発で、一度きりの人、十年〜二十年の人、四十年を超える人を問わず二百五十名ほどが去来した。催し事も含めて延べ参加者は五千人に及ぶだろう。本稿ではそれらなかまの誰彼について誌すことになる。

**『架橋』一〜四号目次**

『架橋』創刊号から四号までの目次を記す。草創期の主だったなかまが書いている。『架橋』は四号までは十〜二十頁の冊子形式だった。

・一号（八〇冬）　特集「会とわたし」磯貝治良「会のあゆみ—中間記録ふうに」、蔡太吉（蔡孝）「独白」、安田寛子「さらさねばならないもの」、中山峯夫「朝鮮人と、父親と、」、藤本由紀子「「…読む会」と私」、竹内新「極楽とんぼ」、五十棲達彦「《…読む会》に参加して」、裵鐘眞「朝鮮人としての再発見」、磯貝「会のこれからは」、会録、あとがき。

・二号（八〇夏） 磯貝治良「〈民衆〉という陥穽─『見果てぬ夢』一つのこと」、蔡太吉「金石範の小説に触れて」、劉竜子「架橋に寄せて」、藤本由紀子「私自身をとりもどすための」、小室リツ「作品の中の朝鮮の婦女たち（一）」、なかまの情報、あとがき。

・三号（八一春） 裵鐘眞「傷だらけの構図─李恢成著『死者の遺したもの』を読んで」、文学謙（蔡孝）「喪失と脱自」、与語潮「架橋小話」、権星子「命運憶う」（短歌十一首）、みたたみ「自分にとっては」、磯貝治良「抵抗史を継ぐ─許南麒『火縄銃のうた』」、会録、あとがき。

・四号（八二夏） 裵鐘眞「『見果てぬ夢』雑感ノート」、「『見果てぬ夢』の中の女たち」、与語潮「友人の花嫁」、磯貝治良「幕間のひとこと」、会録。

**点鬼簿**

先だってまずは亡くなった文友について誌す。いずれも熱心に「読む会」に参加して活動を支えた人で、私個人にとっても得がたい友人である。

裵鐘眞氏が亡くなって二十有余年になるが、いまもしばしばその風姿が浮かぶ。痩躯ではないが、おだやかな蒼面に知的な雰囲気と癇癖をひそませていた（二度ほどぼくも叱られた）。

「読む会」にあらわれたのは一九八〇年一月例会だった。『季刊 三千里』のグループ欄に載った会の紹介文を見て来たという。以来毎月、奈良から名古屋に通って七年ほど。C型肝炎と心臓の持病を抱えていたので、ときには夫人が付き添ってきた。

奈良の家には「読む会」のメンバーと二度、ひとりで一度、訪ねた。職業を聞いたことはなかったが、門を入ると庭石のあるりっぱな邸宅と旅館のような家と二軒を持っていて、歓待された。大きな朝鮮半島の地図をひろげて、当時小学生だった子息にあれこれ教えていた場景が睦まじく、記憶に鮮明だ。

ペー チョンヂン氏の経歴についても訪問の折に知った。神戸大学で中国文学を学ぶ。魯迅を愛して、優秀な学生だった（と学友から聞いた）。中国文学に関わる研究者になるのが望みだったが一九六〇年当時、在日朝鮮人にその道は閉ざされていた。卒業後は廃品回収などで糊口をしのぎ、同胞女性と結婚して寿司店を開く。修業もしないままの一念発起だったが、繁盛した。そのときの蓄えが、のちの事業の資金になったという。

チョンヂン氏は会に参加すると早速、当時三〇頁ほどの冊子形式であった『架橋』創刊号（一九八〇年冬）に民族性宣言とも言うべき「朝鮮人としての再発見」を書いた。次いで三号（八一年春）に「傷だらけの構図――李恢成著『死者が遺したもの』を読んで」を発表。さらに四号（八二年夏）から七号（八六年秋）まで「『見果てぬ夢』雑感ノート」を連載した（『架橋』

は五号から雑誌形式になる)。「雑感ノート」とあるが、力のこもった李恢成論だった。

それが縁になったのだろう。在日文芸『民涛』の発刊を準備していた作家の李恢成氏がある日、チョンヂン氏宅を訪ねた。そこで計画中の『民涛』について熱っぽく語った。チョンヂン氏は『民涛』への資金援助を約束。人伝てに聞く話では、終刊までに数千万円を支援したようだ。編集委員の要請も(謙虚な人だから迷ったらしいが)引き受けた。編集委員のあいだのゴタゴタに悩む胸のうちを聞いたこともあるが、最後まで任を全うした。

在日文芸誌『民涛』の刊行という在日文化史の一齣に貢献したことは、裵鐘眞の人生史にかけがえのない時を刻んだはずだ。大阪での『民涛』解散の集いで会って帰路、奈良のお宅に一泊したのが最後になった。

彼はぼくと同じ一九三七年の生まれだった。

めぐりめぐった縁で磯貝も『民涛』に何篇か寄せたので記しておく。「在日朝鮮人文学のアイデンティティ」(五号 一九八八年一二月)、「天皇制と文学──朝鮮をめぐって」(七号 一九八九年六月)、匿名コラム「なぜ『恩赦』拒否か」(八号 八九年九月)である。上記評論二篇は『〈在日〉文学論』(新幹社・二〇〇四年)に所収。

金蓬洙氏は自営で水道工事の仕事をしながら歴史学者朴慶植に私淑して、朝鮮人強制連行／

強制労働の跡を調べて歩き、その生き字引のような人だった。朝鮮民族そのままの風貌の人で八〇年代の指紋押捺拒否闘争のときには、顔面登録してるから指紋を捺す必要はない、などと冗談を言い合ったものだ。朝鮮語も堪能だったので当時、市民集会などでは通訳を一手に引き受けていた。彼がニューカマーの女性と結婚して、挨拶のために彼女の実家へ訪韓した折のエピソード。タクシーの運転技師からどこか田舎のサトリ（方言）と勘違いされて「在日サトリだ」と応えたという。

キム ボンス氏は弟唱律君が長い闘病生活のあいだ献身的に介護した。チャンユル君は先に逝ってしまったが、兄弟は生前、いつも一緒だったので「キムブラザース」とぼくらは呼んだ。

金蓬洙はぼくより四歳ほど年下だった。

間瀬昇さんは一九二五年生まれだったとおもう。作家金石範と同年と聞いた。たしか京城医専（当時）で学んだはずだ。「読む会」に参加したのは植民者二世としてのこだわりがあったからだろう。九〇年代末頃だったろうか、新日本文学会が渥美半島で夏季セミナーを開いたとき、会員ではないけど出席してくれた。同世代の植民者の息子だった詩人村松武司に会うためだった。

間瀬さんは三重県四日市市で医院を長く開業しながら文芸同人誌『海』を主宰していて、名前と作品は知っていた。一九六〇年代から七〇年代にかけて毎日新聞中部本社版で同人雑誌評を担当していたので、彼の小説を取り上げたこともあった。何冊かの小説集もあって、ちょっとニヒリスティックなところのある私小説だった。

酒を好む人だった。二次会の酒席ではよく払いを持ってくれた。会が講演会を開くと会場借用料、講師の謝礼・交通費に余るカンパをしてくれたこともある。〈在日〉の誰彼が酩酊すると、自宅とは反対方向なのにタクシーで送ってくれた。「植民者の息子」としての贖罪の気持もかかわっていたかも知れない。

やさしさが洋服を着たような心根(こころね)の人だった。雑談の折にぼくが自分の血液型を失念したことをもらすと、次の例会に道具を携えてきて調べてくれた。胃潰瘍のなごりの腹痛があるともらすと、薬を携えてきてくれた。診察もカルテもなく薬を無料で提供するのは、医事法だか医師法だかに抵触するのではないかと、ぼくは心配した。

読書会での発言もテキストや『架橋』の作品に常に好意的だった。潔癖ゆえの一刻さも兼ね備えているのをぼくは仄見していたが。

「読む会」への出席は一〇年間ほどだったろうか。疎遠になってからも『架橋』と自著を送った。かならず葉書にびっしりと感想が書かれて返信が来た。まれにみる端正な筆跡であった。亡くなる数年前だったたか、活字を読むのが大儀になったと断りの便りが届いて、それきりになった。

間瀬昇の祖父はぼくと同郷の愛知県半田市亀崎の出身だったそうだ。最近は減ったが、亀崎には間瀬姓が町の代名詞みたいに多い。小中学校時代のぼくの同級生にも間瀬姓が十名ほどいた。間瀬さんの著書を数冊持っているが、蔵書の保管がヘタなので『友垣寂び』（作品社・二〇〇五年）しか見あたらない。知己の死などについて書いたこのエッセー集が遺著となった。

加藤建二（筆名・賈島憲治）は熱心に会に通って十五年ほどに及んだ。高校の登山部顧問をしていたようで、山登りの帰途にその身なりのまま駆けつけることもあった。息せき切って登場することも少なくなく定番の二次会にはたまに付き合ったがコップ一杯のビールで赤くなる人だった。死の様子を聞いたとき、心臓に不安をかかえていたのかな、とおもった。高校教師の職を定年で終えて、これから文学に専念しようという矢先の急死だった。とにかく生真面目そのものの人柄だった。例会のテキスト評では、批判のことばが先だつのが特徴だった。彼の批判癖を批判するのがぼくの役割だった。

彼の死後、お姉さんが蔵書と遺品を揃えた加藤建二記念室を自宅に設けた。岐阜県地下壕研究会の人たちから声がかかって話しに行ったことがある。演題は「在日文学と統一問題」。加藤建二記念室が会場だった。

賈島憲治は故人では『架橋』で最も多くの仕事をした。八号（八七年冬）から二〇号（二〇〇〇年夏）にかけて小説「雨森芳洲」ものを六篇ほど発表し、風媒社刊の一冊にまとめた。ほかにも韓国の作家の小説、詩人の評論などを日本語訳して『架橋』に載せた。

渡野玖美も『架橋』を舞台に八号から一八号（九八年夏）までに五篇の短編を載せた。すでになかなかの書き手であって、小説集を何冊か持っていてのちには文芸同人誌『金沢文学』の編集長も務めた。彼女がなぜ石川県の加賀市からわざわざ十年以上も欠かさず名古屋に通ったのか。

渡野玖美が恋愛して結婚した相手は在日二世男性だった（初体験は東京の谷中の墓地だった、などと笑いながら話していた）。やがて離婚して三人の娘を彼女が引き取って育てた。ダブルの娘三人に父親のことをきちんと伝えたい、彼が出自についてあまり語らなかったので〈在日〉について学びたい。それで月一回、加賀の山代温泉と名古屋を往復した。『架橋』掲載の作品には彼女のそんな体験とモチーフが反映している。文学評論家の清水良典が渡野玖美の作風を好んだ。

八〇年代の天皇裕仁が亡くなる前だったか後だったか、指紋押捺拒否の行動か、大赦令によって裁判をたたかう権利を剥奪されたことに抗議する行動だった。雨中のデモを行なったときのことだ。ちょうど「読む会」例会の日にかさなって、ぼくは集会やデモの準備にかかりきっていた。デモが出発する頃、会を早く切り上げたのだろう、「読む会」メンバー数人があらわれた。裵鐘眞氏がいて渡野玖美もいた。渡野玖美はいつものようにおしゃれしてハイヒールを履いていた。「デモがあるなら前もって教えてくれればいいのに……」彼女はブツブツ言いつつ雨に濡れながら三キロほどのコースを歩ききった。

　渡野玖美が亡くなるどれほど前だったか、山代温泉の一角で彼女が営むクラブふうのバーを訪ねたことがある。夏だった。ノリパンの農楽（ノンアク）公演が能登半島の鳥屋町であって、それに同行したあと一人で半島を一周旅した帰路だった。彼女の名古屋通いに鞄持ちみたいに随行していた加端忠和さんが案内してくれた。彼女が店で倒れたとの知らせが届いたとき、店内の様子を知っているばかりに場景がなまなましく想像された。

　渡野玖美は干支でいうと、ぼくよりひとまわり若かった。


　西尾斎さんも忘れがたい人だ。『架橋』にはほとんど登場しなかったけれど、例会には三十年近く皆勤みたいに出席した。前記間瀬さんと加藤君にもうひとまわり輪をかけたように実直、寡黙な人だった。小学校教員時代に朝鮮人子弟を教えたと聞く。そのことがいつも胸の内にあったようだ。間瀬さんと同世代だった。

後年には心臓の具合が原因だったたか、会場までいくどか休憩しながら春日井市の自宅から通った。一度、地下鉄駅から会場まで百メートルほどの途中、道路わきで持参の携帯椅子に掛けて休んでいる西尾さんに会った。体調をそこなう前から、もの静かで例会ではどのテキストも肯定的に評価する人だった。

訃報が届いたとき連れ合いさんが電話口で言った。「読む会だけには出席したいと、最後まで言ってたのですが……」。

鄭喜順は八〇年代に同胞女性と二人で会に顔を出し、その後ながく無沙汰であったが、二〇一〇年にひょっこり再登場した。報告者も務めて熱心だったが会の最中に体の不調を訴えた。手にした物をすぐ落としてしまう、というのである。休日の救急医療に行くよう勧めたが、終了時までいて帰った。彼女は五時になると、ナムピョン（夫）の夕飯の支度があると言っていつも帰る人ではあった。

ヒスンさんは何年ほど闘病生活をしただろうか。その死は息子李博之氏から伝えられた。彼は総連愛知の将来を嘱望される副委員長で、ぼくとは朝鮮高校無償化除外反対裁判、ＮＰＯ法人三千里鐵道などの活動などで知り合っている。喜順さんは若いころ詩を学んでいたようで、そちらにはちょっとうるさい人だった。

浮葉正親が昨二〇二一年一一月一九日に逝った。六十歳だった。

翌二三日の告別式。追悼辞を頼まれてマイクの前に立ち、遺影と向き合ったとき、口惜しさと悲憤が込み上げて不覚にも瞬時、言葉が出なかった。「浮葉君、あなたはぼくより二四歳も若い。そのあなたがなぜ先に逝くのか」ようやく出たことばだった。あとは浮葉正親への感謝しか述べられなかった（その理由(わけ)は後述する）。三分ほどで弔辞を、と開式の直前に司会者から伝えられたこともあって、「あなたは亡くなったけれど、ぼくたち生者のなかに生き続けます」と約束するのを失念してしまった。

浮葉正親の専門は民俗学および文化人類学であった。日本で大学院を卒えたあと韓国に渡り、釜山外国語大学で日本語教員を務め、語学院で韓国（朝鮮）語を学んだ。その折に恋をして結婚したのが、金昭鉄氏である。というのがぼくのアタマの中にある彼のミニプロフィールであるが、細部の正誤に自信はない。

浮葉正親とぼくの出会いは古く、彼が帰日して名古屋大学の教員（専任講師だったか）になって間もなく。九〇年代中頃だったか、韓国から巫堂（ムーダン）二人と楽士三人を招いて岐阜県にある丸山ダムで巫儀を催したことがある。丸山ダムの建設工事では日帝時代、朝鮮半島から連行されて労働を強制された朝鮮人が多く命を落とした。その霊魂を慰霊する巫儀であった。そのときぼくは自作詩をヘタな日韓語バイリンガルで朗読したのであるが、彼から挨拶されて、どこかの学生かな、と思った記憶がある。三十歳代だったろうが上品な童顔であった。その面立ちは死の一か月余まえに「読む会」の例会で会ったときまで残っていたが、棺の中の死顔(デスマスク)には愕然とした。

丸山ダムの鎮魂祭で記憶に残る場面がある。そのとき通訳やムーダンら一行をエスコートしたのは、前述の金蓬洙である。告詞(コサ)の終わりに彼が、小雨にけぶるダムに向けて椀の酒を撒いた。大きく抛物線を描いて酒は空(くう)に散る。全身をおどらせて酒を撒く金蓬洙の姿がはっきりと心に残っている。

民俗学および文化人類学を専攻する浮葉正親が、なぜ「読む会」に参加することになったのか。丸山ダムでの出会い以来は名前を耳にするくらいの関係であった。民俗学、文化人類学、心理学、精神分析などと文学とは親戚筋なので不思議ではないが、彼から聞いた理由は別の実利的なものだった。

二〇〇〇年代に入って韓国を中心に中国朝鮮族、漢族、欧米、オーストラリア、ニュージーランドなどからの留学生に在日コリアン文学を研究する学生、院生がちらほら現われた。留学生センター（当時）教員の浮葉正親ゼミでは日本人学生・院生もふくめて在日コリアンの文学に取り組むことになった。ところが、指導教員である彼自身が当時、〈在日〉についても在日朝鮮人文学についても、本人いわく「解っていなかった」。ぼくは憶えていないが、「浮葉さんは在日のことが解っていない」とぼくに言われた、と彼は書いたり話したりした。

ならば、学生・院生ともども「読む会」に参加しよう、ということになった。課外授業みたいなものだ。浮葉正親は利用主義を照れていたが、「読む会」が何度目かの黄昏記にあった折も折、大いに助かった。学生・院生による研究のテーマ発表は読書会形式のマンネリ化をさけるアクセントになった。指導教員彼も精力的に報告者を買って出た。参加以来、『架橋』にお得意の韓国のシャーマニズム事情と村祭りを裏話もまじえて柔軟なエッセイにして発表しつづけた。

通りすがりに「読む会」に立ち寄った大学教員はいたが、浮葉正親の二十年間の功績は活動譜に特記されるべきだ。その白眉が文部科学省の研究費補助金（科研）を得て「完成」させた仕事、挑戦的萌芽研究「社会参加としての在日朝鮮人文学――磯貝治良とその文学サークルの活動を通して」である。「科研」の資格審査合格は約二割の狭き門と聞く。

ある日、浮葉正親が大きなリュックサックを背負って磯貝宅を訪れて研究は始まった。リュックには『架橋』のバックナンバー（彼の手持ちにない号）、磯貝の初期作品が掲載された同人雑誌類、磯貝の執筆・発表・読書が総覧できる「執筆・発表・読書帳（一九五五年～）数冊と「在日朝鮮人作家を読む会記録ノート」（発足からの一五冊）が詰め込まれて、らくだの瘤のようにふくらんだ。浮葉正親はそれを背負って私鉄電車、地下鉄を乗り継いで帰宅した（大学の研究室だったか）。時に彼五十歳。

三年間のプロジェクトは研究代表者の彼と若い研究者七人のチームで進められた。そのうち谷口裕美子、呉恩英、韓国からの名古屋大学研究員朴正伊は「読む会」のメンバーであり、金昭鋘は浮葉正親のパートナー。

かくして、「読む会」のホームページ「ジローの文学マダン」（http://isojiro-yomukai.com/）の開設、これによって『架橋』創刊〜三一号までの掲載作品が読める。もう一つの集成が大部の冊子『社会参加としての在日朝鮮人文学──磯貝治良とその文学サークルの活動を通して』である。

そこでは浮葉が「磯貝治良の初期作品について」と題して、磯貝の初期小説に見られる「抵抗性」を読解して、在日朝鮮人文学に至る「必然」を明かしている。また磯貝の「文学ときどき人生──文学の旅・素描」（初出『架橋』二九号二〇一〇春）が転載されている。

そのほかに「磯貝治良発表作品一覧」（一九五七年〜二〇一二年二月）、「在日朝鮮人作家を読む会 会録「（第一回〜四〇〇回）、『架橋』総目次」（創刊号〜三一号）が収録されている（以降の「会録」「磯貝治良発表作品一覧」がのちに追加された）。冊子には付属ＣＤ「磯貝治良初期作品Ｉ」も添付されて、作品三十三篇を読める。

煩雑な記述になったが、浮葉正親の研究の熱量を伝えるために列挙した。

おかげで在日朝鮮人作家を読む会ではどんなテキストを読んできたか、どのようなイベントを開催したか、『架橋』には誰が、どんな作品・文章を発表したか——二〇一二年までの活動の全体が一望できる。磯貝の二〇一二年三月までの全発表作品・文も。『架橋』掲載の作品もブログ「在日朝鮮人作家を読む会」にアップされて読めるようになっている。

「科研」の労作は准教授時代であったが、浮葉正親は間もなく教授になる。「この研究が効いたのかも」むろん冗談でぼくが言うと、彼は浮かぬ顔をした。

ところが、金昭鉠さんが訃報を伝えてくれたとき、彼が生前、そのように言って感謝していた、と電話口で彼女が言ったので、ぼくは驚いたが「読む会」の活動も少しは彼の労苦に報いられたのだと喜んだ。告別式の遺族謝辞で弟さんが言った、「死期を前にして兄は言いました。おれはやりきった、と」。「やりきった」なかに「読む会」での仕事も含まれるなどと僭越なことは言えないが、余りに早い死に波立ったぼくの心もいくらかは慰められた。

浮葉正親への感謝はつづく。名古屋大学留学生センター（現国際言語センター）で二度開かれたオープンフォーラムも彼のプロデュースによる。「在日文学の時代——作家磯貝治良を迎えて」（二〇〇七年三月）は講演・磯貝、コメンテイター・尹健次（神奈川大学教授）、立花涼（文学思想家）。「社会参加としての在日朝鮮人文学——磯貝治良とその文学サークルの活動を通して」（二〇一二年七月）は磯貝の話「わたしの文学の旅と〈在日〉文学のゆくえ」、パネリスト・清水良典（文学評論家）、黄英治（作家）。

さらに「変容と継承—〈在日文学論〉出版のつどい」（二〇〇四年九月）、在日朝鮮人作家を読む会三〇周年記念マダン「〈在日〉文学と読む会の三〇年——何を読み、語り、表現してきたのか？」（二〇〇八年一月）、磯貝治良『クロニクル二〇一五』『〈在日文学〉の変容と継承』出版記念の集い・マダン「ジローの文学と〈在日文学〉の可能性」（二〇一五年一〇月）、「出会いと創造——協働する文学へ」（二〇一七年一一月・いずれも名古屋ＹＷＣＡにて）なども浮葉正親が企画・進行の中心にあった。

「読む会」三〇周年を記念して刊行された『架橋』別冊（二〇〇八春）「何を読み、語り、表現してきたか？」も浮葉正親の手によるものである。これには十九人が短文を寄せていて会メンバー以外にも、『〈在日〉文学全集』（勉誠出版・二〇〇六年）全十八巻の話を持ち込んでくれて共編著者になった黒古一夫（文芸評論家）、作家深沢夏衣、詩人佐川亜紀と丁章が稿を寄せている。いずれも『架橋』を贈っている人で、編集人彼の着想である。執筆者に名が見える金貞愛は釜山外国語大学の教員で、日本に研究滞在した一年間ほど寄宿先の東京から熱心に「読む会」に出席した。

冊子のあとがきに浮葉正親の次のような文がある。「闘病中だった磯貝さんの奥様・年子さんが三月七日未明に他界された。享年七〇歳。四八年間、「売れない物書き」を自称する磯貝さんを支え続けた人である。私たちは一面識もなかったが、読む会を陰で支えた最大の功労者だ。心からご冥福をお祈りしたい」。

浮葉正親に「読む会」の「世話人を継いでもらおう」と思いついたのは四〇周年、ぼくが八十歳になった頃だろうか。それがコロナ禍もあって例会の開催が変則になったせいもあり、惰性の時間が過ぎた。

彼が体の不調を口にしたのは亡くなる一年以上前だったろうか。それから二度ほど（腫瘍の？）検査入院を知らされた。彼の口ぶりは淡々としていて、悪性でないよう願う気持もあって死を予想しなかった。もともと彼はコップ二杯のビールで一升酒を飲んだように顔を赤くして、酒席で背を壁に居眠りする人。それでも付き合いのなかで居眠りは消え、酒が少し強くなったかな、とぼくは思った。その彼が酒席でウーロン茶を飲み、どちらかといえば肥満型の体型がスリムになり、例会での居住（いず）まいと発言に以前の覇気が消えていった。

それでもなお、まさか……と思っていた。まさか……。その無念は今も消えない。だから、生者のなかで死者は行き続けなくてはならない。

浮葉正親が「読む会」に果たした功績は他に代えがたく大きい。

## にぎわいと充実の一九八〇年代～九〇年代

時間を巻き戻すことにする。

八〇年代から九〇年代にかけては「読む会」の最盛期と言っていい。

毎月欠かさず開く読書会形式の例会にほぼふた桁の出席者があり（二十名にのぼることもあった）、後述する催事例会には百名を超えることもあった。ただし読書例会は二十年のあいだに五名以下ということも数回あった。

参加者の多寡によって「最盛期」と呼ぶのではない。

朝鮮人参加者が着実に増えて、八〇年代半ばからは〈在日〉と日本人がほぼ半々となる。〈在日〉が出席者の過半になることもあって、発言と会の熱気を牽引する時期がつづいた。民族運動から離れたり組織とは距離を取る一世に近い二世世代、民族学校あるいは日本の学校に通った若い世代がニュートラルな場に自分の居場所を求めていた、ということだ。指紋押捺拒否闘争で日本人が協働する情況と通底していた。

朝鮮人と日本人が質量ともにフィフティ・フィフティの間柄になるということは活動の意義が担保されるということであって、おおいに励まされた。

在日朝鮮人作家を読む会を起ち上げた目的は「〈在日〉が腹いっぱい自分を語り、日本人がきたんなく自分を語って、さらし合おう」「互いの違いを尊重しあう関係にきづこう」ということであり、合いことばは「文学を通してふだん着の交流を深めよう」ということであった。朝鮮人と日本人の参加が互角になったことで「ケンカしながら繋がる」ための条件ができた。それは同時に、在日朝鮮人作家を読む会に役割と存在理由があるということであり、存続できるということでもある。二〇一三年頃からの読書会形式による例会の衰退は出席者の減少もさることながら、朝鮮人出席者が激減していることにある。変容する〈在日〉社会／文学の現状は措いて。

## 「最盛期」の交友図を描く

戦後／解放後に朝鮮半島（韓国）から渡日した参加者もいたが、日帝時代に渡日した一世が一人だけいた。名前は失念したが一世らしい挙措の人だった。参加者と言えるかどうか、出席の理由が特異であった。最初の自己紹介で名のったきり三時間ほどの会議中、一言も発言しない。会が終えると即座に若い在日女性二人連れを呼び止めて訊ねた、「あんたたちは結婚しとるのかね」。次回も無言のままに会が終えると、別の在日女性に同様の声をかけた。思わしい結果を得られなかったようで、次回から顔を見せなくなった。

その後、友人のむすめさんの結婚式でその人を見かけた。友人によれば、参席者のなかに年頃の女性を求めて同胞の結婚式にこまめに顔を出しているのだ、という。その人の息子さんはノチョンガク（老総角　年齢の過ぎた独身男性）とのこと。

卞元守はぼくと同じ一九三七年の生まれ。朝鮮の南部で生まれたが、両親に連れられて渡日したのは乳幼児のときであったので、くにの記憶はないという。

ビョン ウォンス氏は民族原理主義が服を着たような人だ。例会では圧倒的な存在感を示した。報告はつねに一時間を超え、議論では終始、熱い。前述の張洛書さん同様、ストップウオッチが必要だった。

人なつっこさと気むずかしさが背中合わせになった人で同胞との付き合いは得手ではないようだったが、ぼくは一時期、朝鮮人と日本人との差異をヨコにおいて付き合えた。岐阜の里山のふもとに彼の家はあって、何度も訪ねた。どこからか工面した古材を使い、自分で建てた家。ぼく一人ではなく「読む会」や指紋押捺拒否／外登法改正運動のなかまと訪ねて、畑のある庭でバーベキューを愉しんだ。長女の結婚式にも参席した。

民族組織の金融機関などに勤めたあと「読む会」を居場所にしたようだ。日本海に面した島根の町で青年時代を過ごし、キリスト教会に通うクリスチャンでもあった。そんな青春を知ったのは、長野県の飯田市から「読む会」に通っていた津田真理子（本名・岩田多万亀）による。彼女は卞さんと同郷のクリスチャンなかまだった。九〇年代に韓国で文学交流大会が開催された折、ソウルで卞さんと落ち合って、帰路に光州の知人朴さんを訪ねた。朴さんは八〇年代に五年ほど日本に出稼ぎに来て労災もみ消しの労働問題に遭い、そのとき付き合った人。高層アパートのお宅に泊めてもらったのだが、初対面の卞さんと朴さんは飲むほどに酔うほどに日本人批判で意気投合した。そのとき卞さんに同行して訪韓した岩田多万亀さんが一緒だった。卞元守は口舌派であったが、『架橋』に詩と特異なシュールレアリズムふう短編小説とを一篇ずつ載せた。津田真理子はエッセイを一篇載せたきりだったが、自伝的な著作を上梓した。

会を去ったあと卞元守の消息を知らない。

文重烈は解放後（朝鮮戦争の時だろうか）、十八歳頃に渡日した人。渡日後の経歴は朝鮮高校の教員だったことくらいしか知らないが、ぼくが出会った頃は在日本朝鮮文学芸術家同盟（文芸同）東海の代表をしたり、愛知県立大学で開設したばかりの朝鮮語を教えていた。朝鮮半島の歴史や文化を教えられること多かった。連れ合いさんが飲食の店を営んでいて、「読む会」のなかまで訪れた。

『架橋』一一号（九一年春）と一二号（九二年春）に詩八篇、歌詞三篇を寄せて、磯貝の日本語訳と韓日語対訳形式で発表。この試みは雑誌『架橋』に幅と見識をもたらしてくれた。彼が帰属する朝鮮民主主義人民共和国の体制に疑問を呈する評論「民族主義と民主主義と」を一三号（九三年春）に載せて以後、なぜか「読む会」とは疎遠になった。

朴燦鎬はぼくより四歳ほど年下だが大病を経験したあと（その手術の場面を臨場感あふれる文章で『架橋』に書いた）、見事に復活した。彼は在日韓国青年同盟（韓青同）、韓国民主回復統一促進国民会議（韓民統、現在の在日韓国民主統一連合）で民族運動をした人だが、ぼくの見立てでは活動家というより学究肌である。七二年の「七・四南北共同声明」を機に韓青同と在日本朝鮮人青年同盟（朝青）とが交流した折、南側在日青年の母国語能力不足を実感、みずからハングル教本を手作りしてウリマル学習を呼びかけた。稀代の著書『韓国歌謡史』は韓日で話題になり、韓国歌謡愛好者の〝バイブル〟になっている。

『架橋』には九号（八九年春）から三三号（二〇一七年夏）まで毎号、多彩なネタで文章を寄せ、エッセイ欄の指定席になっている。一九号（九九年夏）の『すべての河は海へと流れる──韓国歌謡史番外・在日篇』百枚はパク チャノ氏ならではの貴重な記録である。

羅順子は京都から通った。婦唱夫随のおもむきで連れ合いの林茂澤を伴って。二人は六〇年代～七〇年代に韓青運動に参加、イム ムテギは京都の委員長を務めた。ナ スンヂャが主宰する在日女性ばかりのグループ「パラムの会」を「読む会」が京都に訪ねて交流した。二人が「読む会」に出席の折、手土産に「京都一の日本酒」（二人の言）を持参してくれたのはよいが、名古屋駅で新幹線を降りるとき割ってしまった、なんてことがあった。

スンヂャさんは九〇年代後半頃から消息を絶っていたが、韓国料理の師範になってレシピ本を出している。ムテギさんは韓国へアヂョッシ留学をしたあと立命館大学の教員をしている。ところが、疎遠になって三十年以上のちの二〇二一年暮れの「読む会」にムテギさんがひょっこり現われた。小説を書いているとのこと。そのための示唆あるいは刺激を求めてのことらしい。

申明均はすでに在日文芸『民涛』に中編を発表した書き手であったが、同誌を主宰する作家李恢成に奨められて「読む会」に参加。例会にはほとんど顔を見せなかったが、創作意欲充分で一九九〇年代に短編五篇を立て続けに発表。家族を題材にしたナイーブな作風だった。

金成根は小説「闇のゆくえ」を『架橋』（一一号 九一年春）に載せたきりで会に顔を出すことはなかったが、雑誌『在日朝鮮人』を発行していた飯沼二郎さんの紹介で連絡をくれた。大阪生野（猪飼野）の朝鮮市場の近くで自営業を営んでいて一度、泊まった。いまは亡き詩人宗秋月のバーふう店に連れて行ってくれた。

李淑子はフランス文学を愛好する人で「パダンの丘」一篇を『架橋』に発表した。

朴明子は多彩な人で「読む会」に出席したことは数回だが、在日二世女性としての自分史を上梓したり、総連の女性同盟で活動したり、「読む会」が例会の会場にしている名古屋YWCAの読書会「いずみの会」に参加していた（ぼくはその会で二度ほど話を頼まれた）。神戸に住居を移したあとは、京都在住の児童文学者韓丘庸氏が主宰する「文芸同」や雑誌で韓国の民話や児童文学を日本語訳したり、ぼくは見ないままだが一人芝居をあちらこちらで演じているという。三十余年ぶりに突然、電話が来て驚き、手作り栞が同封された手紙まで届いてなつかしんだ。

金節子は二人の娘を連れて名古屋に移転するとすぐ、新聞記事で「読む会」を知って電話をくれた。京都にいた頃「文芸同」を拠点に児童文学を書きつづけていた。キム チョルチャがメンバーだったのは短い間だったが、二〇一〇年頃だったか突然、彼女の次女から電話が入った。留学先のロンドンからだった。在日コリアン研究の一環としてオモニのことを書きたい、オモニの文学活動について教えてほしい、という話だった。

「読む会」では合宿と称して一泊旅行を何度かした。九〇年八月、長野県奈川村でぼくの妹が営む民宿「若草物語」で合宿「歌と遊びのマダン」を行なった。そのときオモニと一緒に参加した次女は学齢に達するかどうかの少女だった。それしか思い出せない人のロンドンからの声に、驚いた。

金夫伍はぼくより年配の主婦で、「読む会」の活動を「一円にもならないのに。その情熱をトンポリ（金稼ぎ）に注げば金持ちになるのに」と、面白いコトバで感謝してくれた。カネにはあまり執着のないぼくにはユーモラスな表現に聞こえた。箱詰めされた地元岐阜県大垣産のりっぱな富有柿を送ってくれたこともある。

他に柳清子（李斗年）、朴春子の名前が思い浮かぶが短い間のなかまであった。ただ柳清子とは二〇〇〇年代に入ってNPO法人三千里鐵道の集会でなつかしく顔を合わせている。

松本昭子は一九八〇年前後に文友たちが開いた「ジローの文学小屋」に来たのが縁で「読む会」に参加した。『架橋』には六号（八五年夏）と七号（八六年秋）に中編を載せたきりだが、熱心な会ナメンバーの一人だった。外景と心象を融合させるような不思議なイメージと文体リズムをもった小説をぼくは好んだ。

北原幸子の思索的自分史「この人の世の片隅で——身体障害のある女性であるということ」（一八号 九八年夏）は、障害のある自分の人生と〈在日〉文学の読書体験を重ね合わせて理知的に語った、一〇〇枚を超える力作である。折から自分史に関する賞の募集が盛んだった。応募を勧めたが、彼女は作中に描かれた縁者に配慮して、応募しなかった。のちに立花涼が登場して端倪すべからざる文学思想論を何篇も書くが、「この人の世の片隅で——」は創作、評論を問わず『架橋』史のなかで出色の作品、とぼくは思っている。

中山峯夫は六〇年代の同人誌『東海文学』の頃から七〇年代の「『青年の環』を読む会」以来のながい文友。彼の「農民兵士・父からの手紙」（五号 一九八四年春）も民衆のなかの戦争を浮かび上がらせる貴重な記録文学だ。中国大陸に従軍した父は就眠中にしばしば大声でうなされた。それに触発されて死後、発表した。中山君は多彩な人で小説、俳句、いろは言葉遊び本などを物し、愛知県の金融機関を定年退職すると、飛騨の山里の工房に通って木工を習った。さらに手作り本の技術も会得してミネリ書房を起ち上げて愉しみ、磯貝の「わたしの創作入門」（『斜拗』七号 九〇年）「消えた――小説3・11」（『架橋』三一号 二〇一二年春）を単行本化してくれた。

安田寛子は名古屋ＹＷＣＡの会員で、とても誠実に〈在日〉と向き合おうとする人だった。『架橋』に寄せたエッセイにもそれが表われた。キリストではなくイエスに学び信じる、といったのが記憶に残っている。誠実と言えば、間瀬欣英も実直を絵に描いたような高校教員だった。

二人と対照的なのが、高見卓男。彼は八〇年代後半の当時、共同通信名古屋支局で経済部のデスクをしていた。不真面目というのではないがナイーブなところがあって、酒を無二の友として「夕方の来るのが待ち遠しい」と告白する、典型的な〝五時から男〟だった。退勤時間を待ちかねて、なじみの店へ。飲食店探訪記事以外の彼の記事は読んだことがない。給料日には声をかけてくれて酒食の相伴にあずかった。

一九八〇年代のいつだったか在日韓国人良心囚の徐勝・俊植兄弟が解放される数年前、徐兄弟の母・呉己順オモニの語りの書『朝を見ることなく』を磯貝が一人芝居に脚色して、愛知県勤労会館で上演したことがあった。そのときオモニを演じてくれたのが地元の舞台俳優中野よしこ。そのとき一人芝居の前に講演をお願いしたのが、いまや芸術から思想／社会分野にわたって舌鋒鋭い著作活動をする、徐京植氏。獄中の兄たちについて語った。

中野よしこの演技は緊張の余り、芝居としては半分ほどの出来にしかならなかった。ぼくは気づかなかったが、あとで徐京植氏が言った。「チマチョゴリの女性が蒼ざめた顔をして控室から出て行ったので、何かと思った。ぼくの講演を後にすればよかったですね」。中野よしこは徐京植氏の講演を聞いて衝撃を受けたのだった。

彼女と高見卓男は飲み友だち。充分に酔った二人から深夜、電話が来たりした。酒が友の同輩としては迷惑がるわけにもいかなかった。高見卓男は後述の成真澄とも横浜の自宅に招くほど仲良しになっていた。

たぶん肝臓系だろう大きな病を患ったあと回復したと風の便りに聞いたが、その後に悲報を耳にした気もする。

小室（橋口）リツは古い文友だが、第一章「文学交友誌――一九五七年～八〇年」に書いたので省略する。

加藤強は三菱重工の研究室社員（軍事関連の研究であったかどうかは知らない）だった。連れ合いが朝鮮で生まれたというから植民者二世だったのだろう。

藤本由紀子は高校教員だったはずだ。例会で金石範「糞と自由と」をテキストにしたときの彼女の発言を、一九八〇年のことなのに憶えている。「白樺と言えばロマンティックなイメージしかなかったのに、北海道の炭坑のタコ部屋で朝鮮人をリンチする道具に使われたと知って、胸が痛い――」。

他にも初期のなかまで教員の名前が思い浮かぶ。竹内新、北村和矢、山中将幹。揃って真面目が服を着ているような人柄だった。

北村和矢は俳優北村和夫と一字違いの名なので、てっきり名優が参加していると勘違いしてやってきた粗忽者がいた。「読む会」では当時、日刊商業紙に毎回、例会案内を出してもらっていて、報告者名に「北村和矢」とあったのだ。粗忽の人をバクロすると、先述した金蓬洙・唱律ブラザースである。

新聞のインフォメーション欄を見て来る人は結構いて、先述した、息子の結婚相手探索中の一世アボヂもそうだった。あのとき「あんたはチョソンサラムかね？　日本人かね？」と声をかけられていた二人連れもそうだった。件のアボヂは別として、新聞を見て参加する人の定着率は高かった。インフォメーション欄にイベント関係は別として例会などが載らなくなったのは二〇〇〇年頃だったろうか。理由は定かでないが、学芸欄とか文化欄が縮小、カルチュアー欄に変わっていくのと期を一にしていたように憶測する。現在の案内役はブログ「在日朝鮮人作家を読む会」であり、これを起ち上げた管理人は先述の浮葉正親である。

『架橋』に短歌を寄せてくれた人が三人いる。

醴泉（本名・権星子）。前述の劉竜子のイモ（母方のおば）である。叙景歌や軍事独裁政権への批判と金大中の命運をうたった。

梨花（李家）美代子は書道教室を開きながら長年、短歌を詠んだ人。彼女が結婚、離婚した夫がぼくの文学青年の頃には珍しかった朝鮮人歌人で、短歌同人誌を主宰していた。ここでは詳しく説明できないが、梨花さんは「日本人」と「朝鮮人」のはざまで戦後、国籍をめぐる数奇な人生を生きた人で、指紋押捺拒否闘争の折に出会った。

吉岡卓君は友人の画家吉岡弘昭の息子。友人たちが催した結婚祝いの時、卓君は花嫁（母）のおなかにいた。生まれついて脚が利かず車椅子生活だったが、〈在日〉に共振して「読む会」に来たのは二十歳前だった。のちに神学校で学んで情熱的なキリスト者になった。繊細で鋭利な感受性で短歌を詠んだ。

川柳を寄せた人もいる。その韓日珠と「読む会」の縁はそれきりになった。

## 新しい世代のなかまたち

こんな調子で書いていると幕が下りそうにないが、文友誌は在日朝鮮人作家を読む会の神髄なので続ける。

八〇年代から九〇年代の参加者は当時二〇歳代、三〇歳代が主立っていた。学生もいた。思えばぼくも四〇歳～五〇歳代であった。

伊藤啓子と鼓けいこ（本名・川崎恵子）は一九八〇年代から九〇年代半ばまで裏方の役割も務めた。伊藤啓子は日韓民衆連帯運動を共にして「読む会」に参加した。非常勤講師として中学で教えたあと社会党愛知県本部の書記局員となり、国政だったか地方議会だったか選挙にも出馬した。市民運動でも幅広く活動し、社会党再編のあと辞職して介護施設を開いている。学生時代から福祉ボランテイアに熱心であったので〝元の鞘〟に戻ったことになる。

川崎恵子はぼくが相談役みたいなことをしていた文芸同人誌グループのメンバーで、その縁で部落解放愛知交流会、「読む会」のなかまとなった。

文真弓と津田悠司（本名・井上幸一）は小説を何篇か『架橋』に載せた。いずれも九〇年代に登場した若い書き手だった。二人はフレッシュな感覚と才質によって会のおじさんおばさんたちを刺激した。

ムン まゆみは三十歳そこそこながら三人の子どもを連れて韓国語教室に通うがんばりや。

ちょっと天衣無縫なところが日本人のパートナー桜木君をハラハラさせたのではないか。井上君は当時、二〇歳代前半だったろうか、公安に尾行されるようなことをしていたらしいが、小説が面白かった。朝日新聞名古屋本社版の「東海の文芸」で文芸批評家の清水良典が高く評価した。大いに期待したのだが、「読む会」で出会った在日二世の金成美に猛アタック、結ばれるとあっさり来なくなった。

成真澄は『架橋』に短編一つと雑文を載せたくらいだが、九〇年代にもっとも熱心に「読む会」に関わった一人で裏方仕事も助けた。〈在日〉と日本人がごちゃ混ぜになってマダン劇グループ「マダンノリペ緑豆（ノクトゥ）」を起ち上げたときは、磯貝作の伝説（？）の台本「トッケビと両班（ヤンバン）」の主役トッケビを演じた。初代座長が家族三人で早々と韓国へ語学留学してしまったので後を継いだのだが、彼女の〝民族的素養〟では荷が重すぎたらしく苦労していた。

成真澄は一時期「読む会」のメンバーであった伊藤俊郎と結婚した。

名前をたどると五十棲達彦、戸谷龍夫、磯貝掌子（ぼくの姪）、本橋正男、吉野尚樹、原科浩、浅野文秀、大野祐二、児玉信哉、郭星求、朴裕子、裵聖哲、趙眞良、李潤一、成康秀、加藤誠らの清新な顔が浮かぶ。

五十棲達彦は学生のころ〈在日〉に関する問題意識を蓄積して、静岡から「読む会」に通っていた。就職して関東へ行ったのちも読書の感想など添えて手紙をくれた。

戸谷龍夫と磯貝掌子は大学の先輩後輩のカップル。七〇年代終わり頃、ぼくは三年ほど職を失って鉄骨工場の鍛冶職人まがいをしていた。そのとき大学院生だった戸谷君がふらりと工場に現われてそのまま労働者になった。父親が「三菱の職工」とのことで仕事を覚えるのも早く、ぼくがそのまま鍛冶職人を続けていたら、彼は不器用なぼくの親方になっていただろう。掌子ちゃんは別の男性と結婚して、ひとかどの母親になった。

大野祐二は南山大学で考古学を学んでいたが、〈在日〉の「研究」もしていたらしい。あるとき請われて読んだ彼の〈在日〉に関する論文を批判したら抗議の手紙が来て、本人は来なくなった。

はたち代前半の本橋正男の仕事はちょっと珍しく、印鑑を彫る職人。在日韓国人政治犯の救援運動に打ち込んで会を離れた。訪韓して民主人士などと会ったりもしたが、活動は長く続かなかったようだ。吉野尚樹は名古屋の大須スーパー歌舞伎一座に飛び込んだはずだが、消息は途絶えた。

原科浩とは八〇年代の指紋押捺拒否・外国人登録法改正運動を共にした。当時、学生か院生だった。民間企業に就職して研究室にいたようだが、いまは大同工業大学の教員となって愛知朝鮮高校無償化を求める裁判で二十数年ぶりに再会した。その裁判を支援する市民団体の代表をしている。教会改革派のクリスチャンであることは最近知った。

　浅野文秀はユニオン系の労働運動一筋に歩んできて、長い空白期を置いて顔を出すようになり二〇二〇年から「読む会」の主要メンバーに復帰している。朴裕子が二歳ほどの息子、夫の家族三人で韓国へ語学留学したのはもう三十年ほどもむかしになるだろうか。

　裵聖哲は斜に構えた発言が得意の批判好きだったが、「読む会は卒業した」と言って顔を見せなくなった。「卒業」後に何かに取り組んでいる気配はない。その彼が二二年五月の例会に三十年ぶりくらいに顔を出して瞬時、ぼくには誰か判らず誰何（すいか）した。その日のテキストは金石範『海の底から』だった。裵聖哲は金石範の大ファンである。彼と入れ替わりにアボヂの裵東詰が参加したのは九〇年代の後半あたりだったろうか。裵家とぼくの家とは一・五キロほどの距離にあり両家をワッタガッタして飲んだりダベったりした。九六年だったか、彼の親戚訪問に連れ立って訪韓。ぼくはほとんどを一人行動して韓国の旅を愉しんだ。その始終を描いた小説が「友人の領分」（『架橋』一七号一九九七年夏）である。

　加藤誠は一九八〇年代に参加。のちに家族で数年、フランスに住む。帰国すると精神科医院を開業して「読む会」の帰り新参となった。患者に在日コリアンがいて、「読む会」のイベントに同行してきたことがある。

　趙眞良、李潤一、成康秀は労働青年あるいは学生であった。趙君は朝鮮高校出身、ブルドーザー一台が資本の一人親方だった。ぼくの妹が近在に住んでいて彼女と同居していたぼくの父が亡くなったとき、趙君は参ってくれた。彼とはソウルで偶然会って、そのときのことは「文学運動と創造へ──新日本文学会の四十年」で触れた。李君と成君は対照的なタイプながら、いずれも好漢だった。

ここに描いてきた若い人たちは『架橋』にほとんど文章を寄せなかったが、八〇年〜九〇年代の会活動にとって必要な存在だった。

例会にはそのときどきのテキストの著者も遠方から招いた。招いたといっても謝礼はおろか交通費さえ出せなかった。『わたしの猪飼野』の金蒼生、歌集『鳳仙花のうた』の李正子、小説集『猪飼野タリョン』の宗秋月、評論集『民族・生・文学』の金学鉉、エッセイ集『クミヨ』の朴慶南のみなさん。

金蒼生とは在日文芸『民涛』のなにかの集いで顔を合わせたりしたが、二〇〇〇年前後だったろうか彼女は済州島に定住した。一世の金学鉉さんは大学教員であったが、かつては言論人として在日韓国人の民主化運動に参画した。来名の折に拙宅に泊まり、魯迅の書の掛け軸を喜んでくれた。

いまは亡き詩人宗秋月が例会の席で自作詩を朗読した姿が目に浮かぶ。

## 講師を招き、友情出演に支えられて、数々のイベントを

在日朝鮮人作家を読む会では例会を兼ねてずいぶんイベントを催してきた。そこにも講師、友情出演など多くの人を招いた。それを記録しておくことはながい活動の節目節目を記すことにもなる。

まず金石範（キムソッポム）のことを書かなくてはならない。キム ソッポム先生の著作は超大作『火山島』をはじめ小説、評論を問わず「読む会」のテキストとして網羅したのではないだろうか。『鴉の死』などは複数回、取り上げた。講演にも数回、来名願った。

第二一回（一九七九年・一二・一六）の講演と討論「いま在日朝鮮人文学を」については前述した。八〇年代、九〇年代のそれを記す。

第六八回（一九八三・一一・一三）に「金石範さんを囲む集い」参加者三五名ほど。

第一七三回（一九九二・一一・二）に「架橋を求めて――民族・文化・共生のマダン」第一部が金石範講演と磯貝の話。二部が自前の劇団「マダンノリペ緑豆」のマダン劇上演、一一〇名が参加。第二三五回（九七・一二・七）は在日朝鮮人作家を読む会二〇周年記念の集い「〈在日〉交流と表現のマダン」を開催、第一部が金石範講演、二部はノリマダン（遊びの広場）で歌と演戯を愉しむ、参加者六〇名。

他にも多彩なにぎわいがよみがえる。

第一一六回（八七・一二・六）には一〇周年記念「表現と交流のマダン」を愛知労働文化センターで開催。いまは亡い梁民基さん率いる京都の「ハンマダン」が友情出演してくれた。ハンマダンには当時は若かった趙博、朴実、高圭美などがいた。いまをときめく〝浪速の唄う巨人〟こと趙博は三十歳まえなのに朝鮮の古民謡農夫歌（ノンブガ）を唄った。在日の若い世代が農夫歌を歌うのに驚く。梁民基氏にそれを言うと、彼曰く「チョパギは天才だからハルモニ（オモニだったか）が歌うのを聞いて覚えた」。参加者一二五名。

第一二九回（八九・一一・二九）には「在日文芸『民涛』のつどい」を開き、李恢成の話を聞いた。李恢成は「砧をうつ女」で非日本国籍者として初めての芥川賞（第六六回・一九七二年）を受賞したことで周知の作家。『民涛』が発刊されたばかりで協力を呼びかけるのが目的だった。その場で何人かが定期購読を申し込んだ。参加者五〇名。李恢成氏とはその後も付き合いがあって書き残したいエピソードのいくつかがあるが、それは『ＲＡＩＫ通信』の連載「在日朝鮮人文学者群像」5（一八八号 二〇二二年二月）の「文壇から登場した第二文学世代の旗手李恢成」で書いたので省略。

第一四八回（九〇・八・一九〜二〇）は長野県南安曇野郡奈川村（現松本市）の民宿「若草物語」で合宿「歌と遊びのマダン」を愉しむ。若草物語はぼくの妹夫妻が営む山中の民宿で、名の由来は子が四人姉妹であることによる。参加四名。第三五六回（二〇〇八・七・一九〜二〇）

も若草物語での合宿であった（金節子のくだりで記述）。参加者六名。

第一七七回（九三・一二・二八）は「第2回マダンノリペ緑豆の公演を観る」を名古屋YWCA多目的ホールで開く。プログラムは告祠（ピナリ）崔徳任、「歌と話でつづる3・1」朴燦鎬、サムルノリ・風物魂振、ソルチャンゴと歌・ノリパン、歌・趙博、マダン劇「小さな国の物語」出演島田和美・蔡孝・磯貝治良・成真澄、マダン劇「トッケビと両班」出演成真澄・李朝憲・二村むつ子・磯貝治良・島田和美・大友夢野、鼓手（コス）蔡孝、カッソリ打令・大友夢野、司会・金広美。この公演にはCBCテレビ、東海テレビ、中日新聞が取材に来た。新聞記事では「読む会」がしばしば紹介されたが、テレビ取材は珍しかった。参加者八〇名。

第一九七回（九四・一〇・一六）は『イルボネ チャンビョク――日本の壁』（風琳堂）の出版記念マダンを名古屋YWCAで開く。一部が磯貝の話と参加者フリートーク、二部がマダンノリペ緑豆のマダン劇、朴燦鎬の歌など。参加者三八名。

第二〇〇回（九五・一・二二）は二百回記念大討論マダン「在日のいま、日本人のいま――そしてわたしたちがめざすもの」を開催。さまざまな分野で活動する〈在日〉を主に七名が発題、議論を交わした。参加者四九名。

第二一四回（九六・三・二四〜二七）は新日本文学会が主催する「韓国ふれあいの旅」に便乗。韓国文学学校や民族文学作家会議と交流して、現代史遺跡も訪ねた。この旅では韓国の著名な文学評論家（ソウル大学教授）の白楽晴氏とも会えた。六名参加。

第二二一回（九六・一〇・二七）は「『在日疾風純情伝』（風琳堂）出版記念の集い」を名古屋の熱田働く人の家で開催。参加者三四名。著者磯貝の話、フリートーク、歌と風物（プンムル）などで構成、にぎやかなマダンになった。プンムルではぼくも恥ずかしながらチン（鉦）を務めた。朗読でいうと棒読みみたいなネムセ（におい）も何もない愚芸だった。

イベントは二〇〇〇年代に入ってからも続く。「点鬼簿」の項の浮葉正親に関する記述のなかでも一部挙げたが、あらためて後に列挙する。

## あちらこちら交流を愉しんだ

八〇年代、九〇年代には他のグループとの交流などを活動の一環にした。

第七九回（一九八四・一〇・二一）に大阪の青丘文化ホールを訪ねて、辛基秀同館代表の話を聞き、猪飼野を案内してもらう。参加者一五名。いまは亡いシン ギスさんは江戸時代の朝鮮通信使を研究し、映画の制作も手がけた在野の知識人であった。八〇年代に記録映画「解放の日まで――在日朝鮮人の足跡」を取材・構成・製作。名古屋でも「読む会」のメンバーとは別の有志で自主上映委員会をつくって、愛知県中小企業センター（現・ウインクあいち）で上映した。青丘文化ホール訪問の少し前だった。上映開始の一時間ほども前から一世のハルモニが現われ、ポヂャギ（風呂敷）みたいなものを敷き列の先頭に悠然と座って、開場を待っていた姿を憶えている。会場の大ホールは満席になり、七〇万円ほどの黒字が出て辛基秀さんに渡すことが出来た。それもあってか大阪訪問の際は猪飼野の済州島料理の店で持てなしてくれた。上映実行委員長ということになっていたぼくにとっても珍しく成功した〝興行〟となった。

第一〇〇回（八六・八・二）には奈良へ記念の旅。「点鬼簿」の項で先述した裵鐘眞宅で一泊、歓待される。一二名参加。

第一一二回（八七・八・二三）に京都を訪ねて羅順子らの在日女性グループ「パラムの会」と交流。一八名参加（既述）。

第一二六回（八八・一〇・三〇）は大阪の第六回生野民族文化祭を観に行く。六名参加。それ以前にもなかなかまの何人かは毎年みたいに行っていたが、例会を兼ねたのは初めて（その後つづく）。

第一四六回（一九九〇・六・一〇）は岐阜の卞元守宅で焼き肉マダンを愉しむ。七名参加。

少々、番外編の話になる。在日朝鮮人作家を読む会の活動で出会った人をモチーフあるいはヒント（モデルではない）に借用して小説に登場してもらった。

「根の棺」（『新日本文学』八九年一月号『イルボネ チャンビョク——日本の壁』風琳堂・一九九四年

所収）の主要人物の呼び名は「ヨンヂャ姐さん」。作中の設定・物語は劉竜子とは関係ないが名前だけ拝借した。

「木槿」（『架橋』一二号　九二年春同前所収）の主人公朴龍寿の人物イメージと生活などは卞元守をモチーフにした。

「道のむこう」（『架橋』一四号　九四年夏）の語り手女性は李誠姫がモチーフになっている。リソンヒさんは生後、日本人母の戸籍に入っていた。戦後二十歳のとき父親の国籍で生きようと決意、朝鮮籍に変更した。そのために法律一二六が適用されず特例（特別）永住の資格が得られなかった。出入国管理局（当時）からは一般永住資格を取得するよう勧められたが、彼女は不服だった。植民地支配の所産である出自の痕跡を消されたくない、というのが理由の一つだった。何度か入管に足を運んで審査官と交渉するのに、ぼくも同行した。彼女は結局、韓国の親戚を訪問する必要もあって一般永住を受け入れざるを得なかった。

ここで読書会形式の会録も記載したいところだが、二十年間のそれは長尺になりすぎるので会誌『架橋』の五号（八四年春）から二〇号（二〇〇〇年夏）までの目次だけを記す。

**会誌『架橋』五号から二〇号までの目次総覧**

五号（一九八四年春）　小説・磯貝治良「梁のゆくえ」（全国同人雑誌推薦作として『文学界』

八四年八月号に転載）劉竜子「夏」、評論・裵鐘眞「『見果てぬ夢』雑感ノート」2、記録・中山峯夫「農民兵士・父からの手紙」、エッセイ・安田寛子「私の中の朝鮮人たち」、短歌・醴泉「対馬万録」二八首、「〈読む会〉へ参加を」会録 あとがき（匿名コラム、案内、あとがきはすべて磯貝の執筆）

六号（八五年夏）　小説・磯貝治良「イルボネ チャンビョク」劉竜子「葉かげ」松本昭子「野辺戯の日よ」、評論・裵鐘眞「『見果てぬ夢』雑感ノート」3、エッセイ・鼓けいこ「キャノンボールに酔いながら」渡部一男「思い出の朝鮮人たち」、コラム「〈読む会〉の愉しみ」会録 あとがき

七号（八六年秋）　小説・松本昭子「岬をめぐる旅」磯貝治良「〈はん〉の火」、評論・裵鐘眞「『見果てぬ夢』雑感ノート」4、エッセイ・渡部一男「思い出の朝鮮人たち」2、磯貝治良「批評と手紙」会録 あとがき

八号（八七年冬）　小説・磯貝治良「聖子の場合」劉竜子「紅いチマチョゴリ」渡野玖美「南京虫のうた」賈島憲治「雨森芳洲の涙」、エッセイ・成真澄「履歴書を書く」咸安姫「〈読む会〉に参加して」磯貝治良「〈読む会〉十年の覚書―あとがきに代えて」交流誌紹介 会録

九号（八九年春）　小説・磯貝治良「羽山先生と仲間たち」劉竜子「おとずれ」渡野玖美「何処へ」成真澄「手」賈島憲治「雨森芳洲の憂鬱」、エッセイ・朴燦鎬「呼称について」交流

誌紹介 会録 あとがき

一〇号（一九九〇年春）　小説・磯貝治良「羽山先生が哭く」津田悠司「俺たちの旅」賈島憲治「雨森芳洲の孤独」、エッセイ・朴燦鎬「レクイエム 美空ひばり」加藤忠和「金徳寿君との再会」渡野玖美「韓国の愛人」、『架橋』バックナンバー目次 会録 あとがき

一一号（九一年春）小説・金成根「闇のゆくえ」津田悠司「さまよえるオランダ人」磯貝治良「羽山先生が怒る」、詩・文重烈「詩五篇 歌詞三篇」（朝鮮語・日本語対訳）加藤忠和「本川橋の碑」会録 あとがき

一二号（九二年春）　小説・磯貝治良「木槿」津田悠司「さまよえるオランダ人2」渡野玖美「屋根の下の幸福」賈島憲治「雨森芳洲の苦悩」、詩・文重烈「詩三篇」（朝鮮語・日本語対訳）、エッセイ・加藤忠和「白地図」朴燦鎬「人のつながりとご縁」郭星求「GOOD BYE SUMMER」、コラム「酒幕のこと」「読む会のこと」会録 あとがき

一三号（九三年夏）　小説・申明均「サットンの誓い」磯貝治良「羽山先生が笑う」、評論・文重烈「民族主義と民主主義と」、エッセイ・朴燦鎬「異境にしみた恨の歌声」朴明子「随想2篇」、コラム「長水苑のこと」「なかまの仕事」会録 あとがき

一四号（九四年夏）　小説・磯貝治良「道のむこう」文真弓「ふくろう」申明均「輝きの時」賈島憲治「雨森芳洲の運命」、紀行／エッセイ・蔡孝「ソウルまで―「在日」文学の故郷

体験とともに」朴燦鎬「そして西便制—二十数年ぶりの韓国」、コラム「磯貝治良小説集のこと」会録 あとがき

一五号（九五年夏） 小説・文真弓「ビー玉」渡野玖美「苦い果実酒」申明均「成仏を願う男」磯貝治良「夢のこちら」柳基洙「郭公の故郷」（加藤建二訳）、短歌・吉岡卓「赤とんぼとハルモニ」一一首、エッセイ・朴燦鎬「文字の表記、言葉の変化などについての雑感」、特集「読む会二〇〇回に寄せて」磯貝治良 間瀬昇 趙眞良 成真澄 中山峰夫 浅野文秀 朴燦鎬 西尾斉 劉竜子 蔡孝 大泉幸子 加藤建二、コラム「名称のこと」会録 あとがき

一六号（九六年夏） 小説・磯貝治良「漁港の町にて」申明均「オモニの予言」文真弓「大潮」金南一「霊魂と形式」（加藤建二訳）、短歌・梨花美代子「韓国の地ふみたり」二一首、紀行・磯貝治良「韓国ふれあいの旅」、エッセイ・趙眞良「自己再発見と系譜」朴燦鎬「「キン・シガ」とはあんまりだ」津田真理子「卞元守からのメッセージ」会録 あとがき

一七号（九七年夏） 小説・磯貝治良「友人の領分」文真弓「空気だま」」申明均「許されぬ者」柳基洙「パルチザンの涙」、エッセイ・蔡孝「再び韓国へ」津田真理子「霧—私と朝鮮人」梨花美代子「八月の旅」朴燦鎬「下手な省略、災いのもと!?」渡野玖美「名古屋通い十二年の成果」、コラム「〈読む会〉あれこれ」会録 あとがき

一八号（九八年夏） 小説・申明均「変々凡々」渡野玖美「九月のうた」李淑子「パダンの

丘」「磯貝治良「青の季節」、自分史・北原幸子「この人の世の片隅で—身体障害のある女性であるということ」、記録・間瀬昇「邂逅と永訣—村松武司のこと」、詩／短歌・卞元守「雪解けの頃」梨花美代子「花大根の花の咲く」二〇首、エッセイ・岩田多万亀「隣人」朴燦鎬「〝差別、差別語〟で思い出すこと」、コラム「ある鎮魂祭」会録 あとがき

一九号（九九年夏）　小説・磯貝治良「檻と草原」、詩／短歌・卞元守「あおあらし」梨花美代子「厳寒の中国国境地帯からの頼り」一二首、記録・朴燦鎬「すべての河は海へ流れる—韓国歌謡史番外・在日篇」、エッセイ・間瀬昇「村松武司追悼」津田真理子「「わが継母」—三十八度線からの帰国」、エッセイ・「ある文学空間の予感」「『カラマーゾフの兄弟』と『ゴールドラッシュ』」会録 あとがき

二〇号（二〇〇〇年夏）　小説・劉竜子「一〇セント」磯貝治良「すゐの話」賈島憲治「雨森芳洲の悲しみ」、短歌・北原幸子「わたしのなかのわたしたち」一一首、エッセイ・朴燦鎬「〝韓国演歌〟などと、言わないでくれ」李潤一「〈読む会〉という機会」、磯貝治良「『架橋20号まで—あとがきを借りて』会録『架橋』総目次

## 二〇〇〇年以降の停滞、活況、低迷

在日朝鮮人作家を読む会には規約も会員制もない。したがって会費もない。顔を出せば「な

かま」であり、来なくなればそれっきり。例会の会場費は出席者が割り勘する（出席者が多ければ一人の負担は少なく、少なければ多くなる）。『架橋』発行の経費は執筆者が掲載料（頁数）に応じて負担する。言うまでもなく国籍、人種、性別、職業、納税の多寡、身体的精神的条件などは一切不問。

ただし『架橋』への作品発表には条件がある。在日朝鮮人には制限はないが、日本人は朝鮮韓国、〈在日〉と関わる題材、テーマであること――となっている。その〝きまり〟は三四号までおおむね維持されてきたが、あたらしい在日作家の作品が減少する二二年以降、日本人作品も制限を外すことになりそうだ。

### 分厚い時間とことばの堆積

二一世紀に入って出席者が十名を超えることが珍しいほどに減った。以前にもその現象はあった。四十年間の参加者の流れにはサイクルみたいなものがあって、〝常連〟が減って寂しくなると、新しき人が登場する。そんな「人の新陳代謝」がマンネリズムをまぬがれ、活気を取り戻す。〝危機〟のたびに活動の場は蘇新／復元される。発足当時のなかまはいなくなって久しいけれど、入れかわり立ちかわりの「人の新陳代謝」と「出入り自由」が持続の〝秘訣〟でもあった。

二〇〇〇年代の最初の停滞は初っ端に訪れた。二一世紀初頭から読書例会の出席者は一〇名を切ることが多くなった。なぜだろうか？　出席者の多少が会の存在意義を左右するわけではないが、その理由は一考に値する。〈在日〉文学と読者、双方をめぐる変容の様相が解るからだ。

在日朝鮮人作家を読む会は文学なかまに呼びかけて起ち上げた。結果的に「活動家」も混ざったが、在日朝鮮人の日本語文学に特化した「文学」のグループであった。しかし「文学」の枠に収まらなくなるのに時間はかからなかった。それが必然だったのだろう。〈在日〉であることの経験や存在性を表現したい、伝えたい、居場所を見つけたいというコリアン。〈在日〉のことを知りたい、学びたい、〈他者〉と関わって自分を見詰め直したいという問題意識の日本人――カッコよく翻訳すれば、そういう参加者が増えて文学プロパーでは済まなくなった。朝鮮人青年と恋愛をして相手のことをもっとよく知りたくて参加した、という女性もいた。また中国大陸の戦線で朝鮮人女性の慰安所に並んだ事実を告白した元日本軍兵士もいた。

参加者の汗くさい雰囲気と知的関心とが入り交じる、そういう「読む会」であった。おかげで丁々発止、垣根も忖度もなし、ふだん着の交流の場になった。ケンカしながらなかまになる、それは未成年時代の青臭いアウトローだったぼくが朝鮮人との付き合いのなかで学んだことだった。あくまで小説、詩、記録作品、評論などを読み解きながら、分厚い時間とことばの堆積が行き交う、そんな活動だった。

二〇〇〇年代に入って、活動が停滞し始めたのはなぜだろう。前述のような日本人の「問題意識」が希薄になったのだろうか、文学そのものに対する関心が薄れている時代背景があるのか、「文学」を通して朝鮮韓国／在日に関わるという手順がまどろっこしくなっているのだろうか。ひっくるめて言えば、時代状況の変化が反映しているようだ。

一方、九〇年代までは半々の比率が続いた〈在日〉の参加者も相対的に減った。三世・四世への世代移行と相俟って日本社会への同質化が進み、〈在日〉ならではの自己表現／主張に日除けがかかったのだろうか、「読む会」のような場所が〈在日〉の居場所ではなくなりつつあるのだろうか、「文学」という方法論は無効になったのだろうか。やはりひっくるめて言えば「在日社会」の時代的変容が影響しているようだ（在日朝鮮人作家を読む会30周年記念『架橋』別冊二〇〇八春「何を読み、語り、表現してきたのか？」掲載の磯貝治良「いかに前へ進むか、それが問題だ」参照）。

もちろん、あれもこれも時代状況のせいにすることはできない。在日朝鮮人作家を読む会の活動に魅力が失くなりつつあるのだ、という自省はある。とは言っても、二〇〇〇年代以降

〈在日〉文学の新しい作家／作品が生まれにくくなっていて、それが停滞と無関係とも言えない。小説に限って二〇〇〇年中盤以降の十五年ほどの間に登場した〈在日〉の書き手は数名にすぎない。新刊作品で月々のテキストを決めるのに難儀する。そこで考えたのが「さかのぼって読み返すシリーズ」。在日朝鮮人文学の草創期から九〇年代にさかのぼって読みなおそうという試みだ。幸か不幸か、メンバーのほとんどがその後の参加者だった。

二〇〇六年に磯貝治良・黒古一男編で『〈在日〉文学全集』（勉誠出版）全一八巻が出た。それがむかしの作品を読むのに重宝している。

さかのぼって読む試みには「文学史」的な系統づけと新たな発見があって、それなりの意義はある。それ以上に大切なのは読み手の状況意識であった。「いま書かれて、いま発表された作品」という意識で読むと、作品のリアリテイが失われていないことに気づく。文学はナマモノだからだろうか。

とは言っても、新しい人が現われて斬新な作品に接する刺激とは異なる。

人の新陳代謝がマンネリ化を防いで会活動を蘇新する、などとかっこいいことを先に書いたが、二〇〇一年～〇三年前半頃の低迷はちょっと違っていた。出席者二人っきりの例会も一度あって、さすがにこれはよく憶えている。会録を繰ってみると、二〇〇三年一月の第二九七回。

テキストは徐京植の『反難民の位置から──戦後責任論争と在日朝鮮人』。もちろんテキストのせいではない。正月例会だからそうだというわけでもない。報告者磯貝だったが、ぼくは意気喪失。報告は回避して、相方と雑談を愉しむことにした。

もう一人の出席者はさいわいにも張洛書さん。無類の話し好き、例会では発言するとエンドレスに続きそうで「チャンさん、チャムッカマニョ」と制止を要する人だ。おかげで二時間ほどチャン ラクソさんの生い立ちから名古屋大学の学生時代とその後の人生についてじっくりと聞くことができて、それはぼくにとって通常の例会にまさる時間であった。

張洛書さんはお喋りもふくめて温厚、悠長な人柄。就職の道を閉ざされて英語塾を営んでいた。ぼくより七歳ほど年長の戦後間もなくに大学を卒えた在日朝鮮人知識人の典型でもあったろうか。

チャンさんのかつての朝鮮人学友が集って、たしか「名友会」という親睦会をつくっている(二〇二三年のいまも存在するかは不明)。チャンさんはそこで人柄をもじって「桑名の殿様」と呼ばれていた。ぼくも「名友会」に誘われて酒席を愉しんだ。そして思わぬ邂逅をする。

そのひと金哲央はぼくの高校時代の英語教師である。と言っても、「金子てっちゃん」(ぼくらはキム チョラン先生をそう呼んだ)は、ぼくらが入学と同時に名古屋大学大学院に籍を置いたままの赴任だったので、すこし歳の離れた兄の感じだった。

その高校は名古屋市内の「私立四強」と呼ばれる野球の名門校であって、同時に学力不足のチンピラ私学四強でもあった。戦前は商業学校だったので簿記、貿易英語などの授業もあったが、せっかく江戸軟文学の権威、元映画会社のシナリオライターといった国語教師、アメリカの占領政策をさかんに批判するアカ系の社会科教師がいたのに、生徒の関心はもっぱらいかに授業をボイコットするかにあった。

授業中に将棋を指す、当時流行の春日八郎や三橋達也の歌をうたう。極め付けは、教師があらわれると全員でその綽名（ニックネーム）を大合唱。暴力沙汰はなかったが、ジェームズ・ディーン映画のミニアチュア版である。「金子てっちゃん」の場合も例外ではなく、彼は大柄な体を持て余すように教壇で立ち尽くし、ふっくらと大造りの顔を真っ赤にする。生徒に怒声を浴びせることはなかったけれど、表情には困惑と憤懣があった。未成年の高校生とはいえ狡知もあって、怖持ての教員に悪戯（あくぎ）をすることはなかった。

三十年以上むかしのそんな光景を憶い出して、ぼくにはほろ苦い再会であった。キム　チョラン先生にその記憶があったかどうか、鷹揚に接してくれた。

金哲央先生は日本高校の腰掛け教員を数年で辞して、上京。朝鮮民主主義人民共和国への帰国を希望するが、在日本朝鮮人総連合（総連）から朝鮮大学校の教員になるよう指示されて日本に残る。以後、哲学教授職を定年まで全うする。

再会以来、金哲央さんとぼくは互いの著作を贈呈しあうことになる。「名友会」でのエピソードを一つ。金哲央の専攻は哲学である。名古屋大学・院でマルクス哲学者真下信一に従いて勉強した。張洛書の専攻は英米語である。あるとき英語に弱いぼくがこぼしたことがある。すかさず張洛書いわく「テツ（金哲央のこと）に習ったことがいけない」。二人は歯に衣着せないチング（友人）である。

ぼくの自伝フィクション四部作の第三部高校編「檻と草原」（『架橋』一九号 一九九九夏）に、夏休みに行った木曽駒高原でのキャンプの場面があって、「哲ちゃん」がすこし描かれている。張洛書、金哲央両氏と同世代で名古屋大学出身者に朴日楽がいる。パギラクさんは経済専攻で愛知の朝鮮総連系金融機関の長を勤めて、ピョンヤンに合弁銀行を建てる計画にも参与した人である。朝鮮問題で活動を共にしたこともあって二〇〇〇年代初期、「読む会」に熱心に顔を出した。

ここまで書いてきて憶い出した。ぼくは一度欠席したことがある。

二〇一六年一二月二五日（第四四七回）の例会である。毎年一二月の「読む会」は望年会を恒例にしていて、この日は午後に読書会、夕方から同じ会場で宴席となっていた。ところが前々日の二三日夜、医者知らずのぼくが柄にもなく脳梗塞を発症。翌二四日の未明二時頃に救急搬送された。だから例会の日午後には名古屋第一日赤という病院の集中治療室にいた。磯貝が現われないので大変事でもあったか？　と仲間はやきもきしたにちがいない。ぼくの息子と電話がつながって始終を知ったらしい。

　応急処置と日頃の身体表現が功を奏したらしく、二週間の入院治療で退院。さらに半月ほどのちには完全に旧に復して、きょうに至っている。

## 新しき人たち現わる

　在日朝鮮人作家を読む会と言えば、名称に現われているように武骨が取り得みたいなグループだった。真面目を愉しむ、と言えばよいか。毎回例会後の酒の席は百家争鳴、ひたすら愉楽の時間であって、それをめあてに来る者もいるくらいだから、これも会が持続する〝秘訣〟に数えてもいい。酒席で例会のテキストをめぐる議論が真面目に蒸し返されることはあるが、いつしかどこかに消えて、一応文学の会ではあるが文学論は交わされず〈在日〉をめぐる個々の体験にもとづく話題に花が咲く。

　経験が元手の現実によってテキストは解釈されて「人生論的」に読み解かれる。立花涼が批判的にいわく「読む会的読み方」である。ひとことで言えば、ポスト・モダンとか戦後文学の脱構築とかポスト構造主義とかの議論とは無縁なのだ。例会も酒席も雑談の愉しみと創造批評の愉しみと、どちらつかずの愉しさが「読む会」。故に武骨な会なのかもしれない。

そんな「読む会」の様相が変わったのが、二〇〇〇年代に入って数年後。画期と活況が一つになっておとずれた。知的労働をなりわいとするなかま、修士や博士課程で〈在日〉文学を研究する留学生・院生が、ささやかながら新鮮な勢力となって「読む会」を活性化したのだ。「読む会」での〝研鑽〟が効を奏したかどうかは別として、彼女／彼らはめでたく博士号を取得してそれぞれのポジションではたらいている。

ちょうど二〇〇〇年を境にして柳美里、玄月、金城一紀が芥川賞、直木賞を受賞して、それが呼び水になったかと思いきやさにあらず、若い研究者たちの対象は金達寿であり、金石範であり、金時鐘であり、李恢成であり、梁石日であり、李良枝であった。そこで読書会形式であった例会に研究者たちがそれぞれ対象の作家・詩人、テーマについて報告する研究発表形式が加わった。

この時期に吹いたセッパラム（新しい風）の立役者四人は立花涼、浮葉正親、林安沢、黄英治。

二〇〇四年に『〈在日〉文学論』（新幹社）を上梓して間もない日、未知の声の電話が来た。大阪・梅田の書店で本を見つけた、そのあとがきに「あらたな読者との出会いを楽しみにしている」とあったので電話した、と言う。そんな出会いに始まって立花涼は毎月、名古屋に通うことになった。彼はもともと中国文学専攻で少数民族に関心を持っていたのだが、その頃〈在日〉文学に取り組みはじめていた。書店で『〈在日〉文学論』を手にして、これだ！　と思ったのだという。彼の連れ合いが〈在日〉であり、彼女の兄が「読む会」一〇周年のイベントに友情出演してくれたハンマダンのメンバー朴実氏であることを後に知った。

　立花涼は哲学と社会学と人類学とを混交、越境するハイブリッドの文学思想家である。年齢は干支で一回りほどぼくより若い。思考の回路を幅広く鋭く突き立てて「思想を闘う」人だ。〈在日〉文学の歴史的、存在論的、言語的に特異な位相が、彼の文学にヒットしたのだろう。歴史であれ政治であれ文学であれ、権威的なるもの、体制的なるもの、帝国主義的なるもの、マジョリティのもの――それらに知と思考の力を総動員してたたかいを挑むのが、すなわち立花涼的実存なのだ。それらもろもろと対峙しうる存在／あるいは非在として、〈在日〉文学が目をつけられた。立花涼は紋切り型を嫌う。

　立花涼の目を瞠（みは）らせる博覧強記は彼の思想の、文学の、戦略戦術だ。現象学であれ構造主義であれポスト構造主義であれ、洋の東西を問わずさまざまの現代思潮とその体現者の言説が、縦横に借（狩）り出される。ロラン・バルトが言う「スペクタクル」な「知のゲーム」だ。彼はこの評言「知のゲーム」を嫌うが、たたかう並走者からのラブコールなのだ。

立花涼の〈在日〉文学論は早くやって来すぎたのかもしれない。今のところ読者の理解が追いついていない。あるいは営為そのものが未到の試みなのかもしれない。

立花涼は思考のナグネ（旅人）だろうかと思ったりする。否定の否定の否定、アンチテーゼのアンチテーゼのそのまたアンチテーゼ……。約束の地をめざして、いっこうにジンテーゼに行き着かない。しかし、否定の痕跡、アンチテーゼの痕跡は遺される。試行の痕跡はたしかに累々と遺る。彼の思想の営みが痕跡としてあかあかと遺る。

やっかいなことに、そこに魅かれる。かってに文学をレジスタンスとみなして、永久革命の祖型とみなして、歩いてきたぼくは。

初めて会ったときだったか、ぼくが毎年参加していた寄場／ホームレス労働者のための「笹島 夏祭り」に誘うと、彼は違和なく付き合ってくれた。例会の場だけではなく、酒席での彼の語りにも歯ごたえがある。そんなこんなひっくるめてウマが合う、とぼくは勝手に思っている。会活動四十五年のあいだに誰かに影響されたという記憶は、ぼくにない。ところがなぜか立花涼が例外になりつつある。文章のささいな言いまわし、記述スタイルのはじっこに立花涼的なモノがまぎれこむのに気づいたのはいつ頃だったろうか。

手もとの「在日朝鮮人作家を読む会ノート」⑭をめくってみると、立花涼が最初に出席したのは二〇〇四年一〇月例会。彼は以来、精力的に報告者を務めて「読む会的読み方」に感染したメンバーを煙に巻いた。

彼が極度の睡眠障害に陥ったのはいつ頃だったろうか。長く勤めた予備校河合塾の講師を辞める少し前、講師組合の近畿ブロック長を務めていた頃と記憶する。重篤な病いに罹ったのは職場を離れてからだ。体調は持ち直したようだが例会への出席はぷっつりと途絶えた。Eメールでの会話は続いている。立花涼には知能活動の休息と日々の身体活動が必要と思って、ぼくは提言する。

会に出席できなくなってからも彼は『架橋』に毎号、力業(ちからわざ)の評論を載せ続けている。「見殺し」二四号・二〇〇五年春、「石の声」二五号・〇五年冬、「逆なで」二六号・〇六年冬、「on the borders 国境の上で／について」二八号・〇九年春までは小説。そのあと「小説はヘタなので」と呟いて評論に特化。「闘いながら歩いてゆくこと――磯貝治良「弾のゆくえ」論」二七号・〇八年春、「翻訳の思想 佐藤泉の金石範論への応答」二九号・一〇年春、「非知と知――磯貝治良「置き忘れたもの」論」三〇号・一一年春、パートナーのパゴ英子との共同執筆「在日から読む沖縄――目取真俊『目の奥の森』論に向けて」三一号・一二年春、同じく共同執筆「欄外に――磯貝治良『置き忘れたもの』再読」三二号・一三年春、同じく共同執筆「非知と知／磯貝治良「置き忘れたもの」を読む〈終わりに〉」三三号・一七年夏、「読む、時代を？『こわいこわい』と『禁じられた郷愁』の交差的読解」三四号・二〇年夏。

以上の作品のほとんど（とくに評論）は四百字詰め原稿に換算すると百枚以上二百枚に達する。「置き忘れたもの」（二九号）論はなんと三十枚の小説を論じて百枚を超える。なかでも「非知と知」は百二十枚、「欄外に」は二百十枚、「読む、時代を？」は三百五十枚という離業である。内容は小説をダシに読み解きながら彼の思索の回路を縦横に展開しているのだ。

いずれの労作もメジャーのメディアには目もくれず「読む会」のなかま・テキスト作品を取り上げている見識は、非凡と言うべきか。立花涼の『架橋』への貢献は質量ともに抜群である。

立花涼の著書では『ポスト構造主義物語論――玄月『眷属』をめぐる思考のエチカ』が逸品。小説の著書もぼくの知る限り二冊ほどある。

立花涼は二〇二二年八月に逝った。

浮葉正親については「点鬼簿」の項で書いた。

劉竜子が書かなくなり申明均が会を離れて、小説を書く朝鮮人が途絶えて寂しいなと思っていた折、黄英治の登場はおおいに『架橋』を励ました。文学を語ることに飢えているわけではないが、彼の登場は文学の友人を得た感が深く、心強い。黄英治はいまは数少ない在日朝鮮人文学の「正統」をバトンタッチして走る、トップランナーだ。

黄英治との出会いがどんなきっかけだったのかは、はっきりしない。出会うべくして出会った、と言うべきか。

ぼくが一九七〇年代から協働している友人たちと同じ民族組織「在日韓国民主統一連合」（韓統連）の専従とその機関誌『民族時報』の編集責任者を彼はしていた。たしか最初に会ったとき小説集『夢のゆくえ』（影書房）に所収の「テハギは旅人(ナグネ)のまま――」（『新日本文学』一九九四年一一月号）を彼は読んでいて、話が合った。主人公テハギのモデルとなった実在青年を、「在日韓国青年同盟」の関係で黄英治も知っていたからだ。彼はその青年組織でも委員長を務めていたはずだ。生粋の活動家であった。一見ふっくらした知識人ふうの風姿に似合わず、民族意識は精悍である。韓国籍であるが子息を朝鮮学校に通わせていた。

もうひとつ特別な縁がある。七〇年代半ば、無実の政治犯とされて死刑を宣告された人の連れ合いさんが中学生のむすめを伴って名古屋へ来た。夫の救援を訴えるためだった。日本人の救援組織はなかったが急遽、五、六人の日本人が集まって名古屋の中心・栄の街頭で行動を共にした。日本人だけが行動に加わったのは独裁政権の動向を警戒したからだ。日本国内にＫＣＩＡとその協力者が五千人いる、駐日韓国大使館が諜報機関を兼ねていると噂された時代である。

そのときオモニと一緒だったむすめさんというのが、のちの黄英治氏のパートナー崔鐘淑さんである。ぼくの記憶違いでオモニと同行してきたのは「小学生くらいのむすめ」と、なにかの文章に書いた。ギョンスクさん曰く「かわいかったから間違えたのでしょう」。

崔鐘淑のアボヂ崔哲教氏は四十年後に韓国大法院で再審無罪となった。

黄英治が『架橋』に載せた小説は「睡蓮の祈り」二七号・〇八年春、「あの壁まで」二八号・〇九年春、「特別面会――続あの壁まで」三〇号・一一年春、「駄々っ子――あの壁まで・変奏曲」三一号・一二年春、「ポプラ あの壁まで―終章」三二号・一三年夏、「煙の匂い」三三号・一七年夏である。連作「あの壁まで」四篇は長編『あの壁まで』（影書房）一冊になった。

ほかに労働者文学賞受賞作を収めた『記憶の火葬』（同前）で〈在日〉の来歴を刻み、長編『前夜』（コールサック社）でヘイトクライムの闇を抉った。最新作に『こわい こわい』（三一書房）がある。

黄英治の批評にも小説のそれと連動する鋭さがある。サイードやアーレントをよく読み込んでいる。埴谷雄高の文学に傾倒していてぼくとウマが合う。『クロニクル二〇一五』（一葉社）と『〈在日〉文学の変容と継承』（新幹社）の書評を『図書新聞』一五年一月三一日と同年五月九日に書いてくれた。『民族時評』〇四年八月一日と〇八年三月一五日には『〈在日〉文学論』

〈新幹社〉と『夢のゆくえ』〈影書房〉の書評を書いてくれた。彼の批評ことばには作者の意図をさらに超えていく読みの深さと広がりがある。それへの返礼というわけではないが、ぼくは『あの壁まで』の書評を『図書新聞』一四年三月八日に書いた。

二〇一二年七月に名古屋大学留学生センターで開かれた公開フォーラム「社会参加としての在日朝鮮人文学――磯貝治良とその文学サークルの活動を通して」に黄英治はコメンテーターとして出席した。その折の「在日について説明の要らない日本人が磯貝治良である」との彼のことばが記憶に残っている。

二〇〇〇年代半ばが「読む会」の画期になったのにはもう一つの理由があった。韓国からの留学生・日本人院生など若い研究者の登場である。

梁明心は神戸大学留学中に李恢成の研究で博士号を取得した。彼女が作家自身に会いたいというので、ぼくが李恢成に電話して了解を取ったことがある。彼女は相当、緊張していたらしいが、首尾よく取材ができた。帰りぎわに作家が言ったそうだ「次に会ったときは人生論をしましょう」と。先述したように梁明心は現在、ソウルの建国大学校で教員をしている。彼女が帰国するときぼくは何の贈り物もしなかったのに、手袋をプレゼントしてくれた。大事に使っている。

彼女は例会で二度ほどテーマ発表をした。「日本の戦後文学における〈在日〉の意義―李恢成を中心に」三三八回・〇七・一・二八、「李恢成の初期作品について」三四四回・同七・二二。

呉恩英は韓国で大学を卒業後、十年ほど大手百貨店に勤めたあと名古屋大学に留学した努力家（変わり者）で金石範を研究。博士号を取得して、現在は名古屋の私立大学で韓国語を教えている。「読む会」でのテーマ発表は「金石範『火山島』を読む」三三九回・〇七・一一・二五、「チマチョゴリに表われる表象」三五八回・〇八・九・二八。

浅見洋子は金時鐘研究に全身的に取り組んで大阪府立大学での博士論文はその結晶の大作だ（岩波書店から出版の声も聞かれた）。「読む会」には奈良から何度も出席した。博士課程修了後、大阪・西成の労働者地区にある医療施設に勤めた。その後の消息に接しないが金時鐘研究は続けるにちがいない。「読む会」でのテーマ発表は「金時鐘の詩が語るもの」三四四回・〇七・七・二二、「金時鐘『日本風土記』論――〈残存〉する記憶」三五五回・〇八・六・一五。「読む会」が彼女らのアカデミックキャリアにどれほど貢献したかは不明だが、会での情報や議論が無駄であったとは思えない。

細井綾女は静謐な見かけによらず大胆な人らしい。名古屋大学大学院で梁石日をテーマにしていたが突如、フランスに渡った。パリの大学で日本語を教えながら〈在日〉とその文学について発信している。その企みはフランス国内で徐々に浸透しているらしく、いろんな情報を伝えてくれる。彼女の論文を読んだジャーナリストが〈在日〉の存在に興味を持って、日本に行くので取材したいとのこと。ジャーナリストはフランス語と英語しかできない。磯貝ではお手上げなので愛知県立大学教員の山本かほりに依頼。山本かほりは朝鮮高校無償化除外問題など〈在日〉の現状、歴史などをレクチュアーし、大阪の朝鮮学校に案内した。

フランスで在日コリアンのことが知られるようになればいい。「読む会」に顔を出したことのある吉田安岐ら数人と在日文学の勉強会を始めたと伝えてきたのは二〇一五年頃だった。ぼくはそれを「パリの読む会」と呼んだ。二〇年頃から彼女からのメールは途絶えていて、「パリの読む会」がいまも続いているかどうか分からない。

細井綾女が例会でテーマ発表したのは、「〈父殺し〉の意味するもの―梁石日とマグレブ系仏語作家の比較を通して」三五七回・〇八・八・二四。『架橋』には次の評論を寄せている。「アズズ・ベガグ―マグレブ系仏語文学」二八号・〇九年春、「プールの表現者たち」二九号・一〇年春、「非在日の場所から「在日」を語るということ」三二号・一三年春。

フランスにおけるアルジェリアなど旧植民地出身者などマイノリティ文学をめぐる細井綾女の論考は、「読む会」の視野に広がりをもたらした。

ほかのメンバーの研究テーマ発表を記す。

名古屋大学院生の姜信和「尹東柱とマルク・シャガール」三四七回・〇七・一〇・二八、釜山国際大学から名古屋大学に研究員として滞日していた朴正伊の「金史良「草深し」について」三九六回・一一・一一・二七。吉原ゆう子「在日朝鮮人2世作家李恢成の作品から見る歴史認識」三七七回・一〇・四・二五、「李恢成『流域へ』」三八二回・一〇・九・二六。

吉原ゆう子は専業主婦から一念発起、中部大学に入学。活発に在日文学の行事を各地に追って、上記主題の卒論を仕上げた。さらに研究を続けようと修士課程に進んだが、同大大学院には該当する指導教官がいないために別の研究にスライドせざるを得なかった。なんとも惜しまれる。教授陣の不備で院生の希望が閉ざされるとは、変な話だ。

テーマ発表のなかで異色なのが安田純也の「在日韓国朝鮮人と日本人の協働関係」三六二回・〇九・一・二五。大学での彼の専攻は地政学なのに、上記テーマの卒論執筆のために東京からやって来た。インターネットで物色していたらヒットしたのだという。在日朝鮮人作家を読む会がなぜ長く続いているのかという主題を「協働」と「地勢的条件」をキーワードに論究した。無事に卒業して卒論の冊子を送ってくれた。

谷口祐美子もアカデミズムの領域の人で何年か熱心に顔を出したが、いつの間にか姿を消した。批評ことばが小気味よく、飲みっぷり食べぷっりが気持ちよかった。

在中国朝鮮族の名古屋大留学生で梁石日を研究している女性も来たが、名前を失念してしまった。

馬京玉は韓国の極東大学教員。夏期に研究のため来日するたびに参加した。『季刊 三千里』『季刊 青丘』『架橋』などの雑誌を対象に研究グループを作っていると聞いた。一度ソウルのセミナーに招待を企画してくれたが、ぼくが煮え切らないので沙汰止みになった。夫も教員で彼は八〇年代民主化闘争のなかで下獄も経験したと聞く。一度酒席をともにしたが、日本語が不自由なせいもあったけれど静かな人物だった。馬京玉も言動からして民主化運動に関わったにちがいない。気丈と優しさが混交して酒も強かった。

大学教員の研究者ではほかに金貞恵、金貞愛が憶い出される。名がよく似ているがギョンヘ氏は釜山国際大学の教員で浮葉正親が日本語を教えていた頃の同僚、ギョンエ氏はネイティブの人だが九州の大学で教員をしている。出産を控えて研究が滞っているとの便りがあって、その後の消息を聞かなかった。ところが二〇一九年四月に在日韓国YMCA会館で開かれた「在日コリアン文学研究シンポジウム」（韓国文学翻訳院・駐日韓国大使館文化院共催）に参加した折、思いがけなくギョンエ氏と再会した。

尹健次がときどき出席した。著名な人だ。在日朝鮮人が日本の大学教員になる草分け期に神奈川大学の教員になって注目された。大学教員としてよりも重厚な著作活動による業績が大きい。思想史の視点から天皇制日本の近現代を批判し、在日朝鮮人のアイデンティティを追求する著書は、「読む会」でもおおかたをテキストにしてきた。集成的な労作『「在日」の精神史』全三冊（岩波書店）にいつ取り組むか、懸案のまま残されている。尹健次については『情況』二〇〇八年一二月号の特集「尹健次『思想体験の交錯』を読む」に「在日／文学のゆくえ 日本との交差路にて」を、『神奈川大学評論』八三号・一六年に『「在日」の精神史』書評を書いた。

コンチャ氏は京都で「酒と文学を楽しむ会」を開いて多士済々の顔ぶれが集っている。在日総合誌『抗路』の刊行にも注力している。『抗路』が『マダン』『チャンソリ』『ナグネ』『季刊三千里』『在日文芸 民涛』、女性誌『無窮花』、在日女性文芸誌『地に舟をこげ』などを継いで発行されている意味は大きい。

さかのぼってこれら雑誌を読んでくると、半世紀間の在日社会の様態／意識の変容が垣間見える。

『抗路』には「「在日文学」二〇一五、そしてゆくえ―宋恵媛『「在日文学史」のために』にふれて」（一号）、廣瀬陽一『日本のなかの朝鮮 金達寿伝』書評（七号）、「〈問題〉としての金鶴泳」（九号）を書いた。

## 生活派リアリズムの人びと

二〇〇〇年代の「活況」の時期には在日朝鮮人作家を読む会の「伝統」に属するなかまも参加した。知的領域の群と汗のにおいの群が混在して、にぎわいであった。

そのシンボルが林安沢。生粋の在日二世だが「はやしやすざわ」と自称する（二〇歳年少の彼をぼくは「アンテギ君」と呼ぶ）。元労働組合の活動家。名古屋三菱・朝鮮女子勤労挺身隊裁判を支援する会の集会にぼくと同行したあとその活動に軸足を据えて、延々とつづく三菱本社抗議と交渉の「金曜行動」のために毎週、東京へ行く。十年余「読む会」の中心にいたが、いまはあちらこちらの集会やデモで顔を合わせるだけのなつかしい存在になりつつある。

林安沢は例会の会場予約、イベントあとの宴席交流会の手配など一手に引き受けて「読む会」幹事長であった。雑事は人まかせのメンバーがほとんどのなかにあって彼は浮葉正親と並んで運営を支える人だった。裏方ばかりではない。手を挙げる出席者がいないときは報告者を買って出る。着想はトリッキー、個性的。政治／権力とたたかう文学は定型と月並みと常套句を嫌う。ぼくは彼の詩的ひらめきを愛したが、『架橋』になにも書かなかったのがふしぎである。ゆえにぼくは彼を「語り系詩人」と呼ぶ。

アンテギ君とぼくのあいだには「読む会」のなかまでは珍しく「あにき」と「おとうと」みたいな気分があった。純な性格の彼はぼくの連れ合いが亡くなったとき涙を見せて花を供えてくれた。

アンテギ君と連れだって参加したのが左近明子。ハングル教室で学ぶなかまだったようだが、彼とは容姿、発言とも好対照。オーソドックスな理知派の人だった。紀伊國屋書店（丸善書店だったか）に勤める夫の転勤で福岡へ転居してしまった。

太田道子も独特の読みをきらめかせる人。発想の根にマイノリティへの親和と朝鮮人集住地に育った体験がある。現実の体験に根ざしながら、日常の生活感覚をずらす身体ことばが特徴の詩を『架橋』に載せた。詩人金時鐘に心酔し、その詩を読経代わりに日々、独読する。絵を描き、朗読劇などで社会問題にコミットし、ときにプロ劇団の公演に飛び入り出演する、身体表現の似合うキャラクターなのだ。

体調を懸念して風光明媚な岐阜県中津川市に引っ込んでいたが、数年ぶりに二二年五月の例会に現われた、突如という感じで。詩を書く連れ合いの介護のために名古屋に一時起居しているという。

小荒さち子は九〇年代に東京から参加した教員。十年ほど空白のあと出席した。

許長順は徹底的な生活派の在日二世。夫とともに十数人の従業員をかかえて自営の仕事一筋に過ごしてきた。七十歳で引退すると脱兎のごとく走り出す。民俗組織の女性同盟で活動し、朝鮮語を学び直し、「読む会」に辿りついた。ホ チャンスンさんにかかると、作品のなかの登場人物が彼女の隣人に変わる。在日身世を語ればエンドレスになる彼女は『架橋』にショート自分史を書いた。

チャンスンさんが「読む会」を離れたあともＮＰＯ法人三千里鐵道や朝鮮高校無償化適用を求める裁判で顔を合わせたが、「脚が弱って外出が難しくなった」と電話があって以後、消息が絶えた。

中島和弘は本業が造形作家の詩を書く人。大阪文学学校で金時鐘から詩を学んでいた。通称「しまさん」は重層的存在である。表現ジャンルは言語と造形、ノリパンで若者に混ざってプンムルなど身体表現もしている。出自は父朝鮮半島、母日本列島の重層。思考スタイルは観念と具象の混交。重箱の隅に固執する読みとアンチテーゼを好む批判癖は、ときに議論の停滞をもたらし、ときに停滞する空気を異化して議論を活性化する。「読む会」史に伝統的に登場するトリックスターであるらしい。情緒を排して生命感覚をドキュメンタルな詩法で表現する詩を『架橋』に書きついでいる。

原田芳裕と出会ったときのことを思い出すと、つい笑みがこぼれる。詩人金時鐘がバンドとコラボして自作詩を朗読するライブが名古屋であった。会場にまるで荷物が歩いているような恰好の若者がいた。韓国の短期語学留学を終えた帰途だという。打ち上げの場にも荷物男は付いてきて「読む会」にもやって来た。それが「原田君」である。「読む会」にはダブルの〈在日〉は珍しくないが彼もその一人。「読む会」に顔を見せなくなったらノリパンに加わったり、セクシュアルマイノリテイのコミュニティで活動したり、職場でパワハラに遭うとその顛末を本にしたり、ユニオンでパワハラ相談員みたいなことをしたり、どれも長くつづかず移り気が個性みたいな青年だった。『架橋』二四号・〇五年春に素直な詩「在るということ」を書いた。

　大橋悦子は新左翼党派の経験者だったが、在日文学をよく読んでいるうえ井上光晴の読者でもあったので気が合った。家が同じ方向ということもあって飲食しながらよく話をした。その「悦ちゃん」と連れ立ってきたのがパートナーの石田翼。「つばさ君」の本好きは半端ではなく漫画作品まで動員する在日文学の読みがユニークだった。まっさらな感性が「読む会」に新風を吹き込むかと期待したが、間もなく二人の足は遠のいた。遠のいたあともボクシング好きの「つばさ君」はぼくがセコンドライセンスを所持するジムの試合を三度ほど観に来てくれた。

　石川湧斗は名古屋大学工学部生から院生のあいだ熱心に「読む会」に出席した。文学には特に関心もなさそうな理数系青年だが、おかげでぼくのパソコン先生を務めてくれた。いろんな集会にひょっこり顔を出す寡黙青年。大阪府に本社がある大手電機メーカーに就職して消息は絶えた。

読書会形式・イベント形式をふくめて毎月欠かさず続いてきた在日朝鮮人作家を読む会の

〝伝統〟が途切れたのは、いつだったろうか？　会録を繰ってみると二〇一三年八月・四一七回の翌月九月が最初である。次いで一四年八月、一五年には二度ずつ歯が抜け始めている。ということは三十五年ほど毎月例会を堅持してきたということである。それがついに途切れたということは会活動にかすかな影が差しはじめたことでもある。

「歯が抜け始めて」からも年に一、二度は十名を超えることもあったが、しだいに一桁になって五名に充たない月もあった。それで参加者が五名以上であることを条件に開催することにした。人が作る活動である以上、その現象は一種の危険信号であった。そこにコロナ禍が追い打ちをかけて二、三か月に一度の開催が定例になって現在にいたる。

「赤信号」の原因についてはこの節の前のほうでいくつか書いた。簡単に言えば在日社会／文学の変容・衰退と「読む会」の役割の喪失という「時代の状況」にある（と言えるだろう）。

ターニングポイントは二〇一七年一一月の四十周年記念マダンあたりだろう。それ以後は〝残務整理〟の感がある。もはや何かが生まれることはなさそうだ、仲よしサロンになりかかっている、というのがぼくの見る「読む会」の現状である。それでも新しいなかまが現われて、幕が降りないのはなぜか、ふしぎである。

知的領域のなかまも生活派リアリストのなかまも、古くからの居残り組も新しい顔も、混ざり合った七人前後の〝常連〟によって続けられている（二〇二二年現在）。新しい顔ぶれを紹介する。

草野信子は詩歴がながく、ぼくの知る限りでも『持ちもの』『母の店』（ともにジャンクションハーベスト刊）など何冊もの詩集を上梓している。戦争や現実の不条理といった「大きな物語」をメッセージではなく私的な心象のメタファーによって表現する。真向かいから語りかけてくるのではなく、いつの間にか読者の横にいる、そんな詩だ。内なる〈在日〉を呟きはじめるのはこれからだろう。

朴成柱は名古屋大学院生。日本で生まれ韓国で育ち再び日本で暮らす、すこし特異な〈在日〉だ。そんな自分史の断片を『架橋』三四号と『抗路』八号に書いた。自己定立の道を安易にアイデンティティ問題に回収せず、オルタナティブな実存の在りようを模索しているようだ。現在取り組んでいるのは、在日二世作家（現済州島在住）の金蒼生研究。

同時期に参加したのが、韓国から研究員として名古屋大学に来ていた金可烈。野間宏に強い関心を持っていて期待したが、研究テーマに迷って小説を書きたいとも言っていた。テーマが見つかったのだろう、顔を見せなくなった。

姜寿成は生活リアリスト派の系列というべきか。人とのつながりを求めて〝新世界〟を探しているようだ。

二〇〇〇年以降のイベント形式例会と二一号以降の『架橋』目次を記す。

### イベント形式例会

三一〇回（二〇〇四・九・一〇）　「変容と継承―在日文学はいま『〈在日〉文学論』出版のつどい」一部・磯貝治良の話＋参加者フリートーク　二部・ノリマダン（出演・センメッチュのアンヂュンパン ソルチャンゴ　酒井弘美の三線と沖縄うた　李朝憲とそのなかまのミンソクチョンによる「恨の言霊―アイゴの世界」　ノリパンのハクチュム鶴の舞　ウリマルサークル・イッポのオモニイヤギ　趙博のパンソリとヨイトマケのうた）名古屋YWCAビッグスペースにて　参加者八〇名

三四〇回（〇七・三・二五）　名古屋大学留学生センターオープンフォーラム「在日文学の時代―作家・磯貝治良氏を迎えて」講演・磯貝治良　コメント・尹健次（神奈川大学教授）立花涼（文学思想家）　参加者四五名

三五二回（〇八・三・二三）　在日朝鮮人作家を読む会30周年記念マダン「〈在日〉文学と読む会の30年―何を読み、語り、表現してきたか?」一部「30年を語る」発題・磯貝治良＋会員トーク　二部「これからを語る」参加者発言　三部「遊びの場」（ノリパンのサムルノリとソゴチュム）名古屋YWCAにて　参加者五五名四〇四回（一二・七・二二）　名古屋大学留学生センター公開フォーラム「社会参加としての在日朝鮮人文学―磯貝治良とその文学サークルの活動を通して」講演・磯貝治良　パネリスト・清水良典（文芸評論家）黄英治（作家）参加者三五名

四三八回（一五・一〇・二五）　『クロニクル二〇一五』『〈在日〉文学の変容と継承』出版記念の集いマダン「ジローの文学と「在日文学」の可能性」一部・磯貝治良「自著を語る」二部・李銀子による伽倻琴演奏　三部・フリー討論「〈在日文学〉のゆくえ」名古屋YWCAにて　参加者三八名

四五三回（一七・一一・二六）　在日朝鮮人作家を読む会40周年記念マダン「出会いと創造―協働する文学へ」一部・語り「四十年あれこれ」磯貝治良　二部・民族音楽ノリパン　三部・参加者フリートーク「〈在日〉文学の社会的役割とその可能性」名古屋YWCAにて　参加者三二名

## 『架橋』二一号以後の目次総覧

二一号（二〇〇一年夏）　小説・磯貝治良「水について」劉竜子「夜汽車」、短歌・北原幸子「わたしのなかのわたしたち」五篇、エッセイ・朴燦鎬「わが若き日の〝武勇伝〟」、評論・廉武雄「自由精神で露となって研がれた刃の輝きの言語―趙泰一の詩を読む」（加藤建二訳）コラム・卞元守「一葉のハガキ」匿名「三千里鐵道って何？」（以下、無記名コラムとあとがきは磯貝治良筆）会録　あとがき

二二号（〇二年夏）　小説・磯貝治良「シジフォスの夢」劉竜子「白い花」宋基淑「道の下で」（加藤建二訳）、エッセイ・朴燦鎬「宋建鎬先生を悼む」コラム「「戦争したい法制」三法案」会録　あとがき

二三号（〇三年夏）　小説・磯貝治良「革命異聞二〇一五」劉竜子「ウトロ」ビョンウォンス「あられ」、エッセイ・朴燦鎬「私の一九七二年」コラム「愚かの理由（わけ）」会録　あとがき

二四号（〇五年春）　小説・磯貝治良「路上の詩人」立花涼「見殺し」、詩と川柳・原田芳裕「在るということ」韓日珠六三句、エッセイ・朴燦鎬「현해탄（ヒョンヘタン）は「玄海灘」である」コラム「鷺沢萠と渡野玖美の死」「『8月の果て』は果てしなく」「言葉って何？」会録　ある集いそしてあとがき

二五号（〇五年冬）　小説・磯貝治良「弾のゆくえ」劉竜子「旅人宿 酒幕」立花涼「石の声」、詩・中島和弘「詩三篇」、エッセイ・朴燦鎬「〃越県合併〃に憶った事ども」磯貝治良「裁判官の戦後責任を問う」コラム「『金石範作品集』」「ことば表現、からだ表現」会録　あとがき

二六号（〇六年冬）　小説・立花涼「逆なで」磯貝治良「自画像へ」、詩・中島和弘「詩二篇」評論・磯貝治良「〈在日〉文学の女性作家・詩歌人」、エッセイ・浮葉正親「日韓国際シンポジウム２００６「在日朝鮮人文学の世界」に参加して」朴燦鎬「苦く、やる瀬ない記憶」コラム「危ないのは、どこ?」「全集こぼればなし」会録　あとがき

二七号（〇八年春）　小説・黄英治「睡蓮の祈り」磯貝治良「人差し指の十六歳」、評論・磯貝治良「ボクシング表現考」立花涼「闘いながら歩いていくこと―磯貝治良「弾のゆくえ」論」、エッセイ・朴燦鎬「鬼神のような」コラム「三十年あれこれ①―発足の頃」「②―人の移り変わり」「③―変化と持続」「④―『架橋』のこと」会録　あとがき

二八号（〇九年春）　小説・黄英治「あの壁まで」立花涼「ｏｎ　ｔｈｅ　ｂｏｒｄｅｒｓ（国境の上で／について）」劉竜子「山崎川」磯貝治良「往還する人」、評論・細井綾女「アズズ・ベガグ――マグレブ系仏語文学」、エッセイ・浮葉正親「虚虚実実―ムーダン（巫堂）との出会い」朴燦鎬「「咲」の音読み、できますか?」許長順「生きる」コラム「大討論「浮遊する在日コリアン」」同「二便」同「終便」会録　あとがき

二九号（一〇年春）　小説・磯貝治良、「置き忘れたもの」、詩・丁章「まぶしい同学」、評論・立花涼「翻訳の思想　佐藤泉の金石範論への応答」細井綾女「プールの表現者たち」、エッセイ・浮葉正親「世襲巫という生き方」朴燦鎬「海峡を越えて、いま」、私的ドキュ

メント・磯貝治良「文学ときどき人生―素描」コラム「「韓国併合」一〇〇年」「NHKと『坂の上の雲』」「「2010年」といういま」「紙幣とナショナリズム」「永住外国人の地方参政権」「豚に目と鼻を」会録　あとがき
三〇号（一一年春）　小説・磯貝治良「家の譜」黄英治「特別面会―続あの壁まで」劉竜子「大叔母（クヌメ）」詩・パゴ英子「名誉白人たちへの献辞」、評論・立花涼「磯貝治良「置き忘れたもの」論」、エッセイ・浮葉正親「「東大教授」になりそこねた日―ある巫俗人団体の総会にて」朴燦鎬「二人の音楽人の訃報」磯貝治良「『架橋』21号～30号のこと―あとがきを兼ねて」『架橋』21号～30号目次　コラム「「読む会」って研究会？」「ウィキリークス」「「挑発」について」会録
三一号（一二年春）　小説・磯貝治良「消えた―小説「3・11」」「ウニムの場合」黄英治「駄々っ子―あの壁まで・間奏曲」、詩・丁章「アボジがいない」、評論・パゴ英子／立花涼「目取真俊『目の奥の森』論に向けて」、エッセイ・朴燦鎬「한글（ハングル）の短歌・俳句で「ん」の文字数は？」コラム「沈黙と嗚咽」「核発電のうらおもて」会録　あとがき
三二号（一三年夏）　小説・黄英治「ポプラ　あの壁まで―終章」磯貝治良「夢☆沙漠を行く」、評論・パゴ英子&立花涼「欄外に―磯貝治良「置き忘れたもの」再読」、講演記録・磯貝治良「文学に見る〈在日〉の変遷とこれから」、エッセイ・浮葉正親「在日文学

研究とディアスポラ概念の可能性」細井綾女「非在日の場所から「在日」を語るということ」朴燦鎬「오잇씨 같은 버선발로…?」、ショート自分史・許長順「私の願い」コラム「沙漠について」「マル経学者の死」会録　あとがき

三三号（一七年夏）　小説・磯貝治良「分離する人」黄英治「煙の匂い」、詩・太田道子「白い蝶たち」中島和弘「地図」、評論・パゴ英子&立花涼「非知と知／磯貝治良「置き忘れたもの」を読む〈終わりに〉」、ドキュメント・磯貝治良「四十年あれこれ—出会いと活動の記」、エッセイ・浮葉正親「読む会に参加して—在日朝鮮人文学から磯貝治良文学へ」朴燦鎬「よもぎ餅」「わが闘病記」コラム「無重力空間にて」「気づいたら、ライフワーク」会録　あとがき

三四号（二〇年夏）　小説・磯貝治良「道☆連れ」、詩・草野信子「山羊」中島和弘「遠い記録」、評論・立花涼「読む、時代を？『こわい、こわい』と『禁じられた郷愁』の交差的読解」、エッセイ・朴成柱「24歳を迎え、私がいま考えていること」、本の紹介・浮葉正親「在日朝鮮人の歴史と記憶をめぐる闘い—朴沙羅『家（チベ）の歴史を書く』筑摩書房（二〇一八）に寄せて」コラム「コロナ禍と言葉」会録　あとがき

『架橋』別冊（二〇〇八年春）　「何を読み、語り、表現してきたのか？」在日朝鮮人作家を読む会30周年記念。会内外の有志十九名が思い思いの文章を寄せている。タイトルは省

略して掲載順に執筆者の名を記す。磯貝治良、深沢夏衣、黒古一夫、佐川亜紀、丁章、黄英治、劉竜子、朴燦鎬、大泉幸子、許長順、太田道子、金貞恵、原田芳裕、林安沢、加藤誠、立花涼、浮葉正親、蔡孝、中島和弘。【特別掲載】として金時鐘の最新詩三篇「青いテロリスト」「旅」「跳ぶ」が載っている。編集は浮葉正親。

『架橋』が五号から文芸雑誌形式になったとき、ぼくはあることを決めた。毎号、小説を発表しよう、と。

一九五七年から同人雑誌を小説の主要な発表舞台にした。七〇年代からは『新日本文学』と『架橋』がそれになった。二〇〇〇年初頭に新日本文学会が閉会すると、小説のすべてを『架橋』に載せてきた。四百字詰め百枚前後の作品が多いが二百枚、三百枚の作品も六、七篇ある。三一号（二〇一二年春）には東日本大震災時の福島第一原発核爆発事故を材にした「消えた」と在日二世女性のトラウマ体験を描いた「ウニムの場合」の二本を同時掲載した。文友の作家野呂重雄はぼくの創作活動を「去年今年貫く棒のごとしかな」（虚子）と評した。

かくして在日朝鮮人作家を読む会と『架橋』はわが文学運動の根拠地になった。

## 四人の〝恩人〟

あれもこれも、彼女も彼も、と思うままに書いてきた。そろそろ幕にしようかと思った矢先、肝心なことに気づいた。世話になった四人について書かなくてはならない。

『架橋』の表紙絵は二二号（二〇〇二年夏）以降の毎号、大冊『呉炳学画集』（二〇〇一年・同画集刊行委員会）の中から仮面・戯の作品を拝借している。謝礼は一切ない。

借用をお願いしたときはまだ面識はなかった。オビョンハク画伯は即座に「どうぞ、ご自由に」と言った。そのときの見事にけれん味のない電話の声が耳もとに残っている。表紙絵を提供してくれただけではない。出来上がった『架橋』を送ると毎号、旬日を経ずに川崎のアトリエから読んだ旨の返事が来て、長電話もいとわず作品の感想も聞かせてくれる。ぼくの著書も読んでいていろいろ意見を述べてくれる。

のちに何度かお目にかかることになった。なるほど「孤高の画家」（美術批評家 針生一郎）と評されるにふさわしい人品の芸術家だ。一世世代に独特の気むずかしさは例外ではないが。

画伯は青年時代、絵画の道とともに文学を志していたようだ。それとボクシングファンであった。ボクシング小説「自画像へ」（『架橋』二六号）にはボクシングを知る人ならではの評価を頂いた。画伯の描く仮面戯の躍動とリング上で選手が表現する肢体の動感には通じるものがあるのだろう。画伯は絵画の道に入って以来、セザンヌに傾倒してきた。朝鮮の壺など静物や人体像のみでなく民俗戯の画法にもセザンヌが活かされているのだろうか。大作の仮面戯を観たとき、観客の民衆がなぜ構図からあふれていないのか、と訊ねたことがある。絵はカンバスに収まっていなくてはいけない、と画伯は応えた。

一九二四年に朝鮮平安南道に生まれて青年期に渡日した呉炳学画伯は、二〇二一年九月に亡くなった。享年九十七歳。

『架橋』表紙の題字は雑誌形式になった五号以降、磯貝英宗の揮毫を使っている。ぼくの父である。一九〇四年（明治三七年）生の英宗は一九九七年に誤嚥性肺炎で亡くなった。享年九十三歳であった。

英宗は「印菰描き（しるしごもか）」と呼ばれる職業の職人であった。「印菰かき」という仕事の制作工程を説明するのは難儀なので省略するが、いまはあまり見かけなくなった酒樽の「こもかぶり」。あの菰に商標・銘柄・酒名と絵柄を描く職人である。たとえば「敷島」「鷹の夢」「大勲」などの酒の名に鷹の絵などそれに因む絵を配するのである。今ふうにいうならデザイナーあるいはイラストレーターというところか。たまに抽象的な絵柄もあるので現代アート作家の遠い親戚でもある。書体も絵柄も独特のもので英宗の字体は芝居や大相撲のそれに近い。先代由太郎（ぼくの祖父）の筆致をいくらかは受け継いでいるのかもしれない。ぼくの家を漁港の町の人たちは「しるし由っさ」と呼んだ。

父英宗は、おれの字でいいのかな……とちょっとはにかみながら四、五枚書いてくれた。それが『架橋』の題字である。

戦中から戦後にかけて十年くらいだろうか、酒類の経済統制によって印菰商をできなくなった。そのあいだ英宗は、山の木々を買い取って伐採する「山師」や繊維の闇ブローカーなどを生業として家族十人の口を糊した。印かきの仕事が再興したのは一九六〇年代初頭だった。年の暮れになるとテレビや新聞が正月番組・記事のために取材に入るようになった。七〇年代には灘、伏見といった酒どころに印かき職人は残っていても中部から東にはいなくなっていた（あるいはまがいの職人しかいなかった）のか、東北の酒造元からの注文もあった。

大手印刷企業がプリントものの「こもかぶり」を開発して市場化したのは八〇年頃だった。それでも高価なのをいとわず伝統の「こもかぶり」を求める酒造元はあって、「しるし由っさ」の家業は続いた。菰の表面を滑らかにする磨り作業に始まって書画描き（これは和紙に描いたものを一文字三ないし四枚一組の型紙にして刷り込む手法）から「荷づくり」と呼ばれる菰の樽包装に至るまで、体も使う仕事である。

父英宗は朝食に丼めしと椀二杯の味噌汁、夕食に二合の晩酌を楽しみ、朝起床時と夕方の風呂上がりに田舎家の玄関口に立って東の空に向かい柏手を打つ習わしを欠かすことなく、八十歳まで現役の職人であった。挙措、性格は職人ふうではなかったのでふしぎでもある。民俗学者柳田国男の写真を見ると、ぼくは父英宗を憶い出す。

母すゑのことも書かなくてはならない。一九〇八年（明治四一年）に愛知県阿久比板山村の農家で生まれた。兄ばかり三人のきょうだいの末娘。

十八歳で三キロほど離れた亀崎町の英宗と結婚すると、九人の子どもを産み（長姉は生後一週間で死亡）、農繁期には義母（ぼくの祖母）の田仕事を助け、春夏秋冬の畑仕事を担った。幼い頃から蛙や泥鰌を捕って遊んだ人なので土との暮らしは彼女の生きがいだったかもしれない。ぼくは小中学生の頃、畝おこし、芋掘り、麦踏みなどを手伝ったが、彼女の野良作業はリズミカルで軽快だった。

唯一ふしぎなのは、百姓家で育ったのに極度の蛇ぎらいだったことだ。ねずみの死骸などは平気で手づかみするのに、蛇の話をするだけで顔を蒼くした。家の納戸で一度、とぐろを巻く青大将が見つかった。そのとき彼女は一日じゅう食事をしなかったことをぼくは憶えている。

一字無識の人であった。カタカナはすこし書けたであろうか。末娘が大学に入って下宿生活を始めたときだった。ぼくが実家に戻ると部屋の机の前に座った彼女が慌てて何かを隠した。六十歳の彼女が夫の留守に一人こっそりと文字の読み書きを学んでいたことを後に知った。下宿先の末娘に手紙を書くためであった。彼女が外出の際に古い乳母車を押すようになったのもその頃だった。姿勢のひずみを隠すためだった。母すゑのそんな恥じらいをぼくは愛した。

母すゑは一九九五年に膵臓がんのために亡くなった。享年八十七歳。「家父長制」の時代に親（義母）に従い、夫に従い、子に従う「三従」を典型的に生きた人だった。父英宗の性格は専横的ではなかったが。子たちがみな家を離れて夫婦きりになった晩年、隠然としてあった二人の力関係が逆転したのは見事であった。

彼女が育て上げた八人の子のうち六十歳代で亡くなった長男を除いて、上は九〇歳代の長女から下は七〇歳代後半の末っ子にいたる七人は健在である。二〇二三年現在八五歳のぼくが不都合なく健康寿命を保っているのは父英宗と母すゑの丈夫な体を頂戴したおかげだろう。

すゑのことは「すゑの話」（『架橋』二〇号 二〇〇〇年夏）に、英宗のことは「父」（『新日本文学』一九九八年九月号）に、それぞれ書いた。


最後に磯貝（旧姓上坂）年子のことを書く。

在日朝鮮人作家を読む会四十年の活動と、ぼくの売れない文学人生六十年と、カネには無縁の社会（市民）運動と、非家庭的生活スタイルと――それらを物心両面で支えたのは、連れ合いの磯貝年子である。ぼくの一九六〇年以降の人生は彼女のサポートなしには考えられない。

浮葉正親が生前、残した文章がそのことに気づかせてくれた。浮葉正親は書いた。「闘病中だった磯貝さんの奥様・年子さんが三月七日未明に他界された。享年七〇歳。四八年間、「売れない物書き」を自称する磯貝さんを支え続けた人である。私たちは一面識もなかったが、読む会を陰で支えた最大の功労者だ。心からご冥福をお祈りしたい」（『架橋』別冊・二〇〇八年春）。

たしかに浮葉正親ら「読む会」のなかまが彼女に会ったのは、葬儀のとき棺に眠るデスマスクの他にはなかった。彼女は「読む会」あるいは関連の場に参加したことはない。だから七〇～八〇年代に拙宅を訪ねたなかま以外は彼女を知らない。なにかの話題の折に「チェー君」「ぺーさん」「ボンスさん」の名を口にするくらいだった。

磯貝年子は生粋のリアリストであった。世に言う恋愛中には一緒に映画を観ることもあったが、生活を共にしてからは観たことがない。彼女の部屋にあった小説は宮本百合子の「伸子」一冊であった。彼女にとって小説とか映画は非現実の作りものだったらしい。

そのかわりに手仕事や家計のやりくり、行動力においては、生活の名手であったと思う。家族と自分のことは後まわし、世話好きと気づかいが先行するので友人知人を造る達人でもあった。それでボランティア・サークルをいくつも作り、パートタイム仕事と掛け持って家にいる時間は少なかった。ぼくは人声や物音のある喫茶店、公園などでモノを書くことが苦手、音楽を聴きながら本を読むこともしない。どちらかと言えば、ぼくは「家の人」、彼女は「外の人」であった。なのに家事労働一切、世間付き合いのすべてを彼女がこなしたのだから、その人生を凝縮して映像にしたらチャップリンの映画みたいに動き続けていたことになる。彼女が遺したノートに「自由にさせてくれてありがとう」とあったのが、悔いのせめてもの気休めにするしかない。もちろん自由にさせるさせないの関係ではないが、彼女はそのように書き遺した。

死者へのオマージュにもなりかねない回想になったが、彼女の事実に即して書いた。

約一年半におよぶ闘病のすえ二〇〇八年三月七日午前二時五分、磯貝年子は胆管がんのため死去。享年七十歳。同年生のぼくはさらに十五年を生きのびている。彼女が逝った日のぼくの日記には「深い虚無感」の文字が見える。

磯貝年子については大学時代を材にした自伝的小説「シジフォスの夢」（『架橋』二二号 〇二年夏）、死の間もなくに書いた小説「往還する人」（『架橋』二八号 二〇〇九年春）などで描いた。

磯貝年子への「ありがとう」の意を込めて、宣伝めきもするがぼくの著書を挙げて、幕にする。

・小説

『イルボネ チャンビョク――日本の壁』（一九九四年・風琳堂、「根の棺」「梁のゆくえ」「スニの墓」「ソンチャの選択」「木槿」「イルボネ チャンビョク――日本の壁」所収）、長編『在日疾風純情伝』（一九九六年・風琳堂）、『夢のゆくえ』（二〇〇七年・影書房「テハギは旅人のまま――」「弾のゆくえ」「夢のゆくえ」「きちげあそび」「最後の電話」「流民伝」所収）、長編『クロニクル二〇一五』（二〇一四年・一葉社）

・評論

『始源の光――在日朝鮮人文学論』（一九七九年・創樹社）、『戦後日本文学のなかの朝鮮韓国』（一九九二年・大和書房）、『〈在日〉文学論』二〇〇四年・新幹社）、『〈在日〉文学の変容と継承』（二〇一五年・新幹社）

　評論のほとんどは韓国で翻訳されている。

社会時評

『斥候のうた――地軸がズレた列島の片隅から』（二〇一八年・一葉社）

ルポルタージュやエッセイをふくめて共著書は十冊余になる。

若い頃に出した私家版には妙に愛着がある。最初の小説集『今日 零に向かって起つ』（一九六三年・実存社、発行人・磯貝年子）、ルポ『れんみん（人民）の中国 散見ノート』（一九七八年・

愛知新報社)、『わたしの創作入門』(二〇〇九年・ミネリ書房)、小説集『消えた——小説3・11』(二〇一一年・ミネリ書房「表題作と「ウニムの場合」を収載)

磯貝治良・黒古一男編『〈在日〉文学全集』全十八巻(二〇〇六年・勉誠出版)の刊行は忘れがたい仕事である。これによって多くの小説・詩歌を読むことが可能になり、読み継がれるだろう。在日朝鮮人文学がいよいよ〈文学史〉となる様相なのは寂しいが、その研究の一助になるはずだ。この仕事によって文学上の「戦後責任」のひとかけらほどは果たせたのではないか、勝手にそんな気持になっている。

ゴールを切った後もなお軽快に走りつづける優勝馬の姿は美しい。いや負けた馬たちの姿もさわやかだ。レースを終えて軽やかに走りつづける、あの姿がぼくは好きだ。

# 終章　後衛を歩きつづけて――社会運動六十年の素描

それを何と呼べばよいか？　社会運動、市民運動、大衆運動、反体制運動、反権力行動などの言葉が思い浮かぶ。当たらずとも遠からず、似て非なるもの、どれにもそんな感がする。とりあえず「社会運動」と呼んでおく。

文学の旅とほぼ同時代を平行してそれは続いてきた。孤独に原稿に向き合っていると街頭が気になり、外で行動していると文学がしきりに呼ぶ。そんな日々によってカレンダーは埋められていく。持ちつ持たれつの二足のわらじを愉しんだが、やはり文学が軸足、社会運動はその重要なバックグラウンドであった。いずれ劣らず暮らしのなかの日課のようになったことには変わりない。

ぼくの社会運動らしきものを素描する。それは一九六〇年頃に始まった。

## 未成年は変身する

ぼくは高校三年生の夏休み前までは野球少年であり、球児であり、ボクシング志望であり、ケンカを探して歩く、生粋の身体表現派であった。傷害事件を起こして家庭裁判所送りになったのは高校二年生の時。愛知県知多半島の漁港のある町から父といっしょに名古屋の家庭裁判所に出頭した。中年の男の人が父とぼくに説諭らしきことを述べ、何か申し渡した。その人が家裁判事であり罰金刑を告げたのだ、と数年後に理解した。

野球と同時にヤンキー生徒で知られた私学四強の高校でなんとなく番長格に付いて、同じ私学四強の他校の番長格Kと名古屋中心街の百貨店内で大立ち回りをしたのは三年生の初め頃だったろうか。そのときぼくのパンチで眉を切ったTが後日、ダチ（なかま）を引き連れてぼくの高校へジャックナイフ持参で復讐に来た。学生服の背中が十センチほど裂けたが、なんとかかわして事なきを得た。それ以後はぼくに喧嘩の記憶がない。

身体派少年が、なぜ小説に興味を持ったのか？　なにかの目覚めといった記憶もなく、具体的なきっかけも思いつかない。半世紀余も続いたのだから、読むこと・書くことが性（しょう）に合ったというほかない。たしかなことは、変身の始まりが大学進学の決まったのと時期を同じくするということ。手もとの「執筆・発表・読書帳」（以下「ノート」）によると、受験前日になぜか石原慎太郎の『太陽の季節』を読んでいる。

　高校三年生の夏休み頃に大学受験が急遽、決まった。どんないきさつからだったろうか。S教師が「学費を援助するから大学に行け」と勧めてくれたことは憶えている。S教師は妻も子どももいたがゲイ系の人だった。オーダーメイドのコートや学生服を拵えてくれたり、家に泊めて家族のように遇してくれた。教師と生徒の関係としてはちょっと異質な間柄であった。

　S教師の勧めがなくても、父はぼくを進学させるつもりだったようだ。父は小さな漁港のある町では評判の「勉強のできる子」だったと、おとなたちからよく耳にした。父は高等小学校を卒業するなり、勉学への希望に反して祖父について職人（酒樽のこもかぶりに商標の書や絵柄を描く「しるしかき」）の道に進んだ。ぼくの兄二人は高校を中退していた。それやこれやでぼくを大学に行かせかったと推察できる。父の決心とS教師の勧めと、どちらが先だったかははっきりしない。いずれにしても、ぼくは奨学金とアルバイト収入のほか二年生のとき特待生に選抜されたこともあって、大学四年間を自力でまかなった。

　自伝的小説四部作の第三部「檻と草原」（『架橋』一九号　一九九九年夏）に高校時代を描いた。

**愛知大学生の頃**

　一九五六年四月に愛知大学に入学。文学部ではなく法経学部経済学科に進んだのは、卒業後の就職を考えたからとおもう。ばくぜんと一般企業を想定していて選択肢に教職の道はなかった。実際に入社試験を受けたのは、あっけなく失敗したマスコミ一社だけ。結局入社したのは、S教諭に紹介された合板（建材）メーカーの東洋プライウッド。

愛知大学は戦前戦中に中国にあった東亜同文書院の教員たちによって創立された私立大学。鈴木中国語教授によって編纂された大著『日中辞典』は戦後初の日中辞典であった。ルーツの伝統は今も教員・学生たちによって日中の学術交流に引き継がれている。

キャンパスには「自由の鐘」があった。「知を愛する」が学名の由来であったが学生運動も活発、名古屋大学とともに全学連愛知の中心にあった。「愛大事件」が起きたのは一九五二年、東大の「ポポロ劇団事件」と同時期だった。ぼくが入学する四年前ではあったが、その余韻は学内に残っていた。「愛大事件」は警察官が学生を装って学内に潜入し、発覚して学生によって軟禁されたスパイ事件。朝鮮戦争只中であったので、朝鮮人学生の動向を調べる目的もあったにちがいない。朝鮮人学生も少なくない大学であった。

ぼくが専攻したのは就職には不適なマル経（マルクス経済学）。二〇二〇年代のいまカール・マルクスルネッサンスのきざしがなくはないけれど、マルクス経済学は博物館入りして久しい。当時は他の大学は知らないが愛知大学では経済原論一・二・三の三講座のうち一・二がマルクス経済学系、三がケインズの近代経済学（近経）、そこに経営学なるものがおずおずと登場し始めていた。なぜマル経を選んだのか、自分ながらよくわからない。数学を苦手にするせいばかりではない。なにがしかの思想的嗜好もあったと思う。すくなくとも、近経よりははるかに文学に近い。

ぼくが入ったのは、マル経が洋服を着たような山本二三丸教授の「資本論ゼミ」。山本さんの『資本論』講読は面白かった。『資本論』何章何節にはこう書かれている、と暗記しているようだった。批判の語り口が小気味よく、当時マルクス経済学の権威であった先達の宇野弘蔵、向坂逸郎、中国のマル経研究事情、日本共産党の方針、全学連の闘争スタイルなどなどを軒並みに批判した。スターリン批判も辛口だったが、若きスターリンの著作を一定、評価していたのが印象に残っている。その山本さんは戦後の一時期、徳田球一の秘書をしていたと聞く。ゼミ生と登山を楽しむ山本さんには人なつっこいヒューマニティがあって、「人間経済学」を掲げた著書を青木書店などから何冊か出した。

ぼくには『資本論』は歯が立たず、実存主義文学／思想書を読みふけっていて、卒論「貨幣理論の展開」は三分の二くらいが引用という誤魔化しの代物であった。山本先生がよく通してくれたものだ。少し読み込めたのは『経哲手稿』くらいであったが、それでも今に至る「社会運動」のなかでマルキシズムの尻尾が残っている気がするからふしぎだ。

山本ゼミにはぼくより五、六歳は年長であったろう、姜元男がいて彼の下宿でいろいろ話を聞いた。韓国にはオモニ（母）がいて雑貨屋を営んでいる、結核を患って青森のサナトリウムにいるとき看護婦を好きになった、そんな話がなぜか耳に残っている。「金日成将軍のうた」も教えてもらった。彼は口にしなかったが、ユギオ（朝鮮戦争）を逃れて渡日したのではないかと思っている。卒業後、姜元男は立教大学大学院に進んで山本教授の指導を受けたようだが、再会することもなく消息は絶えた。ところが、二〇〇〇年代に文友になった在日朝鮮人作家黄英治から姜元男が彼の義父の知人であると聞いた。

卒業の年一九六〇年は反安保闘争がクライマックスに達していた。文学に熱中していたぼくではあるが、それ以前の砂川闘争、警職法反対闘争の時期から学内集会には熱心に参加した。学生自治会（全学連愛知）の活動には加わらなかったけれど、卒業後には「職革」になるという学友の「決意表明」をまぶしく聞いていた。「職革」とは職業革命家の意で、当時はほぼ日本共産党の専従になることだった。反代々木系三派全学連の活動家からは聞かなかった。そのことばを新左翼活動家が口にするようになったのは、ぼくの見聞では七〇年反安保闘争が近づく頃からだった。

大学時代は「自伝的小説第四部「シジフォスの神話」（『架橋』二二号二〇〇二年夏）に描いた。

## 東洋プライウッド闘争の片隅で

ぼくが東洋プライウッド（以下東プラ）に入社したのは樺美智子の死の三か月前、一九六〇年三月である。一九五〇年に中部財界の融資を糾合して創立した同社は、高度経済成長による建設ラッシュのとば口にあって鼻息が荒かった。東洋一の合板工場を標榜してフィリピンやインドネシアの諸島からラワン材を輸入し、昼夜操業を行なっていた。

ところが企業内では従業員の身分制度が露骨であった。本社を頂点とする事務職を「職員」、現場労働を「工員」と画然と分けられて、給与体系など待遇の差別だけでなく意識のうえの差別が蔓延していた。その古い体質は木材産業の特徴であったが、時代状況もそうであったが、たたかう労働組合は必然だった。

東プラ労組も階級闘争を掲げて、たたかう組合であった。それを嫌った会社は組合幹部五名、委員長（社会党員）、副委員長、会計（ともに共産党員）、書記長、青年部長（ともにノンセクト・ラディカル）を解雇。労組は身分制度の撤廃と解雇撤回を求めて熾烈な争議に入った。六〇年代終盤から七〇年反安保闘争と並行する時期だった。総資本対総労働という闘争スローガンが生きていた時代だ。ひんぱんにストライキを打ち、十か月におよぶロックアウトを敢行して、闘争は頂点に達した。東海地方の民間企業における戦後最後の大きな労働争議だった。

会社側の組織つぶしは容赦なく、仁義なき一本釣りの懐柔策が昼夜なく行なわれた。会社による同盟系第二組合の結成工作は成功し、労働者とその家族を分断した。家族ぐるみの付き合いという労働者固有のコミュニティは無残に解体されて、反目が残った。十か月ストが終わって最後まで総評系組合に残ったのは、二千名のうち四十数名であった。

組合指導部五名の解雇撤回を求める裁判は争議の四年後に勝訴した。しかし、労働現場の状況は一変していた。ぼくが東洋プライウッドを辞めたのはその判決の前、七二年春だった。

あの熾烈な争議のなかでぼくは何だったのか。何をして、何をしなかったのか。

事務職は「職員」、現場労働は「工員」という差別構造のなかで「職員」には労働組合がなかった（争議のなかで急遽、会社が職員組合を作らせた）。ぼくは「職員」であったので会社側の走狗の立場にあった。事実、「職員組合」はスト破りの前線であった。

総評系第一組合に単身、入るという選択肢は、小心ゆえもあってぼくには考えられなかった。辛うじてできたのが「スパイ」の役割だった。会社はしばしば会議名目で「職員」を集めて、争議の状況とスト対策を伝えた。それを第一組合の組合員に流す。職員組合の資料を渡す。会社側の情報を知り得る立場を逆手にとった情報提供者であった。それも本社員から工場の末端事務職へと「左遷」されるとともに難しくなったが。

東プラ争議の実態と会社側の工作を告発するルポが「たたかう労働組合と熱田神宮外苑開発会社」（『人権のひろば』四四号 一九六九年）、「資本の顔」（同四五号 同年）である。小説にも描いた。争議と労働者を題材に二重存在者を描いた「駱駝の死」（『東海文学』四四号 七一年）のほか「最後の電話」（『新日本文学』七二年七月号、『夢のゆくえ』影書房・二〇〇七年所収）、『最初の電話』（『笹島』二号 一九八八年七月）などである。

東プラ争議／闘争を記録作品に書きたいとおもいつづけてきたが、果たせないでいる。二〇〇〇年九月十一日に東海豪雨が襲った。自宅から一キロほど離れた河川が決壊。床上浸水一・五メートルの被害を受けた。その折、数千冊の蔵書とともに関連資料も水疱に帰してしまったからだ（水害をドキュメンタルに描いた小説が「水について」『架橋』二一号 〇一年夏）。

小説／フィクションのかたちでなら、描けるかもしれない。もし書いたなら、自伝的連作小説の第五部になる。一部は小学時代を描いた「漁港の町にて」（『架橋』一六号 九六年夏）、二部が中学時代を描いた「青の季節」（同一八号 九九年夏）。三部「檻と草原」、四部「シジフォスの夢」は先述した。

**愛知人権連合とべ平連名古屋**

一九六〇年代は六〇年安保と七〇年安保の端境期にあったが、政治の季節の名残りを充分に残していた。

前節に誌名を書いた『人権のひろば』は愛知人権連合の機関誌である。この団体は一九六〇年前後に日本共産党内での路線抗争のなかで発足した。松川事件など謀略事件の被告を支援する共産党の組織「国民救援会」から離れるかたちで作られた。一九五二年七月にメーデー事件、吹田・枚方事件とならぶ「三大騒擾事件」と呼ばれる大須事件が名古屋で起きた。その主要な被告三名が方針をめぐって党を除名された。三名の裁判闘争などを支援するために学者・弁護士・芸術家など当時「文化人」と呼ばれた知識階層と労働者・市民・政党活動家が愛知人権連合に集った。共産党を除名されるか立場を異にする人たちである。

会長は名古屋大学教授のフランス文学者新村猛。身近な活動家はいたずら心でその名を反対読みして「しけた先生」と呼んだ。ロマン・ローランの研究者である「しけた先生」は戦中、レジスタンス運動の共同戦線論を唱えた京都大学の『世界文化』に参画した人で、六〇〜七〇年代に「社共共闘」の実現に尽くした。それは名古屋市長選での革新市政の誕生に実った。みずからも社会党・共産党に推されて愛知県知事選に立候補した。

ぼくが愛知人権連合に顔を出し始めたいきさつは定かでない。新日本文学会系の文友たちとの付き合いが関係していたのかもしれない。愛知大学を卒業して間もなく、六一、二年頃だった。卒業の年六〇年の一〇月に磯貝年子と結婚していたので「妻帯者」であった。民主会館の事務所を初めて訪れたとき、部屋の薄暗さ、そこにいた人たちが醸し出す暗湿な雰囲気は憶えている。共産党との対立、除名問題の直後であった。

除名されて人権連合に拠った大須事件の被告、永田末男、酒井博を憶い出す。永田さんは東京大学卒業の党地区ビューローの責任者（だったと記憶する）。三重刑務所に収監中にドイツ語はじめ五カ国語を修得したという伝説がある。騒擾事件公判では一切弁明せず、「闘いは正当だった。わたしたちに過ちがあるとすれば、それは大衆の支持を得られなかったことだ」と陳述した。酒井さんとは九〇年代になって、大須事件を記憶する活動のなかで再び一緒した。愛知人権連合の事務局長は藤本功。藤本さんは理論派の知識人であるとともに人権連合の実務から『人権のひろば』の情宣、販売活動を足まめにこなしていた。

ぼくの最初の行動は、青梅事件の現地調査に参加することだった。青梅事件は東京都下の福生駅で起きた無人列車暴走事件。松川事件と同種のフレームアップ事件である。名古屋から同行した国労の青年部員の車中の様子が快活であったこと、現地での集会で三多摩の労働組合の旗が目立ったこと、評論家の松岡洋子が壇上のスピーカーの一人だったこと、その種の行動に初めて参加したぼくには、そんな他愛ない記憶しかない。

ドキュメント「青梅事件」①〜⑤を『人権のひろば』（一三号〜一八号 一九六六年二月〜八月一回休載）に連載した。

ベトナムに平和を！　市民連合なごや（べ平連なごや）が起ち上げられたのは一九六六年だった。愛知人権連合の事務所に連絡先が設けられた。三重県の松阪にいてベトナム反戦運動をしたい、と名古屋に移って来た美容師の女性がいた。前川美智代という。彼女の熱心な働きかけがきっかけだった。

べ平連なごやの発足集会は名古屋市千種区の理容会館で開かれた。その呼びかけ文、集会声明文を起草、朗読し、記念講演の講師日高六郎さんを名古屋駅に出迎えて会場に案内したのだから、ぼくはべ平連なごやの立ち上げには密接にかかわったことになる。

発足後にさっそく最初のデモを行なった。デモといってもほとんどが顔見知りの若者三十人ほど。デモ申（所轄警察へのデモ行進申請）もせず、栄から国鉄名古屋駅までの歩道約二キロを質素な手作りプラカードを掲げてビラを配りながらシュプレヒコールもなく、たまたまストライキ中の立て看を見つけて立ち寄ったり、そんなぶらぶら歩きの〝デモ〟だった。

大学闘争（全共闘運動）を迎え、七〇年安保前夜になると、様相は一変した。その時代のもっとも鮮明な記憶の映像は、栄から名古屋駅にいたる広小路通りの三車線をいっぱいに広がってフランスデモをする場景である。「ベトナムに平和を」「佐藤内閣退陣」を叫び、ついでに機動隊の黒い壁に向かって悪態を突きながら。定番のフランスデモの間隙をぬって始まるジグザグデモが、介入する機動隊と衝突。頭に包帯をした若者が歩道をうろうろする。べ平連なごやの学生たちも党派的色彩を強めて活動スタイルを「市民」のそれから「新左翼」のそれに変えていった。

ぼくはべ平連なごやの隊列にいたが、労働者・市民・学生が結集する万人規模の集会、デモにもせっせと参加した。六三年に息子が生まれて「子持ち活動家」であった。いま憶えば集会だ、デモだ、という日々だったとの印象が残る。右足に文学という靴を履き、左足に政治という靴を履いて、なんの不都合も覚えずに歩いた。以来、現在につづくぼくの「社会運動」は、いつも片隅に居場所を確保して、隊列の後尾を歩きつづけた。

なぜ、「社会運動」なのか。文学的青春のなかで出会ったアンガジュマン〈政治参加〉の文学を実践しているつもりだったのかもしれない。のちの〈運動としての文学〉の実践はその継続であるのかも。いずれにしても文学活動と社会的行動の同行二人の旅は二〇〇〇年代の今もつづいている。

## 狭山事件と部落解放運動

ぼくが合板メーカーを辞めたのは労働争議が一段落した一九七二年四月。その年の五月には名古屋の図書出版社風媒社で編集の仕事に就く。呉林俊の詩集『海と顔』と評論を併収した『絶えざる架橋』、長編叙事詩篇集成『海峡』など四、五冊を手がけたり、文学関係の知己を頼って「出版相談」のためにずいぶんあちらこちら訪ねたので数年は在職したと思っていたが、手もとの自筆年譜をみると七三年一二月には退職している。

七四年二月からは、創刊されたばかりの社会党愛知県本部の機関紙『愛知新報』の創刊にあわせて請われ、編集記者の仕事に携わる。文学と労組・活動関係の友人知人の寄稿を受ける以外は、タブロイド版四ページ月二回発行の旬刊紙の記事書きと編集を一人でこなす。四年余の間に膨大な量の文章を書いたことになる。中心にすえた課題／記事は部落解放運動、日韓民衆連帯、三里塚闘争（住民運動）そして文化欄だった。いずれもぼくの関心事であった。議員族には不興を買った。独立採算の運営だったので、議員の歳費購読が財政基盤だった。結局、議員族との確執も一因となって活動家たちのサポートもむなしく「刀折れ、矢尽きて」（終刊号一面のトップにぼくが書いた見出し）、七九年六月に廃刊となった。それでも七八年に社会党系の議員、活動家、弁護士らと中国を訪問したのは『愛知新報』時代の大きな収穫だった。その紀行ルポ『れんみん（人民）の中国』は愛知新報社刊とした。

ともあれ一九七〇年代のぼくの身過ぎ世過ぎの場は風媒社と愛知新報社であった。

七〇年代前半、毎週のように十名ほどの男女が名古屋・栄の噴水前に集まった。三十代半ばのぼくが年かさのほうだった。「狭山事件」とその差別裁判を街頭で訴えるためだった。女子高校生殺害事件の犯人として一九六三年五月、被差別部落の青年石川一雄が逮捕され、「寺尾判決」と呼ばれる有罪判決が出された。典型的な部落差別による冤罪事件だった。石川一雄さんは仮釈放されたが二〇二二年の現在も無罪確定を求めて再審請求中である。

栄噴水前の活動が先だったか後だったか、はっきりしないが「部落解放愛知交流会」（交流会）が作られてぼくはその起ち上げに参画した。部落解放同盟愛知県連・愛知県労働組合評議会・社会党愛知県本部が組織する部落解放愛知共闘会議（北海道、東北、沖縄など被差別部落が存在しない地域を除いて全国の都府県に同様団体があった）が組織されていたが、未組織労働者、市民、学生の受け皿として作った。三十名ほどのグループだったが定例の学習会を開き、被差別部落を訪ねて地区の人から話を聞き、交流した。そんな活動が縁だったか、全逓信労組愛知地区本部から依頼されて、ふたつほどの支部で被差別部落の歴史、現実を語る「連続 部落解放講座」の講師を務めたりした。

解放同盟愛知県連合会は一九七五年に五つの支部を基層組織として結成された。その準備段階から『愛知新報』の取材を兼ねて関わった。日比谷公園で開かれた狭山差別裁判糾弾全国集会とデモにも何度か参加した。「差別裁判打ち砕こう」を歌って。

西から東へ無実を叫び

三百万のきょうだいと
差別裁判 打ち砕こう
差別裁判 打ち砕こう

七〇年代は解放同盟の人たちの尻尾にくっつきながらではあったが、部落解放運動との濃密な時間だった。愛知県連の吉田勝夫書記長（のち委員長）、三崎書記、田中顕洋青年部長、井村悦夫初代委員長、山崎鈴子書記（のち書記長）の顔が浮かぶ。公私ともに少なからず世話になった人たちだ。

部落解放運動の端っこにいて書いたのが、七七年に三回にわたって『解放新聞』に連載したルポ「被差別部落・愛知篇」（『被差別部落Ⅱ都市―そこに生きる人びと』三一書房・一九七八年所収）である。ほかにもドキュメント「ある差別発言事件」（『原詩人』二号 一九七五年）、「企業と部落差別―愛知での確認糾弾会より」（『社会評論』一一号 一九七七年）、多数の『愛知新報』記事がある。

## 日韓民衆連帯と韓青同・韓民統の知友たち

七〇年代の部落解放運動と軌を一にする活動に在日青年たちとの協働がある。「協働」といっても、所属組織をもたない〝ひとり活動家〟がいくらかは熱心に呼びかけに応答する、そんな域であったが。

学生のなごりをとどめる二人の青年がぼくら数人の日本人の前に現われたのは、韓国の詩人キム ヂハが長編風刺詩『五賊』によって拘束され、死刑を宣告されて間もなくだった。在日韓国青年同盟の国際部長姜春根と韓国民主回復統一促進国民会議日本本部東海協議会事務局長朴永吉である（以下「韓青同」「韓民統」と略す）。

二人の要請は詩人金芝河の命を救いたい、協力してほしい、というものだった。救命の方法として詩人をノーベル文学賞候補に推す計画が立てられて、日本の著名な文学者から推薦署名を集めていた。ぼくが担当したのは文学思想家の丸山静と小説家江夏美好だった。それが韓青同愛知、韓民統東海との付き合いの始まりだったと記憶する。東京で著名な文学者、知識人がハンストを行なった頃だろう。

それからはキム ヂハ作「銅の李舜臣」（米倉斉加年主演）、韓青同東海の盟員による「チノギ」上演への協力、韓国の民主化、朴正熙軍事独裁政権批判、在日朝鮮人政治犯救出などの集会・講演・街頭活動に、いずれも呼びかけられるままにせっせと参加した。そこで出会って今につづく知友が姜春根、趙基峰、李末竜、金源道らである。

講演では二人のそれが憶い出される。一人は愛知県産業会館での思想家鄭敬謨。どんな経緯だったか、質疑の時間にぼくが「民族主義」をめぐって「日本の民族主義は侵略の民族主義であり、朝鮮の民族主義は抵抗の民族主義ではないか」と近代史をふまえて発言。鄭敬謨さんの応答は記憶にあいまいだが、この青年は何を言い出すかといった表情がやがて柔和になったイメージがアタマに残っている。

もう一人はたしか東別院ホールでの作家・金石範。講演集会後の交流の場で隣り合わせた。そこでぼくは名作『鴉の死』を話題に。終章の場面で虐殺された少女の死体と舞い降りる鴉に向けて主人公が銃弾を放つ場面がある。カミュ「異邦人」の主人公ムルソーの行為との類似について話を向けたのだが、金石範さんは自作について語りたがらない風情だった。畢生の大作『火山島』（発表当初は「海嘯」）がいまだ書き始められる前のことだ。

そのときぼくは臆面もなく、永山則夫をモチーフにした中編「流民伝」掲載の『東海文学』を進呈した。「流民伝」は『夢のゆくえ』（影書房・〇七年）所収。

同じ頃の活動に七〇年を挟む一時期であるが、成田国際空港建設に反対する農民・地主の闘いに呼応した「三里塚闘争に連帯する尾張・名古屋ブロック」の活動がある。田中正造を描く三國連太郎主演の「襤褸の旗」の上映、戸村一作参議院選挙の応援など、殿（しんがり）にくっついて動いた。

武井昭夫らの「活動家集団 思想運動」の結成に参画して二年ほど東海グループの事務局み

たいな役割をしたり、「国民会議」名古屋集会の世話人になったのも、この同じ時期である。七〇年代の活動のスタンスを簡略にいえば反差別、反権力、反戦の「三反闘争」ということになるだろうか。

### 指紋拒否闘争と外登法改正運動に協働する

外登法と指紋の闘いは一九八〇年初頭に始まった。日本国の外国人管理政策には在留と就労の資格を規制する出入国管理難民認定法（入管法）と、在住登録と個人情報を管理する外国人登録法（外登法）がある。その外登法に指紋押捺を強制する制度があった。外国籍住民（八〇年代はその約九〇％が朝鮮・韓国籍）は一四歳（のちに一六歳）になると、外国人登録のさいに五指の指紋（のち左手人差し指）を押すよう義務づけられていた。指紋拒否闘争はその制度に抗議して、国の委任事務を行なう自治体の窓口で押捺を拒否することだった。登録あるいは切り替え時に拒否することが多かったが、抗議の強い意志を示すために外国人登録証（外登証）を破棄したり燃やしたり、あるいは紛失を装って、再交付申請のさいに拒否する場合もあった。

詳細の説明は省くが、外登法には外登証の常時携帯義務、本人・家族のプライバシー情報、違反した場合の罰金など罰則条項があった（日本籍住民が住民基本台帳法などに違反の場合は過料)。

指紋押捺拒否は「たった一人の反乱」と呼ばれる個人の行動に端を発したが、それは二世世代を中心にまたたく間に運動となって燎原の火のようにひろがった。登録の大量切り替え時と重なった八五年には一万数千人が押捺を拒否した。ただし、そのなかの約一万人は大韓民国民団の「留保方針」に従った行動だったので、間もなく押捺した。

二世世代が中心のこの運動は、既成の民族組織とは離れて自立的な民族運動であった。同時に人権意識に裏付けられた市民運動の性格を持っていた。日本の管理・抑圧的な法制度に抗する民族的アイデンティティの奪回、在日を生きる市民的権利の確立など、存在の根拠にかかわる性格の闘いであった。指紋採取が単に「犯罪者扱い」の人権侵害だからではなかった。

在日朝鮮人の異議申し立てに共鳴した外国籍白人牧師・神父からも拒否者が数名いた。

この運動に日本人が呼応したのは、七〇年代の「入管法改悪」「日立就職差別」などで芽ばえた協働の経験とともに、上記のような闘いの性格があったからだろう。

ぼくの「社会運動」のなかでたぶん唯一、このときは活動の前列のほうを歩いた。被害の当事者は在日朝鮮人（朝鮮半島をルーツとする人の民族総称）なので先鋒にはほど遠いが、ぼくらが属する国の法律であり、正さなくてはならない「日本人問題」である、との思いを抱いて、在日社会からの「ラブコール」に主体的に呼応した。同時に、国家権力というものの理不尽に対する嫌悪と反抗の気分が強く心底にあった。

ぼくの身近からも六名の拒否者があらわれた。

韓基徳青年は札幌市役所で押捺を拒否した。北海道在住中だった彼は札幌で拒否したが、ぼくの隣町（市町村合併によって現在は同じ市）の実家に戻って起訴された。八三年に名古屋地裁で裁判が始まった。ただちに「韓君とともに指紋押捺制度をなくす会」を起ち上げる。

法廷闘争は公判のたび傍聴席を満員にして、激しくたたかわれた。検察側証人として法務省入管局外国人登録課長が出廷。のちのちまで語りつがれる、こんな一幕があった。反対尋問で「被告」（悪法に対する糾弾者）側弁護人が問う。「外国人から指紋を採るのは、なぜか？」、亀井登録課長答えていわく「日本国家に対する忠誠心が日本人とは違うからです」。被告側弁護人「では、あなたの考える日本国家への忠誠心とは、具体的にどういうことですか？」。亀井登録課長「危急存亡の時、鉄砲を持つことです」。馬脚があらわれて傍聴席に失笑とどよめきが起る。

公判では「被告」側証人の何名かを採用させたが、証人不採用をめぐって傍聴席から激しい抗議の声が上がり、裁判所が二十名ほどの警察官を法廷に導入する一幕もあった。弁護人と傍聴者がそれに抗議するなか、裁判長が「全員、退廷」を命令。

実はこの〝全員退廷事件〟にはサポーター側からの布石があった。訴訟指揮を不満として裁判所に徹底抗議しよう、と事前の方針会議で決めていた。それで傍聴席から裁判長にまっさきに抗議する役がぼくだった。退廷命令が出たら全員で公判をボイコットして退廷しよう、というのがシナリオだった。ところが周知不十分、ぼくを退廷させようとする廷吏の前に立ちはだかって、それを阻止しようとするなかまが現われてしまった。やむなく揉み合いのなかで「ウイシャル オーバーカム」を唄ってぞろぞろと裁判所の外に出た。

韓基徳裁判は二審の名古屋高裁までいってそこでも有罪となったが、八九年の天皇裕仁の死去にともなう大赦令によって免訴となる。免訴とはそれまでの裁判が無効になって被告という烙印も無くなることだ。しかし同時に、苦心してたたかった裁判もなきものにされて、裁判闘争の記録も消えてしまう。

そこで全国で係争中の三十四名の「元被告」が原告に早変わりして「免訴によって裁判をする権利を奪われた」と提訴した。天皇制と大赦令を法廷の場で糾弾するのが目的だった。韓基徳青年は全国原告団長になった。決着はどうだったか、記憶がはっきりしないけれど「訴えの利益なし」で玄関ばらいの判決だったと憶える。

キドギ青年を登場させた小説が「羽山先生が哭く」（『架橋』一〇号 八六年秋・『在日疾風純情伝』風琳堂・一九九六年刊所収）である。

名古屋に全国三大寄せ場の一つ「笹島」があった。韓基徳裁判に少しおくれて、二人の日雇労働者が寄せ場から指紋押捺拒否を宣言した。

在日二世の権政河は「人間性宣言」を発して名古屋市中村区役所で押捺を拒否。自治体からの告発もないまま中村警察署から出頭命令が来た。数度にわたる命令を拒否して彼は逮捕された。愛知県警での取り調べ・留置中に強制採取器具を使って捜査指紋を採られた（彼はそのことを周囲に秘していたが、二人で飲んでいるとき怒りより恥じらいの表情でぼくに話した）。

権政河裁判も寄せ場労働者を中心に激しくたたかわれた。傍聴席からヤジを連発して二人の傍聴人が監置処分を受け、それぞれ二万円の罰金を払わされた。この裁判でも支援組織「指紋拒否さっさしま共闘会議」を作って活動、罰金はそこが支払った。「共闘会議」の場合も集会の準備から情宣のための文書・ビラ作り、申請証人への依頼などに奔走した。「韓君とともに指紋押捺制度をなくす会」と合わせると七年ほどの活動のなかでどれほどの数の文字を書いただろう。韓基徳と権政河の「被告」冒頭意見陳述は「知識」と「労働」の色合いに違いはあっても、自己史と想いを込めた見事な「人間宣言」であった。ぼくは今も二人の陳述書を保存している。

権政河の場合は一審名古屋地裁での係争中に大赦令が出て、免訴になった。

クォン チョンハはなかなかの詩を作る労働者でもあった。在日二世のペーソスを闘争的にうたう詩を詩誌『原詩人』に載せていた。山谷の闘争に彼が参加するときは東海道線の「人民列車」と呼ぶ鈍行のなかで書いたのだろう、葉書が届いた。ぼくをヒョンニムと呼ぶその葉書には詩のかけらが散りばめられていて、愉しんだ。

権政河は二〇〇二年、アパートの一室で亡くなっていた。笹島日雇労働組合の委員長大西豊が見つけたときは死後数日を経ていて孤独死だった。仲間たちによる質素な通夜の席でぼくは「クォン チョンハのことを書く」と約束して、九十四枚の小説「路上の詩人」(『架橋』二四号〇五年春)を描いたのだった。

寄せ場から指紋押捺を拒否したいま一人は、在日一世の全南燮。彼は愛知県東海市役所の登録窓口で拒否した。「指紋拒否させさしま共闘会議」はしばしば東海市役所を訪ねて指紋押捺制度の理不尽を説明し、警察に告発しないよう課長らを説得した。

チョン ナムソプさんは日本の敗戦/朝鮮の解放後、民族組織の機関誌『解放新聞』の発行に携わったことのある、知識豊富な人であった。行政交渉のさいは「社会契約論」などを説いて、いささか古風な手法ながら舌鋒、鋭かった。

ほかにも身近に三人の拒否者がいた。

日本福祉大学学生の梁譲一。ヤン ヤンイルが名古屋・テレビ塔のある公園で十数日間、抗議のハンガーストライキを決行したときは連日のようにサポートに努めた。彼が告発されるまえに天皇裕仁が死んだ。

イタリア人神父のステファニ・レナト。レナト神父は在日外国人の人権問題に関わって熱心に活動していたが、のちに移住先の東チモールで活動中、みずから運転する自動車事故で亡くなった。そういえば「ステさん」の車に同乗したことがあるが、謹厳な神父らしからぬ運転であった。通行帯に過スピード探知装置が設置してあるとアラームで知らせる機器が運転席には備えてあった。死後、有志によって彼の名を付した人権賞が創設された。

レナト神父は『クロニクル二〇一五』（一葉社・二〇一四年）に実名で登場する。

在日二世女性の権順華は告発されたが、本裁判のまえに簡易裁判所から罰金刑を受けた。

指紋押捺拒否裁判を中心とする外国人登録法の改正運動には、七年ほど関わったことになる。いま振りかえれば、全力疾走した感がある。週に二回くらいの会議、情宣ビラやニュースレター・パンフレットの作成。名古屋法務局への抗議、自治体への要望書の作成、行政交渉、集会・シンポジウム、街頭宣伝・キャラバン、そして裁判支援。めしのための仕事なら早々に辞職しただろう。怒ったり、苦戦したりの運動であったが、どこかで愉しんでいたのかもしれない。

活動が可能だったのは、八〇年代から九〇年代の身過ぎ世過ぎの職のおかげでもあった。

愛知新報社が解散したあと、長兄が番頭の鉄骨工場で鍛冶工のまねごとをした。無免許でクレーンを運転していて、あわや人命事故の失敗。思い出すと今もゾッとする。それが原因ではないが二年ほどで鍛冶工のまねごとを辞めた。頼んであった仕事が首尾よくいったからだ。

電電公社（現NTT）のビル警備（監視員といった）の仕事である。公社を定年退職した者の受け皿会社であったが、労働組合の口利きで入った。勤務は日勤、夜勤、休日というサイクルなので昼間、動く時間があった。夜勤といっても二人勤務なので仮眠時間に不足なく、本も読めた。生活費を稼ぐだけの苦手な職場であったが、自分時間をゼイタクにとれた。

この仕事を九九年までつづけるあいだ、活動だけでなく執筆も旺盛にした。『戦後日本文学のなかの朝鮮韓国』（大和書房・九二年）、『イルボネ チャンビョク 日本の壁』（風琳堂・九四年）、前述『在日疾風純情伝』などがその成果である。

一九九五年に金城学院大学非常勤講師（週一コマの授業）に請われると、昼間は大学の授業、その足で夜は夜警労働者に早変わり、といった二役舞台であった。ちなみに自称日雇い講師の担当科目は「マイノリティ研究」。

指紋押捺拒否運動に関わって書いた文章を記しておく。中日新聞八五・三・二六「指紋押捺廃止と日本人」、同八七・二・七「指紋押捺について」、『新日本文学』八五年五月号「指紋と鉄砲」、在日文芸「民涛」八号・八九年秋「なぜ「恩赦」拒否か」、季刊『青丘』一二号 八九年冬「自死を超えて」など。

小説は指紋押捺拒否闘争のさなかに自殺した少年をモチーフにして「人差指の十六歳」を描き、『架橋』（二七号 二〇〇八年春）に載せた。十六歳を迎えた少年が、最初の確認申請のさい指紋を捺すかどうか悩んでいた。すると、大阪府警の外事課長富田五郎がテレビのインタビューで「指紋を捺すのがイヤなら帰化すればいい。それがイヤなら国へ帰りなさい」と発言した。少年は深く傷ついて、自宅で首を括ったのだ。縊死した少年の足もとには夏目漱石の「こころ」の文庫本が置かれていたという。

在日朝鮮人を中心とする異議申し立てと犠牲を経て一九九三年、旧植民地出身者とその子孫である特別永住者については外登法の指紋押捺制度が廃止された。日韓の政府間における政治取引の面もあったが、たたかいの帰結と信じたい。さらに二〇〇〇年には、一般永住者ほか滞日外国人のそれが全廃された。しかし二〇〇七年に出入国管理および難民認定法の改定によって、入国時における一般外国人の指紋採取が導入された。

指紋押捺拒否運動のなかで副産物があった。寸劇の上演である。演劇の経験者などいなかったので中学の学芸会並みのレベルだったが、集会などで外登法の内容や天皇制のパロデイを創作、演じた。政党や労働組合、市民団体の運動とはひと味違うプロパガンダになった。やがてマダン劇グループを結成する礎石にもなった。ぼくは台本の共同制作と演者を兼ねた。

一九九〇年七月に起ち上げたのがマダンノリペ「緑豆(ノクトゥ)」。直訳すると「ひろばで遊ぶ集団」。緑豆とは東学農民革命の指導者「ノクトゥ将軍」こと全琫準のこと。畏れ多い名前を付けたものだ。朝鮮人と日本人が混種の十人弱の表現集団であったが、中心には朝鮮韓国の民族楽器演奏や舞踊、ノレ（歌）などの活動をしている在日二世がいたので、稽古を積むうちにかなりのレベルに達したと自負している。

自主公演やほかの演戯集団の公演への友情出演、市民集会での出前出演など活発に活動した。活動は五年ほどつづいた。稽古も、そのあとの旅人宿・酒幕での酒席も出演も、べらぼうに愉しかった。先の寸劇時代同様、ぼくは台本を書き、演じた。諷刺と闘いの劇「トッケビと両班(ヤンバン)」はマダンノリペ緑豆の定番の演(だ)し物となった。三十年後の今もひそかに語りつがれて伝説の作品になった。

緑豆が解散して間もない一九九七年、岐阜県の丸山ダムで朝鮮人犠牲者を慰霊する鎮魂祭が催された。韓国から若い二人のムーダン（巫堂）と楽士三人が来て、強い雨のなかテントを張ってコサ（告祠）が行なわれた。そのとき「トッケビと両班」のために書いた詩をぼくはおぼつかない朝鮮語で朗読した。

のちに二〇〇七年夏、韓国光州からマダン劇集団「シンミョン（神明）」が来日して名古屋の白川公園で野外公演した折、「トッケビと両班」はその前座をつとめて十二年ぶりに復活上演した。

「トッケビと両班」の台本は『新日本文学』一九九六年七・八月合併号に載っている。

### 済州島 沖縄 一九八〇年～九〇年代その他の活動

その他の主な活動をアラカルトふうに記す。

八六年　六月に映像作家辛基秀制作の『解放の日まで――在日朝鮮人の軌跡』を自主上映。愛知県中小企業センター（現ウインクあいち）の大ホールを満員にする。

八八年　九月に一人芝居「一番きれいな解決は統一しかあらへん」を愛知県労働会館中ホールで上演。在日韓国人良心囚の徐勝・俊植兄弟のオモニ呉己順著『朝を見ることなく』を磯貝が構成・演出、地元の俳優中野佳子が演じた。

八九年　一月七日、天皇裕仁死去。二月二四日、「大喪の令」抗議の集会と栄公園～名古屋駅パレード開催。

九八年　八月二一日より二四日まで韓国済州島で開かれた第二回「東アジア平和と人権」国際学術大会に参加。このフォーラムは獄中一九年の徐勝氏がプロデュースした、東アジアの国家テロルの歴史を告発するプロジェクト。九七年から毎年、台湾、済州島、沖縄、韓国順天、京都で開かれ、四つの国／地域から多数参加した（ぼくは二～三、五回に参加）。

済州大会は三日間ぎっしりと詰まった、「四・三事件」の研究報告に証言、フィールドワークだった。フィールドワークでは「四・三」の島民虐殺地や記憶の地のほか、旧日本軍の要塞跡、飛行場跡、海辺の断崖に掘られた特攻艇の格納庫などを見て回り、日本帝国の侵略の爪痕を実感した。天皇の軍隊は沖縄戦後の本土決戦に備えて数千の将兵を済州島に駐屯させていたのだ。

沖縄大会は九九年二六日から三〇日まで開かれた。このときもフィールドワークが印象に刻まれている。「集団自決」の場となったガマなど沖縄戦の遺跡。「安保の丘」から眺望した広大な普天間米軍基地、通信施設「象の檻」、キャンプシュワブなど軍事植民地の一端。「平和の礎」、朝鮮人犠牲者の慰霊碑にも訪れた。辺野古の海辺では韓国女性によるサルプリ（厄解きの舞踊）が演じられ、かすかにけぶる大浦湾が望まれた。

〇二年　京都大会のフィールドワークは大阪の「吹田・枚方事件」の舞台となった旧国鉄操車場などを訪ねた。一九五二年に起きたその事件は「メーデー事件」「大須事件」とならぶ戦後三大騒擾事件と呼ばれた。このプロジェクトの番外篇として名古屋報告会を開催。五二年七月七日に名古屋で起きた「大須事件」を記憶するために、実体験者の話を聞いた。在日朝鮮人作家を読む会などの活動のなかで知己を得た四名の事件体験者が出席してくれて、いずれも朝鮮人であった。その一人がぼくの高校一年生の担任だった金哲央先生。「大須事件」のデモの際、警官の水平撃ちにあって殺害された高校生申聖浩はぼくの同郷の人で、弟が知人であった。

「東アジア平和と人権」国際学術大会に関する執筆を記す。

「東アジアの現代史と二一世紀」(中日新聞、九八・九・二二)、ドキュメント「『四・三』五〇周年―東アジア平和と人権大会から」(『新日本文学』九九年一・二月合併号)、「平和記念資料館の改ざん問題」(「アソシエ21ニューズレター」一九号)、「『大須事件』と私」(『差別とたたかう文化』二三号)、「分断をいくつも越えて」(「東アジアの平和と人権国際シンポジウム第五回日本大会名古屋報告集)。

## 二〇〇〇年代 「市民運動」とともに歩いて――裁判の原告になって

政党、労働組合などの組織による運動と区別されて、人びとが自主・勝手に集まって、組織らしきモノはあってなきがごとき集団の、たたかっては消え、消えては生まれる、そんな起き上がり小法師のような、ふしぎな運動がある。「市民運動」と呼ばれる。熱情に不足はなく、獲得目標のスローガンに向かってひたむきに行進するが、目標を達成できなかったといって責任を問われることはない。次なる課題をめざして、ひたすらに邁進する。

そんな「市民運動」参加の端緒は、一九六六年に起ち上げた「ベトナムに平和を！　市民連合なごや」であったが、二〇〇〇年以降はその種の運動にほぼ特化した感がある。

裁判闘争（闘争という言葉はあまり使われなくなったが）を主として、アラカルトふうに略記する。

九一年　湾岸戦争における一一〇億ドル軍事支出の違憲確認を求める「市民平和訴訟」（名古屋地裁）の原告になる。第二回口頭弁論にて原告意見陳述。小牧市の二子山公園で集会を開き自衛隊小牧基地までデモ行進などの活動をする。

九三年　ＰＫＯ自衛隊派兵違憲訴訟の原告になる。小牧市西山公園から基地ゲートまでをデモ行進する小牧基地行動などを行なう。

二〇〇一年　アメリカのアフガン報復攻撃に抗議して「テロも戦争も反対ピースアクション」に参加。街頭行動つづく。

〇二年　小泉首相の靖国神社参拝と合祀を違憲とする二つの「アジア訴訟」の原告になる。

〇三年　アメリカのイラク侵略に反対する「ピースアクションなごや」を起ち上げて集会・デモを繰り返す。このときは「市民運動」が七〇年反安保闘争以来の昂揚をみせた。六〇年・七〇年安保、ベトナム反戦時の国際反戦デーには比べるべくもないけれど、一三〇〇人規模の集会・デモもあった。「デモ」を「パレード」と呼び始めたのは、あの時からだったろうか。

「パレード」の途中、街路から参加する市民もあって、人の輪がふくらんだ。
○四年　自衛隊イラク派兵差止訴訟の原告となる。二審名古屋高裁では控訴人意見陳述を行なう。戦時下／治安維持法下の司法の実態と詩人尹東柱の獄中死に触れて司法の戦争責任、さらには戦後の無反省に触れて戦後責任を追及した。差止めの訴えは却けられたが、控訴審の青山邦夫裁判長はイラクにおける自衛隊の活動を違憲と判断。負けつづきの裁判でかすかな光であった。ぼくが控訴人意見陳述で向き合ったその人は退官後、青山弁護士になって二十年近く後のいま「安保法制違憲訴訟」の法廷で原告と代理人の仲で再会。奇縁と言うほかない。
一連の裁判、活動については陳述書「裁判官の戦争責任―「周辺事態法」への個人的アピール」（『新日本文学』一九九九年八月号）、レポート「ピースアクションNAGOYAから」（同二〇〇三年七・八月合併号）をはじめいろんな媒体に文を寄せた。

二〇一五年を前後して、沖縄辺野古新基地建設・高江東村米軍ヘリパット建設反対、秘密保護法・集団的自衛権行使容認・安保法制法に反対などの街頭行動に精力的に参加（二〇一七年一二月に発症した脳梗塞による二週間入院治療を経てめっきり減るが）。これらの活動は次のふたつの裁判につながる。
一七年「沖縄高江への愛知県警機動隊派遣違法訴訟」（名古屋地裁）の原告になる。さらに控訴人、上訴人となる。一審敗訴したが、二審名古屋高裁は機動隊派遣の手続き（県警察署長による専決事項行使）と座り込み住民に対する強制排除の違法性を認め、住民の行動は表現の自由（抵抗権）にあたり違法性はないと判断した。弁償請求は却下されたものの実質勝訴であった。被告愛知県が上訴して二二年一二月現在、最高裁で係争中。

一八年「安保法制違憲国家賠償請求訴訟」（名古屋地裁）の原告になる。一九年六月一二日、第四回口頭弁論にて原告意見陳述を行なう。二三年三月、判決予定。

サポーターとして関わった裁判もある。

一一年に提訴した「愛知朝鮮高校就学支援金差別（無償化除外）違憲訴訟」を支援する「朝鮮高校にも差別なく無償化を求めるネットワーク愛知」が起ち上げられた。その共同代表、代表を一時努める。裁判の原告は愛知朝鮮高校の卒業生・在校生であり、ぼくは当事者ではないがサポーターとして一・二審合わせて三十数回の公判をすべて傍聴した。（最高裁で敗訴決定）

「名古屋三菱・朝鮮女子勤労挺身隊訴訟」の一・二審公判でも毎回、傍聴席の椅子に掛けたと記憶する。

ここまで主に裁判誌をたどってみたが、「市民運動」のさまざまな時空で後衛を歩いたシーンがそれに倍して、記憶の遠近景を彩っている。

## 植民地支配の記憶の回復に向けて

二〇一〇年は「韓国併合に関する条約」が天皇の軍隊が包囲するなか強制的に結ばれて一〇〇年にあたった。日本帝国が朝鮮半島を本格的に植民地侵略して一〇〇年である。

「「韓国併合」一〇〇年東海行動」（「一〇〇年行動」）は、改めてその歴史に向き合い、日本の良心をつくりなおそう、と名古屋で起ち上げられた。個人参加を原則として呼びかけ人は二十三名。二十三名が所属する団体は十三を数えた。顔ぶれは東海三県の市民運動グループの代表・活動家、弁護士、大学教員、議員などである。呼びかけに応えた賛同者は個人四十三名、団体九。その人びとで構成する実行委員会形式で活動は始まった。代表には磯貝が推された。

三月一日（朝鮮独立宣言運動が始まった日）に直近の六日、名古屋ＹＷＣＡで起ち上げ集会を開く。康宗憲氏の講演「「韓国併合一〇〇年」—現在の課題を考える」について、実行委員会を構成する九団体から三分スピーチがあって活動がスタートした。九団体は以下の通り。名古屋三菱・朝鮮女子勤労挺身隊訴訟を支援する会、旧日本軍による性的被害女性を支える会、東海民衆センター、笹島日雇労働組合、不戦へのネットワーク、岐阜県地下壕研究会、在日韓国民主統一連合愛知県本部、蓮池透講演会実行委員会、ＮＰＯ法人三千里鐵道。

名古屋栄のバスターミナル前で毎月、街頭情宣活動をかさねて、七、八月に企画を全面展開した。列記する。

七月三一日　岐阜県可児市久々利の軍事工場跡「地下壕」を見学。朝鮮人、中国人強制連行・労働の痕跡である。三十二名参加。

八月七日　映画会「見て知る！　朝鮮と日本の一〇〇年間」を開催。ドキュメント「日韓併合への道」「朝鮮半島植民地支配の実態」「朝鮮戦争」、「ウリハッキョ　私たちの学校」を上映。この日、会場の名古屋YWCA会館の自動車道路を隔てた北側の路上に憎悪犯罪集団「在日特権を許さない市民の会」(ザイトク会) が出現。二十名ほどでヘイトスピーチに浮かれるが、多勢に無勢でいつの間にか消える。

八月一二〜一五日　「韓国併合一〇〇年」写真展を「あいち平和のための戦争展」にて展示。

八月二八日　「「韓国併合一〇〇年」と向き合うつどい」を名古屋YWCAにて開く。第一部が趙博さん「パギやんが韓国併合一〇〇年を歌い語る」、第二部がシンポジウム。発題1「植民地責任―補償と謝罪」久野綾子 (旧日本軍による性的被害女性を支える会)、発題2「日本の戦後朝鮮半島政策を問う」磯貝治良 (在日朝鮮人作家を読む会)、発題3「在日朝鮮韓国人と日本社会―歴史と現状」趙吉春 (在日韓国青年同盟愛知県本部)。フリー討論のあと日本政府への抗議のアピールを採択して終える。

二〇一〇年行動は康宗憲氏の講演録を中心に記録集『一〇〇年と向き合う　日本の良心をつくろう』として刊行した。カタログ「「韓国併合」ミニドキュメント」も作った。

発足の年二〇一〇年の「一〇〇年東海行動」はフル回転の活動で共催・協賛もよくした。
四月　名古屋市女性会館にて集会「韓国併合と抗日運動」。講師・李寿甲（韓国民主主議民族会議共同代表、民族正気守護協議会常任代表）、連帯あいさつ磯貝。
五月　名古屋市中村区役所講堂にて蓮池透講演会「日朝関係を考える　制裁から対話へ」。主催は同実行委員会、主催者あいさつ磯貝。
六月　名古屋の名進研大ホールにてNPO法人三千里鐵道結成一〇周年記念討論会「東北アジアの平和を求めて」。標題には韓国「併合」一〇〇年、6・15共同宣言一〇年がともに銘記された。連帯あいさつ・林東源（元韓国国家情報院院長、韓半島平和フォーラム共同代表）、発題者―韓国から丁世鉉（元統一部長官、元民族和解協力汎国民協議会常任議長）「李明博政権の対北政策の現住所と今後の展望」、日本から磯貝治良（作家、「韓国併合一〇〇年」東海行動実行委員会代表）「韓国「併合」から一〇〇年、日本が今すべきこと」、在日から都相太（三千里鐵道理事長）「三千里鐵道は、在日として祖国の平和統一に参与する」。通訳はのちにNPO法人三千里鐵道顧問になる康宗憲（早稲田大学客員教授、韓国問題研究所所長）が努めた。参加者四百名ほどの過半が在日コリアンであった。
「一〇〇年行動」は二〇一一年以降も毎年、三月の「三・一朝鮮独立運動」と九月の「日朝平壌宣言」を記念して集いを開催してきた。ほかにも時宜を得て開いた集いは多い。主には講演集会であったが、街宣活動や集会あとデモ行進を行なったこともある。

講師に招いた、森正孝、尹健次、徐勝、田原牧、渡辺健樹、浅井基文、飯島滋明、康宗憲、内海愛子、和田春樹、吉沢文寿、方清子、金ソギョン・金ウンソン夫妻（平和の少女像の作者）、徐京植（このとき集会後にデモ行進。講師徐京植氏はデモに備えてスニーカー姿で来名、先頭を歩いてコールを叫んだ）、高林敏之、西村秀樹、梁澄子、水野直樹、孫崎享、植村隆（映画「標的」も上映）といったみなさんの顔を思い浮かべる。

有志による三・一独立運動一〇〇年韓国スタディツアー、戦後日韓関係を学び直す連続講座などが折々に催された。

二〇二二年三月の企画「日韓のモヤモヤを若者と考えてみた」はコロナ禍のため中止を余儀なくされた。

### 「一〇〇年行動」から表現の自由へ

国際芸術祭「あいちトリエンナーレ２０１９」が二〇一九年八月一日から開催された。同実行委員会主催、委員長大村秀章愛知県知事。その企画展「表現の不自由展・その後」（以後「その後」）を愛知県芸術文化センターで展示。かつて展覧会などで出展を拒否されたアート作品を復活させた企画である。展示作には金ソギョン・金ウンソン作「平和の少女像」や大村信行作の昭和天皇を題材にした作品があった。その展示作品に反発した河村たかし名古屋市長や歴史改ざん主義者、右翼などの妨害・脅迫によって七五日間の予定の企画展示はわずか三日間で中断に追い込まれた。

いちはやくその再開を求めて起ち上げられたのが、「「表現の不自由展・その後」の再開をもとめる愛知の会」（再開をもとめる会）、のちの「「表現の不自由展・その後」をつなげる愛知の会」（つなげる会）である。「平和の少女像」が攻撃のターゲットにされたので、「一〇〇〇年行動」は早速、中断への抗議と再開を求めて会場前で行動開始。四方から集った「市民」の輪はまたたく間に波紋となって自然発生的に広がった。そんな経緯もあって、ぼくは代表、のちに共同代表になった（共同代表はほかに弁護士、市民運動家二名、大学教員の合わせて五名）。

炎暑の八月二四日、「表現の不自由展・その後」の再開を求める集会が、会場の県芸文センターに隣接する名古屋市栄公園で開催された。その日までも自発的な毎日スタンディングデモ、主催側への抗議・再開申し入れをつづけていたが、「再開をもとめる会」の本格的な結集、出発となった。右翼の街宣カーが妨害アナウンスをするなか、磯貝の主催者あいさつ、参加者のさまざまなアピール、スピーチ、歌、行動提起がつづいた。集会後、街頭へデモ行進。

その後は脱兎のごとし。集会・デモ・街頭宣伝、あいちトリエンナーレ実行委員長大村秀章県知事への再開要請、騒動のタネをまいた河村たかし名古屋市長への抗議の面談要求、市議会工作、記者会見、さらに種々の声明と署名運動――と、高橋良平事務局長の大車輪の活躍を軸に展開された。ぼくはディテールの行動をサボりぎみであったが、表現の自由に関わるその活動には、文学する者（小説を書く者）として大いにリアリティを覚え、気合いが入った。

運動は、企画展「表現の不自由展・その後」を運営した現代アート作家らとも連携して東京へ、大阪へと広がった。結局、企画展「その後」は閉会前の六日間のみ再開された。

後日談ではあるが、「その後」をつなげる愛知の会が二〇二一年七月六日から六日間の予定で、「私たちの表現の不自由展 その後」を名古屋市の市民ギャラリー栄にて開催。展示作品は「平和の少女像」「遠近をかかえてＰＡＲＴⅡ」「重重―中国に残された朝鮮人日本軍「慰安婦」の女性たち」。ところがこれも郵送されてきた「不審物」の嫌がらせによって会場が会期中閉館、中止となった。のち二二年八月に「市民運動」の〝執念〟が実って、前記三作を含む五作品の展示により開かれた。

あいちトリエンナーレ２０１９と同様、煽動者もさることながら元凶は実行犯である。しかし、捜査する警察機関にアタックする行動はなかった。そういう「配慮」が「市民運動」のスタイルなのかもしれない。八〇年代の指紋押捺拒否闘争のとき、拒否者権政河の逮捕に抗議して支援者が愛知県警敷地内に入門、待機する機動隊員を背景に担当警官に釈明を求めた、あの光景を思い返して昔日の感を覚える。

余談になるが、中日新聞（二〇〇九年一一月二〇日夕刊）に「在日コリアンの地方参政権」という一文を書いたときへイト集団「ザイトク会」が同紙の名古屋本社に押しかけて騒いだ、とあとで知った。筆者宅にあらわれなかったのはいささか残念であったが、筆者があまりに小者だからだろう。

表現の不自由劇は意外なストーリーに転回して、喜劇的な奇譚となる。前代未聞の署名偽造事件である。事の次第を略記する。

二〇二〇年六月、高須クリニック高須克弥院長と河村たかし名古屋市長が突如、記者会見を開いて、大村知事リコール（解職請求）を発表、活動団体を設立。河村たかしと大村秀章はもとはといえば、互いに選挙応援を交わすほどの仲だった。それが犬猿の仲になったのはいつからだったろうか。なにかの政策の不一致が引き金だったろうが、多少の政治倫理はわきまえた大村知事と多少の理知もわきまえない河村市長の人品が、至るべくして至った泥仕合だろう。

知事リコールを最初に持ちかけたのは高須氏か、河村氏か？　いずれ甲乙付けがたい歴史改ざんと国粋主義の熱愛者（高須氏がナチスを礼讃して国際的医師団体を追放されたことは周知）。河村氏は南京虐殺否定論者。二人が意気投合した図は容易に想像できる。不正署名が発覚すると、その二人が保身のための「内紛」を始めたのは笑劇ならではの滑稽（こっけい）であった。

八月にリコール活動団体が署名集めを開始。その活動には当初から黒い霧が見え隠れした。署名していないのに署名簿に記帳されている人、選管に情報開示を求めたら自分の名前があって驚いた人、十年前の旧住所で署名されていた人。そしてついに延べ一千人超ともいわれるアルバイトを雇って行なわれた、不正署名が発覚。

リコール団体が選管に提出した署名は住民投票に必要な八六万六〇〇〇筆に遠くおよばない四三万五〇〇〇筆。その八三・二％がおどろくことに無効署名だった。複数の人物による同一筆跡、同一指印が多数あった。すでに亡くなっている人の「幽霊署名」が約八〇〇〇筆。これには呆れるよりも驚嘆！　河村市長が十年前に集めた名簿をそのままリコール団体に貸し出したのが、ミステリー「幽霊署名」の正体。署名数が住民投票の必要数におよばないので選管はチェックをしない、だから大丈夫、というのが「上」の説明だった（運動員の証言）。あれこれと怪しげな手を使っても署名が集まらない、そこで苛立った「上」がこれだけ集めたぞ、と誇示するために提出したというのが真相らしい。選管による審査の結果、有効署名は一〇万筆に充たなかったという。

「西日本新聞」と「中日新聞」の連携によるスクープ、そして情報公開などを使って追求した「市民」の勝利だった。

「つなげる会」もリコール運動の仕掛け人、河村・高須の役割責任をはげしく追求。集会・デモ・紙つぶてなどを駆使して旺盛に動いた。そのなかで法の分野を担って活躍したのが、中谷雄二弁護士。一九九〇年前後のＰＫＯ自衛隊派遣と湾岸戦争への軍事支出に関わる市民訴訟で出会い、現在の安保法制違憲訴訟に至る数々の法廷をともにして、原告ぼくが敬慕する人である。

事件はその後、どうなったか？　黒幕の河村・高須は見事に責任を逃れて、河村たかしは今も名古屋市長の座にあり、高須克弥はクリニックのカビの生えた、ヤボったいテレビコマーシャルのなかで悦に入っている。一人哀れなのが、リコール活動団体事務局長であった田中孝博氏である。高須院長をひたすら崇拝し、救いを求めたあげく（裏約束があるかどうかは不明だが）、今は自治法違反あるいは文書欺計（？）の廉（かど）で被告席にある。いずれにしても滑稽劇にふさわしい役柄である。

大村知事リコール反対運動は、当該知事を支持するわけでもないのに意図せずに庇うかたちになって、はなはだ奇妙な活動であった。

この一件を描くぼくの語り口は、それまでの市民運動を記録する筆致といささか異なるものになった。それは事件の喜劇性がなせるワザである。

企画展中止から署名偽造事件までをまとめた書籍が『リコール署名不正と表現の不自由』（あけび書房）である。目次を記す。第一章「不自由展中止からリコール署名捏造にいたる政治的背景」中谷雄二、第二章「愛知県知事リコール不正署名問題で問われるべきことは何か」飯島滋明、第三章「封じられた美術展、再び取り戻す」岡本有佳、第四章「あいトリの不自由展「中止」と再開から河村たかし氏の落選運動まで」高橋良平、第五章「失われた4日間の回復をめざす私たちの「表現の不自由展・その後」山本みはぎ、第六章「かんさい展やり遂げてなお、いつかくるその日のために」おかだだい。そして巻末資料。

ぼくは「前代未聞の署名偽造事件―愛知県知事リコール問題」（『住民と自治』二〇二一年六月号）を書いた。

### 壮大な「夢」を追ってNPO法人三千里鐵道の挑戦

二〇〇一年六月一七日、名古屋市公会堂大ホールの広い舞台の背景には南北共同宣言一周年祝祭「鐵馬は走りたい」とハングルで書かれ、兎の背をした朝鮮半島をかたどった青一色の統一旗が描かれている。舞台には十名の人びとが並んだ。韓国から来日した国会議員、市民運動家、僧侶など、朝鮮半島の和解・統一そして東アジアの平和のために尽力する錚々たる顔ぶれである。熱いシンポジウムが始まった。

地元のプンムル（風物）グループによるヨルリンクッ（オープニング）に始まった市民運動団体「三千里鐵道」の発足一周年祝祭の場景である。朝鮮韓国人をはじめ日本人もふくめて五百余人が会場を埋めた。

二〇〇〇年六月一三日、ピョンヤン空港で金大中韓国大統領と金正日朝鮮民主主義人民共和国総書記が抱擁を交わした。分断後、初めて南北の首脳が相まみえたのである。そして粘り強く困難なプロセスを経て歴史的な「六・一五南北共同声明」に至った（そのときの感懐を中日新聞〇〇年七月六日夕刊文化欄に「南北首脳会談と文学　分断の闇を払い、統一の光を招く」、読売新聞七月二六日朝刊に「統一問題と在日文学」と題して書いた）。

「南北首脳会談」のあと間髪を入れずという感じであった、愛知県東三河の一角から一人の在日二世が声を上げたのは。都相太氏である。朝鮮戦争で切断された京義線（ソウル～新義州）の鐵道を連結するための募金活動を行なおう、というのが第一義の呼びかけであった。いま思えば、エンジニアであり実業家であり詩人である人の、具体とロマンを見事に統一させた着想であった（三千里鐵道人物群像については後述する）。

誰から呼びかけられたのだったか、たぶん旧知の姜春根、韓基徳氏であったと思う。ぼくは躊躇なく準備会から参加した。推進委員会発足とともにぼくは副代表になる。窓口に日本人が必要だろうということであった。のちに特定非営利事業法人になると副理事長に。以来二十二年、前述の一周年祝祭を皮切りに数限りなく展開された三千里鐵道の会議、集会、イベントの席を外した憶えがない。

記憶・記録の筐からあれこれを取り出して記す。

二〇〇〇年九月、名古屋ＹＷＣＡにて三千里鐵道推進委員会が発足。

『三千里通信』1を発行。前記一周年祝祭の頃だが、タブロイド判4ページの粗末なもので発行日付もない。現在の『三千里ニュースレター』の前身である。

○一年春、呉炳学画伯の大作「タルチュム」描画による三千里鐵道「夢切符」発行。

三百人余の賛同呼びかけ人が名（過半が在日コリアン）を連ねて推進した、鉄道連結工事基金がほぼ一千人の寄付者によって一千万円に達する。毎月五〇〇〇円の浄財を送りつづける在日コリアンもいた。

○二年三月二〇日〜二三日、ＪＳＡ（共同警備区域）セミナーツアーを実施。日本人七名を含む二十五名が参加（正確さに若干の留保あり）。

ツアーの日程は基金伝達式で始まった。ソウルに着くと早々に数名が韓国統一部を訪問。都相太理事長、鄭戴宇副理事長、同磯貝、近藤昭一衆院議員が記憶にある。韓国の国会議員と統一活動家の二名が同席した。統一部の建物は十階建てほどであったが、官庁っぽいそれではなかった。

伝達式といっても簡素なもので、応接室で丁世鉉長官一人が応対（通訳はいなかったように憶う）。ときの丁世鉉統一部長官はのちに任を退いたあとに三千里鐵道と再会、昵懇になる。南側二キロ分の連結基金の目録を都理事長が手渡したあと訪問者がそれぞれ趣意と想いを発言。磯貝の発言に対して、日本にも良心的な知識人がいることは知っている、と長官は語った。日本語と韓国語のやりとりだったが、ぼくにも通じた。

三十分ほどの伝達式は記念写真を撮って終わった。そこになぜかぼくは写っていない。

北側二キロ分の鉄道連結基金は一二月に都相太理事長と二名の朝鮮総連愛知県常任委員会役員が同行して、ピョンヤンで朝鮮民主主義人民共和国政府に伝達された。このとき、募金活動には日本人も協力したことをピョンヤン政府に伝えるために日本人も同行を、との都理事長の提言があって、磯貝が訪朝の準備に入った。しかし、時あたかも拉致問題が日本列島を席巻するさなか。計画が頓挫したのは当然のことながら、つくづく運のないぼくであった。

ＪＳＡツアーのスケジュール一切をエスコートしてくれたのは、故文益煥牧師ゆかりのトンイルマヂ（統一迎え）の人たちだ。歓迎・答礼晩餐会やシンポジウム。ツアーの目玉である板門店・ＤＭＺ（非武装地帯）訪問、休戦ラインフィールドワークでは三八線（サンパルソン）と米軍基地を撮りつづける写真家・李時雨さんのガイドが絶品だった。

記憶に残る挿話を記す。

二日目夕のシンポジウム。発題者は統一ニュース顧問の金南植氏と高麗大学客員教授で平和統一市民連帯政策委員長の梁官洙氏。スピーチ中の梁官洙氏の顔を見ながら、どこかで見た顔だな、と思う。そして十六年前を憶い出した。

一九八六年に準亡命中の民主派作家黄皙暎が来日して〈在日〉青年を糾合し、マダン劇の上演活動を行なった。名古屋上演はなかったが、彼の講演と交流の場をもった。そのとき指紋押捺拒否闘争をともにしていた権政河が黄皙暎に財布をプレゼント。中には寄場労働者がカンパした気持ばかりのカネが入っていた。あとでそれを知った作家はいたく感動。のちに在日作家李恢成との文芸誌『群像』での対談でわざわざ話題にした。

黄皙暎演出のマダン劇「統一クッ」大阪公演をぼくは観に行った。韓青同愛知の専従だった崔保がチョップリの先頭をのぼり旗を掲げて登場した姿が目に浮かぶ。

道草はこれくらいにする。名古屋講演、大阪上演のさいに作家黄皙暎の影のように、身辺係のように動いていたのが、当時三十歳半ばで大阪大学（院だったか）に留学していた梁官洙氏であった。十六年ぶりの奇遇だった。シンポジウムの発言のなかで、その話をすると、彼はキョトンとしていたがつれづれに話すうち憶い出した。翌夕、二人でチュクペ（祝杯）しようということになったが結局、トンイルマジの若いスタッフの慰労会に同席した。

メイン行事の板門店探訪は、分断の歴史と現実を追体験する場景とエピソードに彩られて、ぼくの知覚と想像（イメージ）のなかに鮮烈な劇（ドラマ）を喚起した。

一つだけ描く。板門店は分断の象徴であり、南北統一への宿願が凝縮された場所だ。一九五三年七月二七日、朝鮮民主主義人民共和国とUN側との間で休戦協定が調印された。その協定が調印された建物にぼくらは入った。一室の中央に向かい合って対面するテーブルがあり、その真ん中を東西に一本の電話コードが伸びている。それが休戦ライン（軍事分界線）である。民族を分断する表象が一本の細いコード線である。その一本の黒いコードがぼくにはとてつもない不条理の化け物にみえた。

南北を隔てて設えられた分断ラインのブロックは幅二五センチ、高さ一五センチほどの、児童でも跨いで渡れるほどの「壁」にぼくにはみえた。長い歳月、越えることを禁じられていたそこを二〇一八年四月二七日、文在寅大統領と金正恩国務委員長の南北首脳が親戚の叔父と甥のように手をつないで跨いだ。その日まで六十五年の歳月を要した。

不条理といえば、江原道のチョルオン（鉄原）の対人地雷地帯へフィールドワークしたときのこと。地雷の埋まる民間人立ち入り禁止区域もそうであるが、ぼくの目にいまも残るのは、一両の機関車の姿である。朝鮮戦争時に爆撃されて動けなくなった機関車。六十年の間そこに置かれて走ることの出来ない黒い物体は、ぼくには哀しげで奇体な動物にも見えた。

JSAセミナーツアーの一部始終については人、行動、挿話をふくめて詳細に描いた。『架橋』二二号・二〇〇二夏に載せた紀行ルポ「三千里鐵道の旅」である。参照いただければさいわいだ。

○二年六月一四日　名古屋YWCAにて「六・一五南北共同宣言」二周年記念集会を開催。JSAセミナーツアー報告会と写真家・李時雨氏講演、写真展「終わることのない戦争―対人地雷」。

○三年三月一日　あいちNPO交流プラザにて第一次募金伝達訪朝報告集会を開催。都相太理事長報告と李鐘元立教大学教授の講演「南北統一と東アジアの平和」。

○三年六月七日　名古屋YWCAにて「南北共同宣言」三周年記念市民集会を開催。「語ろう！ 在日の現在(いま)と未来(あした)」と題して参加者フリートーク。

○四年六月一二日　ウイル愛知にて四周年記念講演集会「《市民革命に勝利した私たち》～韓国総選挙の結果と今後の南北関係について」を開催。講演はともに若く気鋭の李華泳（ヨルリン ウリ党国会議員）、高鎮和（ハンナラ党国会議員）。

○五年六月一二日　名古屋国際センターにて五周年記念集会を開催。韓相烈六・一五共同委員会南側準備委員会共同代表が、即興の歌と詩を交えてユニークな講演。

○六年四月二一日　都相太理事長、韓基徳事務局長、孫勇一同次長の三名が訪韓。軍事分界線から陸路、朝鮮民主主義人民共和国に入り、開城で植樹する。「苗木支援および南北共同植樹事業」チームに加わって。

○六年六月一一日　名進研ホールにて共同宣言六周年記念集会「東北アジアの平和実現への道筋」を開催。講師・姜尚中東京大学教授。蛇足であるが、たまたまぼくが小説「弾のゆくえ」（影書房『夢のゆくえ』所収）で第19回中部ペンクラブ文学賞を受賞。請われてあいさつ。三千里鐵道からお祝いに韓服を贈られた。

○六年九月六日～一九日　ソウル市仁寺洞の學古斎にて呉炳学画展を開催。

○六年一〇月一四日　豊橋市のアイプラザ豊橋にて東北アジアの平和を考える講演集会「元韓国統一部長官丁世鉉氏と語る　東北アジアの平和と日本」を開催。○二年の京義線鉄道連結基金の伝達式でなじみの丁世鉉当時長官が講演。

○七年六月一〇日　共同宣言七周年記念集会「李鳳朝氏が語る「6・15時代の南北協力　開城工団の現状と課題」」を開催。講演・李鳳朝統一研究院院長（元統一部次官）。

○七年七月一七日　ソウルとピョンヤンを結ぶ京義線の試運転が行なわれる。南の汶山駅から北の開城駅まで、軍事分界線と非武装地帯を越えて鉄馬が走った。

○九年六月二八日　名進研大ホールにて共同宣言九周年記念講演会「朝鮮半島の平和」を開

催。講師は六・一五南北共同宣言時の韓国国家情報院院長の林東源氏。
林東源先生は軍人から外交官へ、そして金大中大統領に三顧の礼で請われて情報院院長（政治家）になった人である。二〇〇〇年の南北首脳会談と「共同宣言」の実現にいたる実務の立役者（産婆役）であった。その著書 林東源回顧録『南北首脳会談への道』（岩波書店・訳 波佐場清）を読んでぼくは感動、「歴史は人間が作る」と題して書評を南北共同宣言九周年記念講演会パンフレット『朝鮮半島の平和』に書いた。二千字に充たない書評であったが、イム ドンウオン先生は中部国際空港から講演会場に向かう車の中で手渡されたパンフを読んだ。日本語の解るドンウオン先生は一読、この文章の筆者はどんな人か？ としきりに問うたそうだ（都相太氏談）。それが始まりで以後、何度か接することになる。強靱なやわらかさ、そんな「統一の志士」に知己を得たことは、人生における幸運であった。ぼくはその人を「韓国の品格」と呼ぶ。
一〇年二月二八日 小坂井町文化会館フロイデンホールにて三千里鐵道一〇周年記念報告会「鉄道連結、その先に何を見る？」を開催。一部・DVD「南北列車、平和と希望を乗せて走る」（韓国統一部制作）「都理事長一行、都羅山に立つ」（〇九年訪韓記録）上映、二部・都相太理事長が「設立から10年を振り返り、今後の課題と夢を語る」と題して報告。
一〇年六月二七日 韓国「併合」から一〇〇年、六・一五共同宣言から一〇年 特定非営利活動法人三千里鐵道結成一〇周年記念討論会「東北アジアの平和を求めて」を名進研大ホールで開催。連帯あいさつ・林東源韓半島平和フォーラム共同代表、発題者・（韓国から）丁世鉉元統一部長官 元民族和解協力汎国民協議会常任議長「李明博政権の対北政策の現住所と今後の展望」、（日本から）磯貝治良（作家）「韓国「併合」から一〇〇年、日本が今すべきこと」、（在日から）都相太三千里鐵道理事長「三千里鐵道は、在日として祖国の平和統一に参与する」、（司会と通訳を兼ねて）康宗憲早稲田大学客員教授 韓国問題研究所所長。

一一年二月二七日　名古屋都市センターにて李時雨講演と写真展を開催。

同年六月　都相太随想集『非武装地帯に立つ―鉄道連結そして夢は三千里牧場』刊行。「三千里鐵道の旅」（架橋二二号 二〇〇二夏）「南北首脳会談と文学 分断の闇を払い、統一の光を招く」（中日新聞 二〇〇〇・七・六夕刊）を転載、「刊行のことば」を寄せる。

六月一二日　名古屋ＹＷＣＡにて共同宣言一一周年「朝鮮半島に平和を！ 大討論会」を開催。

一〇月六日〜一一日　名古屋・妙香苑画廊にて呉炳学近作展を開催。

一二年二月七日〜一二日　豊橋市美術博物館にて呉炳学88歳大回顧展「孤高の色彩 燃える画魂」を開催。呉炳学画伯については本書の第三章「〈在日〉文学と同時代を並走して――「読む会」と『架橋』一九七七年〜〉に書いた。

一二年六月一七日　名進研ビル大ホールにて共同宣言一二周年記念集会を開催。康宗憲三千里鐵道顧問が「私が体験した韓国国会議員選挙～第19代韓国国会議員選挙に立候補して」と題して講演。

一三年一月二四日　康宗憲氏の再審裁判でソウル高裁が無罪判決。三十六年ぶりに「元死刑囚」の足枷から解放される。

一三年六月一六日　名進研ホールにて共同宣言一三周年記念講演集会を開催。李鳳朝元統一部長官が「南北新体制の現状と展望」と題して講演。

一四年七月六日　名進研ホールにて共同宣言一四周年記念討論集会を開催。第一部基調講演・野中広務元内閣官房長官「東北アジアの平和に向けた日本の課題」、林東源元統一部長官「東北アジアの平和に向けた韓国の課題」。第二部討論会「南北・日韓・日朝の関係改善を求めて」討論者・野中広務、林東源、近藤昭一衆議院議員、司会進行・康宗憲韓国問題研究所所長。

一五年八月五日　解放七〇年・光州民衆抗争三五周年・南北共同宣言一五周年を期して、名古屋市千種文化小劇場（ちくさ座）にて劇団ノリペ神命のマダン劇「スルレソリ」の上演を主管する。

一五年一一月一日　国際デザインセンターにて「康宗憲さんの再審無罪を祝う会」開催。

一六年六月一八日　名古屋ＹＷＣＡにて共同宣言一六周年記念講演集会「開城工業団地を再

稼働せよ！」を開催。講師は金鎮香（大統領秘書室 統一外交安保政策室 南北関係局長、開城工団管理委員会企業支援部長など）、著書『韓半島平和体制』『開城工団の人々』。

一九年四月二一日　名古屋市博物館にて共同宣言一九周年 四・二七板門店宣言一周年企画「南北が！ 私たちが！ 力を合わせて！ 平和で豊かな朝鮮半島を作ろう‼」を開催。第一部「4・27板門店宣言一周年祝祭」安聖民のパンソリ、在日本朝鮮文学芸術家同盟東海支部とノリパンによる舞踊とサムルノリ。第二部 時局講演会・李柄輝（朝鮮大学校准教授）「朝米関係の現況と展望」、康宗憲（韓国問題研究所所長）「南北関係の現況と展望」、講師による討論。講演・討論録を収めた、集会名と同じタイトルの三千里鐵道ブックレット3を発行。

（二〇年、二一年の活動が空白なのは、新型コロナウイルス禍によってオープンイベントが中止されたことによる）

二二年六月一八日　名古屋安保ホールにて共同宣言二二周年記念シンポジウム「在日の今日の問題、未来への課題」を開催。老人施設のソーシャルワーカー、映画監督など各分野で活動する若い在日コリアン四名が発題。フリートークでは参加者の活発な発言が盛り上げた。シンポジウム名と同じタイトルの文集を発行。「在日を生きる杖――変容のなかで」を寄せる。

情報媒体である年刊『NEWS LETTER　三千里』は二二年四月現在二九号を数える。その大半に文章を寄せた。

以上が、NPO法人三千里鐵道の二十二年間にわたる歩みの素描である。

ところがここで素描を終えるわけにはいかない。いくつかの企画が未完のままであるからだ。たとえば、自然の宝庫である非武装地帯に戦後在日朝鮮人の暮らしを支えた養豚にちなんで豚牧場を作ろう、その肉を北の人民に提供しようという事業計画。たとえば、南の汶山から北の開城まで陸路を歩く〈在日〉の「統一祈願ウオーキング」が企画されている。いずれも綿密な企画書を作製して南北政府機関に送った。一見、破格の計画にも見えて、在日という場所から統一事業に参与しようとの三千里運動（および都相太氏）の強い意思表現である。これらいまは未完の試みにこそ、壮大な「夢」に挑戦する三千里鐵道の本領があるのだろう、とぼくは思う。

最後に、ぼくが出会った夢追い人（びと）たちを素描する。

都相太理事長。信州大学工学部出身のエンジニアを自称するが、一口で括れないハイブリッドの人である。家業の養豚を手伝うために大学を一時休学したと聞くが、卒業後に長兄相夏氏とガードレール会社（現在のGテクノ）を創立。技術者と事業家の才質を兼備していることが五十五年にいたる社運発展の原動力であるが、独創的なガードレール設置方法を考案するなど数多の特許権を取得するアイデアマン彼にぼくは注目する。エンジニアならではの進取性と経営者としての冷徹さとが相俟って事業を支えているのだが、創意を楽しむエコロジストでもあって、いちはやく太陽光発電を、近くは移動式トイレの開発会社サラオを起ち上げた。そんなエンジニア、実業家、アイデアマン、エコロジストの彼ではあるが、もう一つの顔にぼくは愛着する。

都相太は詩人である。彼は詩を書いたか？　それは問題ではない。都相太はロマンティストである。しかし夢想する浪漫主義者ではない。リアリストであり、ロマンティストである、つまり真正のロマンの人である。異郷の地にあって海をへだてた母国（くに）の統一を夢見る、そのプロセスを現実家のまなざしと手法で追い求める――その人生が真正のロマンティシズムである。

在日の教育、文化、社会福祉などに無償の支援を惜しまず、三千里鐵道運動の資金基盤を支えている。

隣りにいて構える必要もなく自然体を感じられる人。ロゴス以前の、ロゴスを超えた情感を思考の武器にする人。少年っぽいフェミニズムもそこに含まれる。都相太の警句「和而不同（和して同ぜず）」「よそ者と若者と愚か者が、社会を変える」。

思うにまかせて書いていたら、オマージュになった。

余述をひとつ。在日社会の「核家族化」が言われるようになったのは、九〇年代後半あたりからだろうか。都家には伝統的な大家族主義があった。ハレの日には一族が都相太宅に集う。

ハンギョレ文化賞受賞式には縁戚数名が訪韓、出席。都相太宅では恒例の新年会が催され、三千里鐵道メンバーのほかさまざまなライフスタイル、社会活動を実践する人びと、友人知人が集ってにぎやかに談論風発、都相太夫人の全光子さんがまかなう宴席の朝鮮料理とマッコルリもにぎやか、大いに愉しむ。集会、イベントなどの折にも大家族主義は発揮される。

全光子さんを「三千里鐵道のオモニ」と呼んだ人がいる。都相太氏の兄相夏さんらきょうだい、英吾君ら子息とその子らなど大家族との出会いはいつのまにか、ぼくにとって三千里鐵道運動の余滴どころか人生の妙味になった。彼彼女らと、なぜか身内気分になっている。

康宗憲顧問。ソウル大学医学部に留学中の一九七五年、朴正熙軍事独裁政権の下で国家保安法違反の廉(かど)で逮捕、拘束、起訴されて死刑判決を受け、十三年間収監された。韓国ソウル高裁によって再審無罪を勝ち得るまでに三十六年を要した。そのことは多くの人が知るところだが、著書『死刑台から教壇まで 私が体験した韓国現代史』(角川学芸出版)、坪井兵輔著『西大門刑務所の黙示録』(かもがわ出版)に詳しい。

康宗憲は朝鮮半島情勢の分析と南北和解・統一への提言において他に掛け換えのない人である。語りの端正と情理の正鵠・深さは、みずからの熾烈な体験に培われた世界観と人間観想に由来するだろうが、ぼくの見るところ人間の資質も反映している。康宗憲がテレビの討論番組あたりで三〇分喋ったら、凡百の〝識者〟らは顔色を失うだろう、というのがぼくの見立てである。それを真面目に言うのだが、彼は商業メディアには関心がないらしく頬笑んで聞き流す。そして、小さな集い、少額の講師謝礼をいとわず東奔西走する。

三千里鐵道内には「困ったときのカン　ヂョンホン頼み」というコトバがある。三千里鐵道の活動がいくらかマンネリズムに面したときと彼が登場したのが同時期。難題とおもわれる企画をも本国のしかるべき人士との太いパイプを活かして実現、活性化させたのだ。以後、三千里運動の支柱になった。明晰かつ一二〇％の通訳（韓基徳事務局長言）にも定評がある。

ぼくは康宗憲氏から学んでいる。十三年におよぶ死と向き合った獄中生活、不屈の闘い。人生のスタイルについて、人間という存在の在りよう、その根源について。自分なりの内なる風景を描きたいと思っている。そんな大きな物語は凡夫の手に余るとしても。

真実は細部に宿る。彼の話を聞きながら、なぜかぼくは細部に惹かれる。獄中での過酷な体験について「耐えられる拷問は、拷問ではない」と彼は言う。死刑囚は四六時中、手錠から解放されない、だから嫌悪感が遺って腕時計を嵌められない、絞首刑を想像するからネクタイを締めない、と彼は語る。そんなディテールから康宗憲の体験の、人の人生の、大きな世界を、ぼくは想像したい。

姜春根副理事長。青年期から古希を過ぎた今日まで、韓国政府から「反国家団体」に指定される民族組織の中枢で活動してきた人。かつて高校時代、高校弁論界で「東海に○○あり」と名を馳せた口舌の強者である。実はぼくと同じ高校の二十年ほど後輩。高校時代を知らないが「東海に○○あり」の評言は七〇年代に彼の元同級生から聞いた。雄弁は年齢をかさねた今も健在。ときに韓国の政治情勢を論じ、ときに日本自民党員の裏情報を開陳し、ときに気宇壮大な企画を提案し、ときに皮肉屋・毒舌家の顔をのぞかせる。限りない雄弁家であるが、実は生来、ナイーブな人というのがぼくの見立てである。名古屋駅裏の在日のサラブレット、を自称。姜春根との半世紀におよぶ活動の交流歴については、本稿「日韓連帯と韓青同・韓民統の知友たち」の項に書いた。

韓基徳事務局長。高いポテンシャルの持ち主。九〇年代初め、幼児を連れて妻とともに韓国に語学留学。獲得した財産ウリマルを遺憾なく発揮して韓日をワッタガッタ。韓国語教材の店「ハングルの森」と韓国語学校「マルマダン」を経営。民主化運動圏の活動家に知人が多く、政治家レベルの康宗憲顧問のパイプとは別ルートの市民運動圏とのパイプを活かす。

発想、企画にはじまってフットワーク、実現力いずれも秀でる実務者である。遅れ遅れの企画も土壇場でアクロバティックに実現させる手腕は、まさに高いポテンシャルの真骨頂である。

自己の思考と感性への信頼が時に他者を寄せ付けない自意識の表出となるが、ゆたかな能力と自我の合体する形姿が、ぼくの描く韓基徳という人間像である。

出会いの頃、二十歳余も年少の彼から「在日の心」を学んだことは幸先よかったが、今は亡きアボヂ、オモニの知遇を得たことも幸運であった。

韓基徳との活動交流については「指紋拒否闘争と外登法改正運動に協働する」の項その他に書いた。

白康喜事務局次長。民族運動に誠実な三千里鐵道の若き俊英の活動家。堅実な家庭人であるように、ＩＴ技術などを応用した几帳面な実務能力と斬新な発想への期待が大きい。

後衛の人磯貝副理事長のプロフィールは省略する。以上六名の役員が事務局であり、執行部である。そのたった六人の知と行動力から、壮大な夢プランが紡ぎ出されるのである。

三人のなかまについて特記しなければならない。

孫勇一は三千里鐵道の草創期に事務局次長として事務方を支えた。「井戸を掘った人」の一人である。

故南相三は二〇〇〇年頃に三千里運動に参加、副理事長を務めた。『朝鮮新報』や機関雑誌の編集記者だった経験を活かして『ＮＥＷＳ ＬＥＴＴＥＲ 三千里鐵道』の誌面を刷新した。

都相太氏のハンギョレ文化賞受賞のきっかけも作ったようだ。南相三は運動を耕した人である。

故鄭載宇副理事長は文芸同東海の代表を努めた、書家でもあった。

三千里鐵道の夢切符の旅は世代を継いでつづくだろう。朝鮮半島の統一と東アジアの平和が訪れる日までは、終わりのない旅である。

後衛を歩いて六十年の「社会運動」はぼくの文学の旅のバックグラウンドであった。

# あとがき

いまでいう小学校二年生で日本の敗戦を迎え、戦後史とほぼ並走して生きてきました。満八十五歳になったのを期にふりかえってみました。

六十五年にわたる文学活動が中心ですが、幼少年期の記憶の遠近景と、これも文学のバックグラウンドである「社会運動」の私史を、序章と終章に置きました。文学も社会活動も、いまだ幕は降りず続きます。

極私的な交友誌と文学／活動誌を入れ子ふうに織り込みましたが、個人史を通してもう一つの文学史／戦後史が伝えられたならありがたいです。記憶と記録、事実と虚構が交差する、混合種の「作品」である、と思っています。

全国的な新日本文学会の活動をふくめて名古屋（中部地方）を拠点に文学の旅をつづけてきました。なので地元の老舗出版・風媒社から刊行できたことは、幸運です。

劉永昇編集長には全面的に世話になりました。同社のみなさん、装幀から印刷、製本まで関わったスタッフの方々に感謝します。

読者のみなさんとの出会いを楽しみにしています。

これまで多くの著作を刊行しました。編集をはじめ世話になった人びとはぼくの文学の旅の文友です。いまは亡き人もふくめて名を記し、謝辞とします。

創樹社の玉井五一、大和書房の大和和明、風琳堂の福住展人、新幹社の高二三、影書房の松本昌次、一葉社の和田悌二のみなさんです。

著者

二〇二三年一月八日

［著者略歴］
磯貝 治良（いそがい　じろう）
1937年、愛知県知多半島に生まれる。77年より在日朝鮮人作家を読む会を主宰、例会は2023年2月現在477回。文芸誌『架橋』を編集・発行して現在34号。NPO法人「三千里鐵道」副理事長、在日コリアンとの協働を主とした社会運動、プロボクシングセコンドライセンス所持など、サイドワークも多彩に行なう。
著書に、評論『始源の光――在日朝鮮人文学論』（創樹社）、『戦後日本文学のなかの朝鮮韓国』（大和書房）、『〈在日〉文学論』『〈在日〉文学の変容と継承』（新幹社）。小説に、長編『クロニクル二〇一五』（一葉社）、『在日疾風純情伝』（風琳堂）、中短編集『夢のゆくえ』（影書房）、『イルボネチャンビョク――日本の壁』（風琳堂）、『うらよみ時評斥候のうた――地軸がズレた列島の片隅から』（一葉社）など。ほかに編著『〈在日〉文学全集』全18巻（勉誠出版）。

**文学の旅 ときどき人生　交友私誌**

2023年2月15日　第1刷発行　（定価はカバーに表示してあります）

著　者　　磯貝　治良

発行者　　山口　章

発行所　名古屋市中区大須 1-16-29
振替 00880-5-5616 電話 052-218-7808　風媒社
http://www.fubaisha.com/

＊印刷・製本／モリモト印刷　　乱丁本・落丁本はお取り替えいたします。

ISBN978-4-8331-2116-3